T0274875

Bajo el nombre de Norma

BRIGITTE BURMEISTER

Bajo el nombre de Norma

Traducción de Valentín Ugarte

451.http://

ISBN 978-84-96822-73-3

PRIMERA EDICIÓN EN 451 EDITORES
2009

TÍTULO ORIGINAL:
Unter dem Namen Norma

© DEL TEXTO: Brigitte Burmeister,
Klett-Cotta, 1994

© DE LA TRADUCCIÓN: Valentín Ugarte, 2009

© DE LA EDICIÓN: 451 Editores, 2009

Xaudaró, 25
28034 Madrid - España

tel 913 344 890 - fax 913 344 894

info451@451editores.com
www.451editores.com

DIRECCIÓN DE ARTE
Departamento de Imagen y Diseño GELV

DISEÑO DE COLECCIÓN
holamurray.com

MAQUETACIÓN
Departamento de Producción GELV

IMPRESIÓN
 Talleres Gráficos GELV
(50012 Zaragoza)
Certificado ISO

DEPÓSITO LEGAL: Z. 323-09
IMPRESO EN ESPAÑA

17 DE JUNIO

ES UN EDIFICIO GRANDE, DE HACE CIEN AÑOS. EL BARRIO DONDE está enclavado siguió llamándose Mitte («centro»), incluso mucho tiempo después de pasar a ser margen, con la tierra de nadie al fondo, donde silbaban las balas. Un vacío en medio de la ciudad, un lugar de recreo para los conejos, que tras la reaparición del hombre huyeron de allí de vuelta al cercano Tiergarten.

Desde la esquina donde está la casa, ahora se tarda pocos minutos en alcanzar el cobijo de los altos árboles. Ya estaban ahí antes de la guerra, o quizá hayan vuelto a brotar en los últimos cincuenta años, con lo que serían más jóvenes que el barrio, que vuelve a ser el centro, por más que la mayor parte de sus calles parezcan tan olvidadas como durante todo ese tiempo. En pie por obra del azar, se levantan aquí y allá casas recién enlucidas que presentan esa sólida escala descendente de comodidades, tan propia de las construcciones centenarias, que desde las bondades de la fachada principal, y tras pasar por la lateral, llega hasta los patios traseros en una evidente escasez de espacio, luz y agua que con el paso de los años ha ido siendo paliada en los casos más flagrantes. La casa de la esquina no se contaba entre ellos: se quedó como ya era, con su precariedad mediocre, de modo que ahora, bajo una nueva luz, su fealdad resulta colosal. Solo con verla uno puede hacerse una idea de sus habitantes: una masa gris y desabrida que se reparte entre los cuatro pisos del edificio frontal y las escaleras interiores, de la A a la E. Pero si se detiene un rato, verá salir de esas puertas a algún que otro individuo sonriente o vestido de colores que rompe el conjunto, de modo que le resultará imposible soltar cualquier tópico sobre esa gente, salvo que todas esas personas, a no ser que estén de visita, tienen la misma anotación en la misma línea del carné de identidad, o mejor dicho, la misma corrección, ya que la calle en cuya esquina se encuentra la casa ha sido rebautizada con el nombre que figuraba en los carnés azulados de los inquilinos más antiguos antes de sufrir la primera corrección.

—¿Busca a alguien? —me preguntó un hombre joven con coleta al que no había visto antes y al que tampoco pude ver bien entonces, pues, como si me hubieran pillado in fraganti, deslicé la mirada por la alta pared de la fachada transversal señalando una puerta.

—No, vivo aquí —dije dirigiéndome derechita a la puerta, como si mi forma de caminar tuviera que subrayar la respuesta dada. Entré en la escalera, oscura y silenciosa, sí, y no lúgubre y desierta, como pone en la última de las cartas que me llegan puntualmente y que me exhortan a recrudecer mi manera de expresarme.

Tú y tu maldita condescendencia; lo que sea con tal de no meter la pata, ¿no es cierto? Tienes que aprender a ser desconsiderada, ahí lo pone, y sé que es verdad, pero aun así insisto: oscura y silenciosa; al fin y al cabo, soy yo quien sube cada día por esas escaleras que el remitente ha abandonado definitivamente, ¿comprendes?, punto final, no hay otro modo de empezar una nueva vida; además, ya nada me ata a ese viejo valle de lágrimas, escribe literalmente, nada excepto tú, y luego describe la vista de las montañas lejanas, más allá de los viñedos y de la llanura del Rin, la alegre quietud del jardincito y el piso, tan bonito y tan perfecto.

Mierda de idilio, pensé, aquí ya hace mucho que dejamos de estar en el limbo, le escribiré, y ojalá tenga que buscar en el diccionario qué significa esa palabra. Lúgubre y desierta... ¡Ni hablar! La luz baña la ciudad, el cielo es de color azul nomeolvides, le escribiré... Esta mañana, andando por el barrio de camino a la compra, la gente daba la impresión de haberse creído lo que dice el periódico: jamás hubo tanto comienzo. Incluso en nuestro patio. Un chico joven, un completo desconocido, me ha dirigido la palabra: me ha preguntado qué quería. Su voz sonaba tan vital que de buena gana me habría enfrascado en una conversación si las prisas no me lo hubieran impedido. También está la actividad frenética que nos rodea, el ir y venir de los transportistas, danzando con butacones a cuestas, ebrios de sol e inmersos en la euforia de la pertinaz oleada de mudanzas; eso no tengo que explicártelo.

En la escalera oí que en el segundo la señora Schwarz se disponía a abrir la puerta de su piso. Los ruidos me eran familiares: el correr de la cadena, cuyo pesado extremo chocaba contra la jamba, donde seguro que el roce ha hecho ya rayajos, el tintineo de las llaves en el llavero y el chasquido que hacían los cerrojos cuando por dos veces giraba el cierre de seguridad y luego el picaporte mientras sacudía la puerta como si esta tuviera que abrirse antes de tiempo; eso era que la señora Schwarz había logrado abrirla y entonces el olor de su casa inundaba la escalera.

Sabía que en ese instante estaría husmeando en el umbral, veía sus zapatillas unos cuantos escalones más arriba, las gruesas medias marrones, luego el cuerpo entero; hoy no llevaba delantal, sino un traje de chaqueta color burdeos, como si fuera domingo. Con la señora Schwarz, a quien el entorno se le hacía cada vez más incomprensible, por lo general había ocasión para una explicación o una descripción, solo era preciso armarse de paciencia y gritar. Pero cuando me decidía a hacerlo, el saldo siempre era positivo, una conversación sin trastiendas ni tonillo, ya fuera el de antes o el de ahora. La señora Schwarz quería saber qué pasaba en el patio. Nada del otro mundo, dije. Puse la bolsa de la compra en el suelo y le berreé al oído derecho una descripción precisa de los muebles y de los transportistas, un informe fiel y detallado sin el tono crítico de antaño ni el tono legitimador de ahora. Puse tanto empeño que hasta la señora Schwarz dio prontas señales de estar cansada de escuchar. Me agradeció el esfuerzo y olvidó preguntarme quién se mudaba. Así que escurrí el bulto. Tal vez aparecería alguien ocupando mi lugar para mencionarle el nombre y explicarle que no se trataba de una mudanza, sino la triste verdad, y así la señora Schwarz conocería la historia hoy mismo, o tal vez otro día de mi propia boca, ya veríamos.

Como siempre tenías que irte pronto de casa y pasabas todo el día fuera, como los fines de semana que hacía bueno salíamos de la ciudad, nunca notaste lo luminoso que es nuestro piso a mediodía, este al menos. Del de antes no podía decirse lo mismo, ni con la mejor voluntad, sobre todo a partir de que añadieran esos pisos en la Marienstraße, algo que a ti apenas te molestó, pero que para mí fue una catástrofe; seguro que aún recuerdas lo exagerada que te pareció mi desesperación al ver que el cielo había menguado, lo inoportuno que te resultó que llorara por un simple pedazo de muro, mientras el otro, tan cercano, parecía no importarme. Echemos cuentas, dijiste; las lágrimas que has derramado la última semana por más o menos cuarenta metros cuadrados de piedra... Veamos, ¿cuánto mide el Muro de Berlín, lo sabes? Ni lo sé ni me importa, exclamé, como tampoco me importan tus ridículas estadísticas. Ni que se pudiera llorar por metros, o solo por la miseria que hay en este mundo, así, en general. Quién puede hacer eso, nadie, me apuesto lo que quieras; y ya que la humanidad en pleno se comporta de manera inadecuada, bien puedes olvidarte de ella, igual que obviamente olvidas que soy yo quien se pasa todo el día metida en este agujero por la sencilla razón de que mi puesto de trabajo se encuentra aquí, junto a una presunta ventana por la que ahora hay que sacar medio cuerpo fuera para ver si el cielo es azul o gris, en el caso de que eso tenga algún significado para ti.

Algo quedó de esa pelea que aún arrastramos, un tajo en alguna parte al que no se le prestó mayor atención. No tardamos en mudarnos al último piso, desde donde, más allá de los tejados y de los patios, pueden verse incluso árboles, un grupo de álamos que tú, ajeno a la realidad, bautizaste con el nombre de Drei Gleichen[1] porque el nom-

13

---

[1] *Die drei Gleichen* («Los tres iguales»): referido a los castillos de Wachsenburg, Mühlburg y Burg Gleiche, ubicados en los bosques de Turingia, zona de hermosos y bucólicos paisajes naturales. *(Nota del traductor).*

bre te traía a la memoria no sé qué colinas o castillos en lo alto de un río. Te gustaban la vista y el piso, tan luminoso, aunque podías haber seguido viviendo en el de antes o incluso en otro mucho peor; y ahora de repente ese entusiasmo por la vida confortable y esos himnos al horizonte y a la luz. Como si enviaras tus cartas a una cueva. No tienes ni idea de la luz que entra aquí por la mañana.

El sol pega en la mesa donde trabajo, pero dejo la ventana abierta y las cortinas sin correr. Durante el día me molesta el silencio. Naturalmente, no todos los ruidos son igualmente bienvenidos. Prefiero las voces, los pasos, los tenues ruidos del rotulista y del fontanero al de los motores en marcha, y más aún al de la sierra radial que a veces utiliza nuestro carbonero. En el segundo patio todo se oye mezclado con un lejano ronroneo; nada que ver con el delantero, que absorbe el ruido y produce eco, y que es lo bastante estrecho como para que los vecinos puedan mantener conversaciones sin tener que poner un pie fuera de casa, cosa que nunca hacen.

Los ruidos suben hasta aquí y pasan de largo hacia el cielo. No me molestan. Al contrario. Lo que me molesta durante el día es el silencio. Aquí siempre es incierto y supone una distracción, pues uno intenta escuchar lo que oculta o adivinar el instante en que será roto de repente. Además de por el frío, aborrezco la primera mitad del año por ser cuando impera el ruido doméstico. A pesar de su intensidad, es más parecido al silencio que aquí se percibe que a los ruidos del exterior. Solamente los pasos del desván, esporádicos y sin ningún patrón horario, me distraen gratamente. Son todo un misterio, ahí arriba no hay nada más que escombros y polvo, y solo se oyen en invierno. Ahora estamos en junio.

Entraba tanta claridad que tuve que ajustar el brillo del monitor. El texto reapareció con intensidad. Ahuyenté de mí los rostros difusos, las figuras que se destacaban entre el tumulto, las botas para el ejército del Rin de una historia que me contaron en el colegio y de la que había olvidado todo lo demás, y comparé lo que allí había palabra por palabra con el original; como medida de control lo leí en alto. «Rara vez se le ha atribuido tanto significado al aspecto físico de un hombre de Estado —leí—. La historiografía se apropia de la imagen de un arcángel y a partir de ahí cualquier imaginación da forma a esa belleza hermafrodita, ya sea por pura fantasía o por interés».

Inconcebible, en ese momento apareció el profesor Meinert, que nada quería tener que ver con la belleza y al que jamás se le habría pasado por la cabeza recrearse en un héroe histórico. Las historias de ese tipo formaban parte de otra asignatura. Allí quizá hubiera criaturas luminosas a patadas, pero la historia, la historia en singular, era una gran máquina cuyos resortes, movimientos y averías no podían seguir teniendo un halo de misterio ni ser objeto de interpretaciones fantásticas, sino que, muy al contrario, debían ser investigados conforme al método científico para hallar sus leyes, de modo que nosotros, con los conocimientos a la vista, solo teníamos que apropiarnos de ellos —y ese «solo» iba entrecomillado con unas comillas bien gordas—, pues penetrar en la materia requería más dedicación y empeño de los que éramos capaces de demostrar, hecho que desgraciadamente había vuelto a constatar con toda claridad, decía nuestro profesor Meinert, que, inmerso en la calma chicha de una clase adormilada, permanecía de pie, delante de la pizarra, medio escorado, con el puntero en la mano izquierda, igual que treinta y tres años antes, con sus gruesas gafas de pasta y su calva incipiente, solo que ahora me parecía joven, un rostro pálido y sonrosado, de sonrisa tímida y voz suave o despectiva, según el momento, voz que por aquel entonces siempre lograba mantenerlo fuera de la línea de fuego y a nosotros dentro de la tierra de nadie del aburrimiento. El puntero rozaba el encerado pasando de un reglón a otro: antecedentes, causas, acontecimientos, motivos del fracaso, conclusiones. Un esquema que aún hoy podría repetir dormida y que en el lado de las respuestas, al menos por lo que respecta a los alzamientos fallidos desde la Revolución francesa, siempre decía lo mismo: la deficiente organización y el precario armamento del sector más progresista, la actitud vacilante de la pequeña burguesía y la traición de los cabecillas del ala derecha; nos lo sabíamos al dedillo sin realmente sabérnoslo, sin creérnoslo ni dudar de ello, pues nos importaba un bledo todo ese engranaje que se movía gracias a que los dientes de los intereses enfrentados encajaban entre sí y que era engrasado con cantidades ingentes de sangre, sudor y lágrimas. Dado que era mérito de Meinert habernos quitado de la cabeza cualquier tipo de placer por la historia, al menos por la que él enseñaba, quizá había hecho acto de presencia para despertar mi curiosidad por algo que no era tan soso como el regusto que para toda la vida dejaban sus clases, expediente del que tuve que deshacerme antes de que la clase saliera de su letargo y todos volviéramos a dar vueltas en torno a las mismas cosas de siempre, aquella inaguantable atmósfera viciada del colegio que todos conservábamos ligada al desamparo del púber, del que no se podía hablar sin que este se retrotrajera a lo más íntimo de un recuerdo que nuestros currículos ni siquiera mencionan, ni en los propios ni en los que luego confeccionaría el Ministerio del Interior, lejos, muy lejos de la pregunta que interesa a los verdaderos biógrafos: ¿qué podemos saber hoy de un hombre del pasado?

De ese muerto, por ejemplo, hoy día representado en imágenes que, «salvo raras excepciones, no son más que caricaturas de una caricatura. Incluso las que provienen de la pluma de reputados autores presentan a un Saint-Just exageradamente afeminado, un Saint-Just de rizos empolvados, pendiente de aro y voz suave que no deja de mirar embelesado a Robespierre», leí en voz alta.

La luz que entraba de fuera ya no era tan agresiva. El sol estaba ahora justo encima de nuestro edificio. Iluminaba gran parte de una de las dos alas laterales. El revestimiento de zinc de las buhardillas relucía. Las ventanas estaban cerradas. La tarde empezaba a caer. Los colores del cielo, del tejado y de la pared se tornarían más intensos, tal como a mí más me gustan. Poco a poco la gente volvería a casa. Pasos en el empedrado del segundo patio. Tres horas más tarde, las ventanas estarían abiertas, y los televisores, encendidos. Yo seguiría sentada en la mesa, enfrascada en ese trabajo que empecé más tarde que los demás, pero que no dejaría hasta haber traducido el capítulo titulado «La belleza de la juventud», el primero del libro, a cuyo final llegaría dentro de medio año, en un día nublado en que quizá volvería a oír pisadas en el desván.

Pisadas de lo más normal, salvo porque ahí arriba no se le ha perdido nada a nadie. Pisadas que no reconozco, lo cual no quiere decir nada, pues hay tal trasiego en los patios que, a no ser que sea especialmente llamativa, resulta imposible quedarse con la manera de andar de nadie. El ruido de los pasos de la gente en la escalera al volver a casa es otra cosa. Aunque hace ya tiempo que no los oigo, aún podría distinguirlos. Johannes, las hermanas König, el señor Samuel, a quien su mujer siempre mandaba a fumar a la calle, Margarete Bauer: los que no se han mudado están muertos. Y la señora Schwarz de hace años, cuando aún salía de casa. Están más frescos en mis oídos que los de los actuales inquilinos, de entre los que solo reconozco a Norma, cuyos pasos se me quedaron tan grabados desde su primera visita que, cuando está de camino entre el primer tramo de la escalera y mi rellano, ya me he levantado de un salto y le he abierto la puerta.

Abajo, en el patio, todos suenan igual, solo distingo a los que pisan fuerte y a los que hacen un ruido peculiar al andar. Subida a unos tacones altos y siempre con prisas, suele pasar por ahí una mujer que no sé quién es; lo único que conozco de ella es un taconeo, imagen viva de unas pantorrillas fuertes y unas nalgas duras que se me hace presente sin tener que mirar por la ventana en cuanto resuenan los ecos de su caminar resuelto. En cambio, sí que me asomo cuando empiezan a barrer o a arrastrar algo, o cuando oigo cualquier tintineo o traqueteo, o incluso cuando siento esas pisadas prácticamente inaudibles; en marzo me empecé a dar cuenta de que cada tres o cuatro días limpia los patios, y no fui la única.

—El hombre es trabajador —dijo el fontanero Behr.

—Ya me gustaría saber a qué se dedicaba antes, nosotros desde luego no vamos a enterarnos. ¡A verlas venir! Y esa gentuza sigue unida, son uña y carne, han vuelto a repartírselo todo entre ellos, las fincas y los puestos en los que no hay que salir de casa ni bajar las escaleras para ir a cagar, no como mi marido —dijo la señora Müller.

—Pero ahora está limpio, eso hay que admitirlo —repuso el señor Behr.

—Sí. Desde que se contrató a Kühne, somos una «finca modélica en lo concerniente al orden y a la limpieza» —intervine.

—Solo que ya no dan premios por eso —dijo la señora Müller.

—Ni siquiera una mísera distinción —apostilló el señor Behr.

Mientras caían gotas del cielo gris, nos quedamos un rato hablando de la basura de los nuevos tiempos. No hacía mucho, el patio había llegado a tener peor pinta que nunca; todos pudieron comprobarlo, los que lo veían al pasar y los que tuvieron que tirar algo junto a los cubos y los contenedores llenos a rebosar, dónde si no. Esos trastos no podían tragárselo todo y ya que nos habían subido el alquiler alegremente, al menos que tuvieran la delicadeza de encontrar una solución; en eso la opinión fue unánime y todos permanecimos unidos. Hasta que al fin la casa tuvo un portero para hacer frente a ese nuevo reto.

Kühne barría a fondo, sin piedad, especialmente en las grietas. No podía creerme que le hiciera cosquillas al pavimento hasta hacerlo reír armado solo con su escoba. Con desgana, lo miraba trabajar indecisa entre dejarlo ya o seguir observándole para no perderme el momento decisivo en que la corpulenta figura vestida con un mono azul hiciera algo revelador.

—Algo revelador, la verdad, el momento decisivo..., lo que hay que oír —dijo Norma—. ¡Y que tengas que ser precisamente tú quien lo diga!

—Es que no me quito esa imagen de la cabeza. Un corredor interminable, el muchacho arrodillado pasando el cepillo de dientes por todos los rincones y justo delante de sus manos las botas, que a veces también me imagino al final del corredor, donde el chico tiene que llegar con su triste cepillo aunque tenga que frotar toda la noche, y dentro de las botas veo precisamente a Kühne, ya no en mono, sino de uniforme, y oigo ese gruñido que conocemos por las películas o por las novelas y que puede que haya hecho sudar al propio Kühne, pero que ahora emplea para exclamar que nadie se ha muerto por agacharse, y el muchacho se agacha para dejar reluciente el pasillo, especialmente las ranuras; y lo peor de todo, lo más gordo, lo que me reconcome, es que el tipo se ha hecho imprescindible. Pero vamos a dejarlo, no quiero discutir.

—¿Entonces qué es lo que quieres?

—Saber la verdad. Saber si tiene remordimientos, si alberga un ápice de sentimiento de culpa, en caso de que las imágenes que me evoca verle barrer concuerden con su pasado, claro.

—Baja y pregúntaselo —me dijo Norma.

Kühne también trabajaba con sacos de plástico. Separaba la basura que había barrido y recogido previamente, y si los contenedores estaban llenos, la metía en los sacos y se la llevaba a rastras. No pude ver adónde. Pregunté a varios vecinos, pero ninguno se había interesado por esa cuestión. Estuvimos dándole vueltas un rato. Que el portero recolectara la basura y que tuviera unos depósitos secretos nos pareció improbable. Más bien tendimos a pensar que la esparcía por ahí fuera; nuestra pulcritud estaba claramente relacionada con el catastrófico aspecto de los patios vecinos. Los culpables son los que soportan algo así sin quejarse, pensaba la señora Müller.

Si no cejaba en mi empeño de observarlo, quizá podría pillar a Kühne en algún punto a partir del cual desentrañar todo su pasado.

Bajar y preguntarle sin más. ¡Qué idea tan absurda! Solo Norma es capaz de semejante ingenuidad. Además, tengo otras cosas que hacer, he de dar gracias por unos días sin el perturbador sonido de su escoba ni de los sacos al ser arrastrados, que siempre me impulsan a asomarme. Los demás ruidos de fuera no me distraen. Suben hasta aquí y pasan de largo hacia el cielo. Pasos en los adoquines del segundo patio, voces y risas, el cencerreo de las radios y televisores mal sintonizados cuando es día de libranza y abren las ventanas. Y últimamente, desde que inauguraron el jardín del rincón, el entrechocar de las botellas de cerveza.

Llamamos así a un banco, una mesa y un par de sillas plegables puestas delante de la valla que separa el taller del rotulista del resto del patio. Los muebles descansan sobre una alfombra verde, y en la valla han puesto tres macetas con geranios colgantes. Al principio esperaba que viniera una furgoneta y plantara allí un puesto ambulante, pero cuando vi que no sucedía y que la primera tarde que hizo bueno unos hombres provistos de cervezas se sentaron allí a bebérselas, no pude salir de mi asombro. En la época de los certámenes y de las fiestas de las brigadas, habría pensado que se trataba de una iniciativa del sindicato, y aun así me habrían sorprendido los detalles: la alfombra y la decoración floral, totalmente insólita aquí. Era muy poco probable que el espíritu de las iniciativas colectivas hubiera penetrado en la esquina de nuestro patio, entre esos modestos trabajadores que solían ir juntos al bar, como era costumbre entre colegas, pero que no necesitaban para ello ningún motivo elevado, ninguna meta que mereciera la pena alcanzar, como la distinción que se les daba a las fábricas: «Colectivo de trabajadores socialistas». Que ahora se sentaran de vez en cuando en el jardín del rincón, así sin más, gracias quizá a la nueva sensibilidad del maestro pintor por los modernos métodos empresariales, resultó al principio sorprendente, pero pronto se hizo familiar; también como fuente de ruidos. Aunque no eran solamente los artesanos locales quienes se sentaban, solo lo hacían hombres.

Nunca se habían celebrado fiestas comunales en el patio o en la calle. Hace mucho, la familia Schäfer, los del bajo del ala derecha, abrían las ventanas de par en par dos veces al año y ponían la música alta invitándonos a todos a unirnos a la juerga. Podíamos haber bailado en nuestras casas, abajo en el patio o incluso en casa de los Schäfer, por qué no, pero nunca lo hizo nadie; en mitad de la noche podían sacarnos bruscamente de nuestros sueños, pero no de nuestras costumbres, por lo que nos tomábamos como una desconsideración su buena fe, su cercanía, sus ruidos y sus jolgorios. ¡Os voy a denunciar si no dejáis de armar escándalo inmediatamente!, gritaba el temible Neumann. Y seguro que ponía la denuncia, pero los Schäfer volvían a la carga con otra de sus fiestas, hasta que un día dejaron el piso de dos habitaciones donde siempre habían vivido tan felices, cosa que me parece inconcebible, pues era aún peor que el primero donde vivimos nosotros, y se mudaron con sus tres hijos a una novísima barriada de nueva construcción, a una torre de doce pisos, según dijo la señora Schäfer.

Sonaba a lo que era: una declaración de guerra al ser humano, por más que ellos no lo vieran así al estar embelesados con las nuevas prestaciones. Nuestra vieja casa no estaba rodeada de semejantes espantos, aunque nos los habían plantado lo suficientemente cerca como para no olvidar la triste historia de uno de esos crímenes arquitectónicos pendientes de ser llevados a los tribunales pese a contar con testigos oculares como ese conocido pintor local apodado el Padre, crimen que al menos en su primera versión no volvió a repetirse, único motivo por el que cabría hablar de progreso. Cuarto de baño, balcón, calefacción central y cuatro habitaciones, si eso no es progreso que venga Dios y lo vea, decían el señor y la señora Schäfer, a quienes la despedida se les hizo dura, como a mí en cuanto comprendí que ya no iba a haber más invitaciones a bailar en mitad de la noche, y mucho menos en los nuevos tiempos, en los que las fiestas comunales quedaban tan lejos.

Y así fue, como lejos también queda ya la gran fiesta que nadie organizó y que celebró toda la ciudad, una turba incalculable, enfervorizada, ebria de felicidad, desgarradoramente aliviada, que exhalaba palabras y tomaba aire, y que al respirar hondo hacía saltar la escarcha de alrededor, y que solo entonces tomó conciencia de cuántos la componían.

Que en ese momento parecíamos otros y que mirábamos con unos ojos distintos a los de antes y a los de después ha dejado de ser una certeza asequible. De cuando en cuando, inmersos en nuestra rutina, nos decimos los unos a los otros que fue inolvidable, quizá para intentar revivir esa alegría no olvidada y conseguir algo de ella para el momento presente, aunque sabemos que solo cabe conservar los recuerdos, nada más, mirar las fotos viejas en el aniversario o siempre que se quiera y repetir las frases que entonces se dijeron y que se han convertido en señales de que estuvimos allí.

¡Eso solo pasa una vez!, repetían erre que erre los demás, por más que Norma les explicaba que no se trataba en absoluto de una rememoración, sino de un intento de organizar algo para que la gente no se fuera a casa a todo correr sin dirigir la palabra a todo aquel con el que se cruzase.

—Eso es, una fiesta en la calle, para todos, como en mi antiguo vecindario —dijo Norma—. Allí hacíamos fiestas antes de la reunificación, sin que tuviera que organizarlas ninguno de esos funcionarios del distrito.

—¿Te refieres a esos que nunca nos fallaban cuando los necesitábamos? Mira, si queréis hacer una fiesta, hacedla, no tengo nada en contra, pero no contéis con nosotros. Al fin y al cabo, todo el mundo tiene derecho al descanso, ¿no es cierto?

Esa y otras parecidas fueron las respuestas que Norma fue cosechando hasta claudicar. Yo misma dije que no, y puede que ahora te dijera lo mismo.

Sentí lástima de Norma, del grupito de mujeres y de mí misma cuando, tras unos cuantos juegos de cumpleaños, encendimos las velas de los faroles a pesar de que aún no había caído la noche y recorrimos el barrio con los niños porque teníamos que celebrar una fiesta de los faroles a toda costa, con canciones y todo. A mí me pareció que sonaban a lamento. Muchas gracias, habéis sido muy valientes, dijo Norma mientras las madres le daban las gracias a la puerta de casa. Pensé en aquella noche de noviembre, en toda esa gente corriendo por las calles, en aquel hombre subido al muro con una copa de champán en la mano cantando con voz potente y clara el *Himno a la alegría*. Pensé en los gritos del patio que nos despertaron, en cómo corrimos Johannes y yo hacia la Puerta de Brandemburgo, en cómo de pronto una mujer se unió a nosotros y nos abrazó, y, sin perdernos de vista, volvió con nosotros ya de mañana, y solo entonces supimos que éramos vecinos.

—Es un comienzo —le dije a Norma una vez se fueron los últimos niños—. Esto hay que celebrarlo. Vamos a cenar por ahí. Al otro lado.

—Que siga la fiesta —dijo Norma asintiendo.

—Antes nunca había estado allí, me refiero a que nunca fui a ver a los que quería visitar en sueños. En realidad, siempre era el mismo sueño, pero una noche tuve uno en el que todo era real. En él alcanzaba la meta de la que hasta entonces me habían separado tremendos impedimentos que al fin ya no venían al caso: dar con las casas que buscaba en Steglitz y Kreuzberg y además encontrar el camino de vuelta a casa antes de que se acabara el tiempo, pues cada viaje al otro lado, con la consiguiente búsqueda de las direcciones, los transbordos perdidos y las equivocaciones de camino, tenía un tiempo establecido que en el sueño ni se me ocurría rebasar y que me provocaba presión, no un miedo tangible, sino ese sentimiento de cuando vas de camino al colegio o al trabajo, ese «no llegues tarde». La presión faltaba en mi sueño, lo que me convenció de que no estaba soñando, lo cual resultaba a su vez sorprendente, ya que precisamente la ausencia de esa presión del tiempo tendría que haberme mostrado que algo no encajaba en aquella realidad, y lo que entonces me mostró, bien mirado, fue lo precario de la realidad de mi vigilia, con sus tiempos estipulados y sus espacios acotados, que ahora resultaban de lo más normal comparados con el absurdo de un muro que dividía la ciudad y la arbitrariedad con que se determinaba cuándo y por cuánto tiempo podía alguien atravesarlo. Aunque lo cierto es que yo no era sensible todo el tiempo a esos atropellos, quizá porque hacía mucho que me había acostumbrado a otras limitaciones cotidianas, como el impedimento diario con el que se encontraban casi todos para dirigir sus pasos libremente en lo que se refiere al momento y a la dirección, para quedarse durmiendo, por ejemplo, en vez de echarse a la calle antes de que amaneciese y meterse en autobuses y tranvías atestados, donde, rodeados de rostros embotados, se veían inmersos en ese vaho de la sumisión al destino que también se formaba en los pasos fronterizos y que incluso se colaba en mis sueños cuando vagaba por esas calles extrañas, ya no en busca de mi meta, sino de vuelta allí de donde venía con un permiso especialísimo solo válido para esa única vez.

Probablemente Norma no había estado escuchando. Se limitó a decir: Han vuelto los conejos.

Ya había anochecido. Caminábamos en dirección sur, bordeando un solar vacío por el que unas manchas oscuras correteaban de un lado a otro.

—Quizá en una época remota, vete a saber a través de cuántas generaciones, desarrollaron algo parecido a la añoranza y por eso vuelven a los lugares donde vivieron en paz —dijo Norma.

A esas horas apenas había gente por la calle; tampoco es que pasaran muchos coches. Los árboles del Tiergarten formaban una pared negra coronada con puntas y arcos. Justo encima, algo difuminada por la niebla, se alzaba la luna en cuarto creciente. Un viento suave del este traía aroma a bosque. No lo había vuelto a notar desde que levantaron el Muro. Puede que fuera una alucinación provocada por encontrarme paseando un rato al aire libre junto a un bosque a la luz de la luna y en completo silencio justo en el centro de una capital europea.

—¿Lo hueles? —pregunté señalando con la cabeza hacia la pared negra.

Norma no contestó. Tomó aire, movió las aletas de la nariz y torció la mirada; pude ver brillar el blanco de sus ojos. Luego se detuvo y exclamó: ¡Huele a quemado!

No estaba de humor para sus jueguecitos. No había prestado atención ni a mi sueño ni a la pregunta acerca del aroma. Continué andando.

—Demasiado fácil —dije—. Además, por mí esa joya puede arder hasta hacerse carbón. No sería la primera vez.

—¿Qué me dices de las consecuencias? —exclamó Norma visiblemente alterada—. ¡Piensa en las consecuencias!

—La historia no se repite.

—Precisamente —repuso Norma al vuelo—. Es que lo que está ardiendo no es lo que tú piensas, debe de estar sucediendo unos números más abajo...

En un abrir y cerrar de ojos había sustituido el Reichstag por otro edificio, estaba segura, aunque también me picaba la curiosidad. Pero hice como si la cosa no fuera conmigo y dije maquinalmente: Bomberos, uno, uno, dos. Noté que ahora Norma se había enfadado. Seguimos caminando en silencio hasta el cruce donde teníamos que torcer a la izquierda para ir a nuestro café.

En esa esquina dieron la vuelta, justo donde siempre lo hacían. Cómo iba a cambiar algo así la muerte. Iban por su camino, con sus abrigos a rastras y sus zapatos dados de sí, que eran nuevos antes de la guerra y a los que por eso llamaban género de tiempos de paz, como si para las dos ancianas después de la guerra no hubiera habido paz alguna, por más que la que reinaba fuera más duradera que la de antes, por no decir definitiva. No podía cruzarme con ellas en su camino, el mismo que nosotras seguíamos hasta el cruce, sin que Norma lo supiera, sin que yo misma pensara en ello todo el tiempo. No hablaban, aún faltaba un trecho para encontrarnos; de pronto las vi justo enfrente de nosotras, con sus caras de pena, tan perseverantes como de costumbre: todas las tardes un paseíto al aire libre, siempre el mismo trayecto. Era como si siempre les acabara de suceder una desgracia, como si estuvieran cumpliendo una condena. En vez de cejas tenían dos rayas negras como la pez; todo lo demás —los ojos, los labios, la piel, el pelo—, había perdido el color. Sin esos dos guiones negros sus rostros se habrían disuelto en el gris claro de todas las tardes pasadas, en el gris de un tiempo de una tenacidad insensible, de un tiempo decepcionante y aniquilador que a su paso solo deja carne cansada, huesos doloridos y, como última línea de resistencia, las cejas pintadas de negro antes de salir a la calle. En ambos rostros el mismo trazo infeliz, sin duda obra de una misma mano.

—Creo que era Minna la que se pintaba las cejas, y también a su hermana —dije cuando torcimos dejando atrás el cruce.

—¿Puede saberse de quién hablas?

—De Ella y Minna König. Vivían en nuestra casa.

—¿Dónde viven ahora?

—No sé dónde queda el cementerio. No me he molestado en ir allí a visitar las tumbas. Ni siquiera sé si ambas han ido a parar al mismo sitio. El municipio en el este, el cementerio en el oeste. Una vez las oí decir: Nos enterrarán con mamá y con Erna, el párroco nos lo ha prometido. Así que supongo que dejarían que sus cenizas se fugaran y que ahora descansan en el lugar indicado. Si es así o no, no lo sé, tampoco me planteo ponerme a investigarlo. Cuando la ubicación de esas tumbas estaba tras el Muro me daba que pensar, era un lugar inaccesible. Ahora ya no.

—Pero en cambio sigues pensando en quién le pintaba una raya encima de los ojos a quién, ¿no?

—La última línea de resistencia, ¿comprendes? —respondí.

Cómo iba a comprender nada Norma, que no tenía ni idea de quiénes eran esas dos ancianas. Probablemente esperara que le contara una historia, que le hiciera una descripción, o que al menos le explicara por qué en mi opinión dos pares de rayas oponían resistencia a sabe Dios qué. Ahora ya solo quedaban ellas, como signos en un papel, sin sentido ni relación con nada, carentes incluso de la capacidad de evocar sus rostros o al menos un esbozo que de algún modo me permitiera decir: «Los veo con tal claridad que casi podría tocarlos», a pesar de que, ciñéndonos a ese dicho, en realidad no viera nada más que unos trazos esquemáticos solo visibles para el ojo interior y, tras esas rayas, tras esas líneas abstractas, los rostros fantasmales de Minna y Ella, que no paraban quietos por más que intentara fijarlos y lograr así la tranquilidad necesaria para poder reflexionar sobre por qué esa nada que estaba de fondo no dejaba de moverse.

—¿A qué resistencia te refieres? —preguntó Norma como para sacarme del trance.

—A la del color, a la de la memoria —respondí al tuntún—, puede que a la de la feminidad. Algo se ha rebelado contra la decadencia, quizá una costumbre del periodo de entreguerras, cuando ellas eran jóvenes, sus abrigos eran nuevos y antes de salir se arreglaban un poco repasándose las cejas. El hábito se ha perpetuado, por más que la seducción ya no tenga nada que ver con el asunto...

Urnas bajo tierra en algún lugar de esta ciudad. Un hogar disuelto. Las cosas de ellas que aún conservo y ningún rastro más salvo lo que queda en mi memoria. Los nuevos inquilinos, unos chicos jóvenes, blanquearon la mancha de agua del techo del salón que ellas enseñaban como si se tratara de un monumento conmemorativo. «El terror de las bombas», esas eran las palabras que venían acompañadas de las siguientes indicaciones: marcas de los impactos en los libros, en el marco del espejo, en el tablero del secreter junto a la ventana. Todo tal cual quedó, sin arreglo alguno.

—Su piso era un museo de las cicatrices de la guerra. Con unas cuidadoras que señalaban aquí y allá sin apenas decir palabra. Frases sueltas sin contexto, nunca una historia completa. Las manzanas, tan hermosas, flotando en el Spree, decía Ella König. Eso es todo lo que sé de lo que la versión oficial denomina los «daños irreparables causados por la ofensiva enemiga en noviembre de 1943». El restaurante que tenían en Schiffbauerdamm quedó reducido a escombros y cenizas. Como el edificio contiguo al nuestro, en la esquina donde ahora hay unos arbustos. El fuego se elevó y prendió el tejado; de la extinción del incendio era la mancha de agua que yo aún pude ver en el salón de las hermanas König. ¿Vas a decirme de una vez qué es lo que se está quemando?

Pero Norma se había olvidado del juego o había perdido las ganas de continuar con él.

—Está tan oscuro... no se ve un carajo. Da miedo. ¿Podrías dejar ya tus historias de la guerra?

Si no me dejo distraer por nada y avanzo con la traducción, si Norma tiene tiempo esta tarde, podríamos recorrer el mismo camino a la luz del día. Así podríamos fijarnos en las diferencias. Y nada de hablar de las antiguas vecinas y de la guerra, nos ocuparíamos de *La belleza de la juventud,* si es que me decido a hablarle a Norma del libro. Podría recordarle que en otoño vimos conejos la noche en que fuimos a cenar al otro lado después de celebrar la fiesta de cumpleaños. Sería como antes.

Con qué rapidez cambiaría esto, cuánto tardaría en renovarse nuestra parte de la ciudad, cuándo vivir aquí o allí sería lo mismo y dejarían de sentirse los viejos sentimientos de pertenencia, para apaecer solo en ocasiones y de manera retrospectiva: todo esto se contaba entre las ideas desechadas hace tanto que resultaba imposible medir la distancia no ya en meses, sino en años, mientras el tiempo real, inmedible, seguía su propio curso, infinito y desconcertante. Lo cual me hacía amarlo en momentos concretos.

Iríamos al otro lado, expresión que ha perdido la gravedad cosechada durante años, pero no su utilidad. Nos detendríamos en el límite, como la última vez, y justo detrás del antiguo paso fronterizo entraríamos en nuestro café a tomar algo. Así quedó bautizado desde la tarde en que estuvimos allí charlando sin parar de interrumpirnos, yo también, lo admito, y dijimos: Para mí este edificio era un puesto fronterizo del otro mundo, a la vista pero inalcanzable, más alto y más solitario en sueños que en la realidad... Sí, yo también lo veía así, con su balconcito en lo alto, en realidad solo una reja delante de una puerta estrecha, y sobre la casa el cielo, sin nubes pero descolorido, aunque ya no lo veo así... Ni yo. Nos echamos a reír e intercambiamos distendidamente nuestras impresiones; Norma encontraba cálida y agradable la pintura color café; en cambio, a mí me parecía repugnantemente lóbrega, y tampoco logramos ponernos de acuerdo en si el joven cabecilla estaba celebrando una reunión en el local contiguo a la oficina o coordinando un periódico alternativo, si animaba a los otros que estaban sentados en la larga mesa o les daba órdenes. De lo que sí estábamos seguras era de que la ensalada fresca, el hojaldre relleno de espinacas y el vino seco eran productos del otro lado, tema que enlazamos fácilmente con otra serie de cosas que nos llevaron a levantar las copas y brindar con creciente entusiasmo por los nuevos tiempos. Volvimos animadas a casa dando un largo rodeo. Sin saber muy bien por dónde íbamos, atravesamos el parque, el futuro bosquecillo que crecería en ese suelo metros y metros contaminado, un costurón verde de la ciudad en la línea que marcaba su pasada separación; no metimos el pie en ningún agujero ni nos tropezamos con restos de hormigón, no nos topamos con las mortíferas patrullas fronterizas ni tuvimos que sortear las obras; en medio de esa oscuridad dimos de pronto con nuestra calle sin poder recordar en qué momento habíamos cruzado el río.

Hace ya una eternidad de eso, por más que el calendario diga que apenas dos años y medio me separan de aquella tarde. Johannes había vuelto a casa un poco antes que yo. No venía ni del otro lado ni de la franja verde, sino de una reunión, y no precisamente eufórico. Habían estado discutiendo cuatro horas sobre su programa para las elecciones, mejor dicho, sobre un solo punto. ¿Ha ido Max?, pregunté además de interesarme por la reunión. Mejor olvidarlo, dijo Johannes antes de empezar a contarme. Nos sentamos en la cocina y estuvimos hablando hasta bien entrada la noche, una de las miles de conversaciones casi iguales de entonces. En realidad, he olvidado el punto del programa que tratasteis, y no porque tú me lo ordenaras, sino porque no logro conservar en la memoria esas cosas; qué le voy a hacer. Además, me importa un comino que ahora hayan caído en el olvido frases enteras, el contenido literal de nuestras opiniones, o incluso el de nuestras ilusiones; tú lo sabes mejor que yo y tampoco te importa lo más mínimo.

Sin embargo, he logrado conservar el recuerdo de que al amanecer, cuando apenas nos quedaba tiempo para seguir durmiendo, algo me sobresaltó, puede que para salvarme de un sueño angustioso o porque su canto me despertó sin más; sea como fuere, me quedé despierta tumbada a tu lado y pude oírlo: el mirlo había vuelto a nuestro patio y cantaba como si nada hubiera cambiado en todo el tiempo en que no había estado allí para ser escuchado; pasado el silencioso invierno, ahora que la primavera se acercaba, volvía con su melodía —la misma, generación tras generación—, nuestro mirlo, siempre el mismo, al menos para mí, rompiendo el silencio de la mañana con su canto entre los altos muros donde el próximo año y el siguiente volvería a sonar el día menos esperado, pensaba, con independencia de que reinara un nuevo orden. Mientras me recreaba en los sonidos de fuera y olía el aroma de la mañana, sentí la ciudad que cercaba al pajarillo como algo amable, sito allí desde hace mucho y con buenas expectativas de sobrevivirnos. Voy a apuntarme a la asociación protectora de pájaros, dije entonces en voz alta, como si pudieras oírme en sueños.

Querido Johannes: Como es natural, ahora no se oye el canto del mirlo, te escribiré en la próxima carta, y también te hablaré de los ruidos del patio, puede que esta misma tarde, si es que no voy con Norma al café. A ti no te gustó. Estuvimos allí solo una vez, en invierno. Aún había que enseñar los papeles en el paso fronterizo. Aquello estaba muy concurrido. Venían turistas de todas partes, por no hablar de los vendedores ni de los cambistas, dijiste entonces despectivamente. Comerciaban con trozos del Muro arrancados del lado en que había pintadas y con todos los recuerdos que pudiera uno imaginar. Medallas y condecoraciones que nunca había visto de cerca cuando no estaban en venta, pero que debían de ser insignias honoríficas cuyo antiguo rango se podía determinar por su precio actual. Me impresionó la prisa que se habían dado en poner todo aquello en venta, mucho antes de que las rebajas por liquidación estuvieran en boca de todos. No nos encontrábamos en un templo del que hubiera que expulsarlos a todos, sino en un mercado donde hombrecillos despiertos ofrecían antiguallas históricas, preludio de otro tipo de ventas bien distinto al que de todos modos tendrían que asistir quedándose con las ganas, como suele decir la señora Müller; y allí estaban, de pie, con sus botas y su anorak, en cualquier esquina, con su nada agradable rostro congelado. Ya no recuerdo si los increpamos a voces o guardamos un amargo silencio.

A la vuelta te hablé de Minna y Ella König, te recordé sus paseos vespertinos. Cuesta pensar en un trayecto más inhóspito; tú también estabas de acuerdo. Echamos cuentas. Ahora tendrían noventa y noventa y dos años respectivamente. Con toda seguridad, la caída del Muro no habría aliviado sus caras de pena ni tampoco les habría levantado el ánimo la perspectiva de un crecimiento conjunto de la ciudad, pues con ello ningún muerto ha retornado a la vida ni nada de lo pasado ha sido enmendado. Aunque para ellas el Tiergarten era terreno vedado, no dejaron de recorrer su viejo paseo ni una sola vez. Lo sorprendente habría sido que se retrasaran, por más que hubieran pasado veinte años. Cuando aún estaban vivas, dije, solía preguntarme a partir de qué momento la vida, el tiempo, empezó a darles lo mismo; cuándo, por decirlo de algún modo, pasó a ser un transcurrir sin sentido. Y aunque no podría fijar un punto preciso, tengo la sensación de que debió de haber sido hace mucho y de que a partir de entonces, aunque en apariencia caminaran por el distrito oficial y policialmente denominado Mitte, al atravesar una determinada calle, quizá esa de ahí, sabían que en ese mismo instante en realidad abandonaban Friedrichstadt para entrar en su Friedrich-Wilhelm-Stadt natal, no sé si me explico. Asentiste, a pesar de que el ejemplo te pareció rebuscado, pues hacía ya mucho que esos antiguos municipios se fundieron formando el sector llamado Mitte, precisamente el barrio que ellas conocieron antes de la guerra y que en breve volvería a ser el centro, ¿no?

Bordeamos la tierra de nadie pasando por delante de los grupos de excursionistas y nos dirigimos a la esquina donde está nuestra casa.

de llamar de Norma. No estoy para charlas. Si no trabajara en casa, no vendrían visitas durante el día. Fea costumbre que no consigo quitarle a la gente. ¿Por qué no me quedaría sentada sin más? Fui a abrir. La señora Schwarz
estaba en la puerta. Le había hablado de una mudanza,
pero no le había dicho quién se mudaba ni adónde, dijo
como si apenas hubiera pasado tiempo entre esta mañana
y ahora. No debí haberme movido de la silla. Demasiado
tarde. Invité a la señora Schwarz a entrar. Nos sentamos la
una al lado de la otra en el pequeño sofá herencia de las
hermanas König y dije todo lo alto que pude:

—No se trata de una mudanza, sino de un desalojo.

La señora Schwarz se quedó pensativa. Luego preguntó:

—¿Se ha muerto alguien?

—Sí.

—¿Quién?

—La señora Bauer.

La señora Schwarz me miró con unos ojos tan vacíos
que tuve que repetírselo:

—Margarete Bauer. Vivía en nuestra escalera.

Como si la señora Schwarz no supiera quién era Margarete Bauer.

—Cómo es posible —dijo tras una larga pausa—. El otro día vino a verme. El día en que el chico de la asistencia social trajo la comida tan tarde. Había judías con carnero. A ver quién se las come. A pesar de que el chico no tiene nada que ver, le dije que saludara a la cocinera de mi parte, que me quedaba con el pudin, pero que eso de ahí podía llevárselo tal cual había venido, y que la próxima vez no se molestara en mandarlo si volvía a llevar carnero. Si mi marido aún estuviera vivo, habría montado un follón, con la comida no se andaba con bromas. Y por la tarde vino Gretel a tomar té, con tarta de manzana de Dörner, las porciones son el doble de grandes que antes, pero tres veces más caras, me dijo, como todo lo demás. Debería alegrarme por llevar años jubilada y no enterarme del todo de las cosas. Me habló de Norbert. La cosa iba de mal en peor, y no creo que me lo contara todo sobre el muchacho...

Intenté acordarme de Norbert, me vinieron a la mente los chillidos en la escalera y un chico flacucho y rubicundo de la mano de Margarete Bauer. Luego recordé su sombra, cada vez más alargada, y su cabeza ladeada, y lo recordé a él siempre pegado a su madre cuando me la encontraba en el patio y se ponía a hablarme de las incompatibilidades entre su chaval y el sistema educativo vigente.

La escuchaba como suelo hacerlo, con gesto atento, pero con el pensamiento en otra parte, así que me quedaba con la información básica: que los hombres, incapaces de evolucionar, no valían para vivir con las mujeres de hoy en día, que la papeleta de ser una madre que ha de educar sola a su hijo ya era de por sí demasiado complicada como para encima tener que ser el pilar de la evolución social y que, sin embargo, no había otra alternativa en el horizonte, pues nuestra sociedad, en vez de probar distintas formas de convivencia, demostraba ser en esto tan obstinada e incapaz como en todo lo concerniente al nuevo individuo; el profesor de Matemáticas de Norbert, por ejemplo, el único hombre que hay en la escuela a excepción del conserje y, sin duda, muy bueno en lo suyo, dirige sus clases solo a los mejores alumnos, eso nos dijo repetidas veces en la reunión de padres, y cosas mucho peores sobre las que la mayoría prefirió guardar silencio o despotricar de camino a casa. Increíble la cobardía. Solo ella y otro padre, que por cierto era tan poca cosa que cuando lo vio lo tomó por un alumno, solo nosotros, dos pobres diablos, nos quejamos, dimos nuestra opinión e hicimos propuestas. Todo en vano; fue como hablarles a las piedras, dijo Margarete Bauer desde algún lugar recóndito de mis pensamientos.

Su potente voz llenaba el patio, como si otra voz repitiera el sermón que desde la ventana abierta les echaba a las cuatro paredes del patio delantero. Eso era lo que parecía, aunque en realidad eran muchos los que escuchaban en los pasillos de la escalera o apostados tras las ventanas abiertas atraídos por esa voz que anunciaba el Juicio Final. Algunas palabras sueltas se entendían bien y el sentido general, entonado como si se nos viniera encima la perdición eterna (justo castigo por tanto vicio y blasfemia, en especial los de los rojos), quedaba perfectamente claro. No sabíamos nada de esa imponente anciana de pelo gris y trenza recogida, ni siquiera su nombre, salvo que aspiraba a entrar en el purgatorio, según habíamos creído entender la pelirroja Genoveva, de la escalera B, las hermanas König y yo misma. Yo estaba convencida de que no creía tener a nadie alrededor y que precisamente en ese no percibir el entorno residía su fuerza. Johannes y yo queríamos sacar a la luz la verdad que se empeñaba en proclamar, hacerla de uso público en el patio, pues era una verdad válida para todos y una llamada a la conversión para todo aquel que quisiera escucharla. Pero antes del Juicio Final está el armagedón, la batalla final, siempre que los pueblos en su modorra no olviden las señales; hasta entonces hay que perseverar, hermana, dijo una tarde Johannes al pasar por debajo de su sermón. Le di un codazo, a pesar de estar convencida de la imperturbabilidad de esa mujer a quien llamábamos la agorera para distinguirla de la chillona del segundo patio. Un día me di cuenta de que su ventana estaba cerrada. Quien llama tanto a la muerte..., me comentó Ella König con una calma cargada de rencor.

Desde que la agorera enmudeció, nadie había llenado tanto el patio con su voz como Margarete Bauer cuando se embalaba. Me sacaba una cabeza y estaba más entrada en carnes que yo. Era compacta, estaba revestida de una piel tirante que en verano se ponía como un tizón. Sus ojos oscuros y su pelo negro y brillante le daban un aire sureño. Al poco de instalarse Margarete, Neumann preguntó si habían realojado a gitanos en nuestra finca.

Cuando la veía hablar, tenía la impresión de que cargaba las pilas, acumulaba energía para las próximas horas en la misma medida en que la gastaba sin mostrar indicios de agotamiento en el rostro, amplio y vivaracho, ni en el porte, bien erguido, como si hubiera aprendido a llevar peso sobre la cabeza. Hablaba a la lejanía, no parecía necesitar a nadie enfrente, ni siquiera la proximidad de las sombras alargadas que acababan rodeándola siempre que le daba a la lengua. A diferencia de la señora Müller, que pegaba la hebra con el primero con el que se cruzara, Margarete Bauer tenía interlocutores fijos; yo misma fui uno de ellos durante una temporada. Seguro que seguía un criterio, pero nunca lo mencionó ni se podía deducir de las personas elegidas. La forma de actuar de Margarete tenía, dicho sea con todo el cariño, algo del sublime libre arbitrio de los soberanos absolutistas. Cuando caí en la cuenta, me dolió haber sido objeto de una decisión soberana ante la que nada podía hacer. Luego acabó gustándome precisamente por eso, ya que me exoneraba de toda responsabilidad. No hacía falta justificar la elección de Margarete, no tenía que mostrarme a favor ni en contra, ni tampoco violentarme por una sinceridad unilateral para la que aparentemente había tan pocos motivos. Cierto que ambas teníamos la misma edad, amábamos las mismas novelas, hacíamos acopio de mermelada de fresa y de ciruela en cuanto había oportunidad, temíamos a Neumann, no pertenecíamos al partido, algún día idolatramos a Gérard Philipe y en primavera nos sumíamos en la melancolía. Pero frente a esas similitudes había diferencias importantes en cuanto a la manera de vivir y al bagaje. Margarete vivía con un hijo sin padre. Yo con un hombre que no me había dado hijos. Yo podía trabajar e irme a dormir cuando me diera la gana. Ella tenía que irse a la cama pronto, también en domingo, ya que la directora del colegio, esa vieja bruja, como ella solía llamarla, no permitía ningún retraso con respecto al horario establecido, aunque fuera por deseo expreso de los padres. A las ocho, ni un minuto más tarde, tenía que estar en su editorial, que por suerte no le quedaba lejos, donde echaba ocho horas y tres cuartos cada día, tardaba diez minutos en volver a casa, donde sin darse un respiro emprendía esas tareas que, sin entrar en detalle y obviando que me fueron inculcadas con el título «Hogar y educación», yo incluía bajo un epígrafe que acabó siendo el habitualmente usado «Segundo turno». Solo quedó una mera generalización, un tablero de nombres como *división del trabajo, condición sexual, patriarcado* y *emancipación,* como si Margarete Bauer fuera a enmudecer tras esos cartelones.

—Era pura vitalidad, nunca la oí decir que se encontraba mal. Y de pronto, ¡zas! —dijo la señora Schwarz.

En mi lugar de trabajo todavía había luz, pero la esquina donde estábamos sentadas, lejos de la ventana, estaba sumida en la penumbra perenne de las habitaciones berlinesas de techos altos. Desde el sofá no podía descifrar lo escrito en el monitor, tampoco lograba recordar en qué palabra había interrumpido el timbre de la puerta la historia de ese revolucionario que de joven debía de ser realmente hermoso, y prácticamente hasta el final, pues murió a los veintisiete años. En comparación, Margarete Bauer había vivido una eternidad.

—En lo mejor de la vida —dijo la señora Schwarz meneando la cabeza—. ¿Dónde ha sido? ¿En el hospital? A mi marido le llegó en la habitación del hospital, cuando lo ingresaron para operarlo...

¿Qué le diría en cuanto volviera a la carga con la pregunta? Lo siento, no lo sé. ¿Tan importante es saber la causa? Repentino paro cardiaco. Sonaba a engañifa, justo lo que era. Se tiró desde un balcón, en casa de una amiga, un décimo, falleció al instante. Creo que fue así. Saltó o se dejó caer. El núcleo duro de la noticia. Quizá el piso no sea el correcto, quizá no muriera allí mismo. Pero qué otra forma había de decirlo, se ha suicidado y punto, huelgan las explicaciones, ahora a despedir a la señora Schwarz con el deber cumplido, que se devane los sesos dándole vueltas, ya no es asunto mío. Eso era todo lo que sabía. Dejamos de vernos cuando Margarete y Norbert se mudaron a un exterior de los de la fachada, apenas coincidíamos, rompió la relación como en su día la inició, de manera soberana, y yo lo acepté con un tenue pesar que encerraba un poso de agravio, pero sin el más mínimo impulso de salirme de un papel que, al no implicar cambio alguno, me iba moderadamente bien y que luego, cuando me lo quitó, cayó en el olvido sin dejar casi huella, de modo que la naturalidad con que Margarete me hacía sus confidencias mientras yo escuchaba obediente y algo distraída devino en cordial saludo cuando por azar se cruzaban nuestros caminos. Ahora, en honor a la señora Schwarz, me veía obligada a buscar alguna explicación al suceso a partir de mis escasos recuerdos y de los rumores que corrían por el vecindario.

En el último año Margarete Bauer había perdido su trabajo. Desde entonces había estudiado ofertas, rellenado solicitudes y perdido incontables horas en las salas de espera de distintas oficinas sin encontrar nada adecuado para ella ni tampoco algo a lo que ella pudiera adecuarse; las posibilidades de éxito se iban estrechando y el gasto diario era cada vez más gravoso, en gran medida porque ni el cálculo ni el comedimiento eran su fuerte. Norbert se había ido de casa, huyendo de su madre, según los rumores, y la dolorosa aunque duradera relación de Margarete con un hombre casado tampoco logró superar la crisis general. Todo eso era terrible, aunque seguro que no era nuevo para la señora Schwarz, que se habría sentado frente a ella a escuchar sus desdichas con una taza de té y una porción de tarta de manzana, no me cabía la menor duda.

—¿No le contó nada?

—Sí, claro que sí, me habló de esos golpes del destino, uno tras otro, tan seguidos, pero nunca mencionó que estuviera enferma —dijo la señora Schwarz para luego continuar con la historia del hospital.

El salto desde el balcón ni siquiera se le había pasado por la imaginación. En eso entendía a la señora Schwarz. Para mí era como si no hubiera sucedido, como si Margarete hubiera vencido a la muerte adoptando una presencia irreal. Desde entonces, en las conversaciones, una extraña criatura merodeaba por aquí recorriendo las escaleras y los patios. La mayoría de las veces ese ser les resultaba perfectamente traslúcido; tenía que pasar, ¡esto ya es demasiado!, decían, otra víctima de nuestra revolución incruenta, no, así no nos habíamos imaginado el cambio, otra vez a costa de los más débiles, de los que tienen la piel más fina, y no son pocos, eche un vistazo a las estadísticas, ahí está todo, por escrito. Luego volvía a parecerles que esa criatura había perdido la cabeza, pues nadie se mata por esas historias, adónde iríamos a parar si todo aquel al que se le torcieran las cosas echara mano de una soga, no, ahora nos toca aguantar, al final todo tendrá que mejorar, si hemos sobrevivido a estos últimos cuarenta años..., lo que la gente quiere en realidad es la bendición de arriba, y me refiero a la de verdad, no a vivir de lo que nos vayan dando, sino a asumir responsabilidades, imagínese, yo, como madre que soy, he visto al muchacho, estaba totalmente destrozado, cómo ha podido hacerle eso. En la casa contigua, donde vive Norma, habían calado al sistema, habían desentrañado en dos patadas su tan celosamente guardado secreto; pues claro, ahora ha salido todo a la luz, más de uno no ha podido soportarlo, trágico, pero al fin y al cabo merecido, culpa y expiación, no había otra forma de que las cosas volvieran a enderezarse, era inevitable, o es que quería usted construir una casa sobre un suelo pantanoso, además, los hechos nunca mienten, cómo iban a hacerlo.

—¿No dice usted nada? —preguntó la señora Schwarz.

Deduje que había acabado de contar la historia y que había vuelto a preguntármelo. Como me había imaginado, había puesto la misma cara que cuando se afanaba en abrir la puerta de su casa.

—A mí puede contármelo, no creo que Gretel tuviera inconveniente, siempre nos hemos...

—No fue en el hospital —solté de pronto—. Se tiró por un balcón, desde un décimo. No quería seguir viviendo. Murió al instante.

En ese momento oí con nitidez el ruido proveniente del jardín del rincón; hacía el tiempo idóneo para salir al patio y sentarse un rato. Primero un intercambio de voces masculinas, luego una carcajada a la que se unen otras formando una generalizada que poco a poco va perdiendo adeptos; por último, un choque de vidrios: bebían cerveza a morro. La señora Schwarz se quedó mirando al suelo inmóvil y sin decir nada. En algún momento intenté levantarla. La ayudé. Fuimos juntas hasta la puerta. Me ofrecí a acompañarla. Negó con la cabeza. Bajó las escaleras, la barandilla gimió y rechinó. Luego se hizo el silencio. Finalmente, cuando iba a darme la vuelta, oí el tintineo de las llaves, el chasquido del cerrojo, el cerrarse de la puerta y el correr de la cadena. A continuación dejé de escuchar ruidos. Me invadió la ira. Con qué facilidad se largaban. A la llanura del Rin o al más allá. Los que se han quedado deberían seguir su ejemplo y marcharse, que cada cual haga lo que quiera, libertad ante todo, el que se quede lo hará por miedo, debilidad o estupidez, una selección natural, como en los viejos tiempos, solo que ahora la dirección donde uno vive hace las veces de psicograma. Y mientras, aquí, en tumbas aún frescas, las víctimas, los verdugos, los verdugos-víctimas sin poder oír lo que se dice de ellos; cuanto más densas son las conjeturas, más concluyentes son los juicios, la irreversible perplejidad de quienes no alcanzan a explicarse nada. Seguro que la señora Schwarz estaba ahora en su lúgubre cocina hablando sola entre susurros.

Debería haberle dicho: La historia es como sigue. Margarete hizo lo que quería hacer, con la mente despejada, tal y como la conocimos; su muerte cierra la imagen que tenemos de ella sin desfigurarla, y en vez de reprocharle que nos haya dejado en la estacada, deberíamos dar gracias porque haya encontrado una salida, pues no ha sido más que eso, una salida liberadora. Fuera o no cierta, esa idea me servía de consuelo. Aunque quizá no era más que un adiós conmemorativo, pensé, una campaña encubierta contra el desfallecimiento y la rabia, como los que profieren oraciones fúnebres apilando palabras sobre los muertos para que puedan irse en paz y dejar tranquilos a los que se quedan.

Me metí en casa y me asomé al patio. El ala lateral del edificio aún no cubría con su sombra la isla verde donde estaban sentados los cinco hombres: caras, calvas, nucas y brazos al calorcito y las suficientes botellas vacías como para pensar que iban por la segunda ronda de cervezas. La visita de la señora Schwarz no podía haber durado mucho. Asomada a la ventana me eché hacia delante. Saltar desde esa altura probablemente no bastara para morir, aunque sí para una historia clínica desoladora, como la del joven que convalecía junto al señor Schwarz, lo cual me hizo volver a pensar en la señora Schwarz. Margarete murió enseguida.

Usted ya va servida, le dijo el joven cacho de carne con ojos de la oficina de la vivienda sin siquiera pestañear. Una mujer soltera con niño no podía aspirar más que a un estudio dividido, y todo con ese tono de: «Pero ¿quién te has creído que eres?». Margarete vino soltando sapos y culebras; por más que se había mostrado comprensiva y dócil, la habían tachado definitivamente de la lista de solicitantes. Solo con pensar que iba a seguir estancada en el mismo puesto hasta que se jubilara, quizá con una nueva máquina de escribir, con nuevos colegas, con las paredes pintadas de otro color, pero el resto pura repetición, se ponía mala. Algo tendría que ocurrírsele, en cuanto Norbert se espabilara, iba a liarse la manta a la cabeza, lo de aquí no era vida. Yo me la imaginaba en Jamaica. ¿Por qué no Jamaica? Al fin y al cabo, está en el mismo planeta que nuestro cuadriculado país de tres letras. La creía perfectamente capaz de irse a vivir allí; de hecho, cuando de golpe y porrazo el mundo se abrió ante nosotros, me sorprendió que Margarete se quedara y no emprendiera una nueva vida entonando un «hasta nunca jamás».

Ahora la muerte la mantenía a una distancia que iba en aumento. Aun así, hice el esfuerzo de imaginármela atravesando el patio con el larguirucho de Norbert a su lado, entrando en la tienda de verduras de Griebenow, cruzando la calle en diagonal para llevar a la señora Schwarz hasta los bancos del parque o saludándome con la bayeta mientras limpiaba la ventana a ritmo de *reggae*. Su cara se había vuelto un óvalo oscuro en el que yo buscaba sus rasgos. Ahí estaba la boca, abierta como un cráter. De cuando en cuando entraba en erupción: maldiciones espeluznantes, gritos que nunca llegamos a distinguir con claridad si eran de puro horror o de ciega ira, pero que aprendimos a temer, pues eran el preludio del furor que nos despertaba en mitad de la noche, y luego oíamos el correr del agua, a cubos; algunas noches tenía que cocinar hasta caer rendida, la gritona del segundo patio, que desapareció una temporada larga y luego volvió de lo más tranquila para pasar desapercibida como un volcán apagado. No entendía por qué me resultaba más fácil imaginar que Margarete, de no haberse arrojado por la ventana, cogería el testigo de esa loca ya casi perdida en el olvido y, con la fuerza de la que la creía capaz, se iría arrancando la vida del cuerpo a berridos en vez de afrontarla con valentía y esperar que el próximo año cambiara su suerte y quizá sus posibilidades de mudarse y así llegar a vieja y hacer balance y sentirse satisfecha. Esa boca abierta en un rostro sin rasgos no tenía nada que ver con la que antes me hablaba. No provenía del recuerdo. Del deseo más bien. Deseaba que en los próximos días volviera la señora Schwarz para decirme que había estado meditándolo y que lo que había sucedido era lo mejor que podía haber pasado; entonces yo asentiría de corazón.

LOS VEÍA DE ESPALDAS, A DIFERENTES DISTANCIAS, SOBRE UN fondo cambiante. El número y la posición no variaban. Un grupo de pie. Tres personas a la derecha y otras tres a la izquierda de los tablones puestos al borde del hoyo para poder pisar sin que los pies se hundieran en la tierra recién removida. Seis siluetas negras, a lo lejos, cada una de ellas claramente perfilada sobre el blancuzco y monótono cielo, como si estuvieran en un descampado. De pronto, como si la distancia y el negro de sus figuras se hubieran disipado, los reconocí y supe también dónde estaban, aun antes de que apareciera por detrás un lugar cercado con caminos de gravilla a lo largo y a lo ancho donde había lápidas y cruces y muros cubiertos de hiedra y sedo con alguna florecilla chillona en medio.

El grupo iba de oscuro, la mayor y la más joven de las cuatro mujeres, de negro riguroso, al igual que los dos hombres de estatura casi idéntica: al margen izquierdo, el mayor, moreno; al derecho, el muchacho, flaco y pelirrojo. No alcanzaba a determinar si eran los únicos asistentes o la avanzadilla o la cola de un largo cortejo fúnebre que aguardaba fuera de cuadro; lo cierto es que no me interesaba lo más mínimo. Lo único que quería era que ninguno de los seis se desdibujara, que no se movieran de donde estaban para poder seguir observándolos. Su colocación era extraña, improbable incluso. Sin embargo, a mí me resultaba de lo más natural, nada alteraba la impresión de unidad, como miembros de una familia parados frente a la fosa donde cada uno había arrojado sus tres puñados de tierra. En el ala derecha, la chica, la anciana, el muchacho, muy juntos, del brazo, y, a la izquierda de los tablones, separados, tres adultos de mediana edad, dos mujeres y un hombre. A ambos flancos, la persona de en medio era ostensiblemente más baja que las demás, de modo que la vista de esas cabezas describía una línea ondulada que empezaba en el rubio claro de la derecha y se deslizaba por el castaño y el rojo henna hasta el negro del margen izquierdo, detalle que pude apreciar porque la imagen se mantuvo lo suficiente como para que la pudiera observar con detenimiento, lo que provocó que el corte que había en medio del grupo pronto no fuera más que una débil grieta que apenas dejaba ver un trozo de arbusto.

La mujer mayor estaba encogida; a juzgar por la postura de la chica rubia clara y del esbelto muchacho, quizá estuviera descargando su peso en los brazos que la sostenían por ambos lados; los dos estaban tiesos pero relajados, a diferencia de los mayores, que parecían crispados, sobre todo el hombre, ataviado con ese traje negro tan apretado de pantalones pesqueros, pero también la mujer más voluminosa, disfrazada con cualquier cosa con tal de ir de oscuro, mientras que la otra, para mi alivio, tenía una facha aceptable enfundada en un traje de chaqueta de rayas que nunca le había visto y que era evidente que no le abrigaba nada.

El verde de los abedules y los estivales ramos de flores depositados junto a la tumba aún fresca no pegaban con el cielo invernal poco poblado de nubes ni con los abrigos y las chaquetas del grupo de la derecha. Al ver tiritar a esa mujer, me di cuenta de que la imagen estaba como partida en dos, que generaba una tensión que te arrastraba hacia uno u otro lado del viento; yo deseé el verano.

Aunque entonces sería otro cementerio, el primero en el que estuve, una amplia y agradable explanada con la hierba bien alta al borde del camino y abedules recién plantados que aún no daban sombra, un campo que lindaba con otros campos y que en breve tendría que ampliar sus límites, pues en el otrora primer sector los muertos estaban muy juntos y cada vez llegaban más, y eso que no todos gozaban de un ataúd. Al ver las hileras de cruces blancas que casi se tocaban entre sí, hasta un niño se daba cuenta de que ahí abajo no podían estar esos estrechos habitáculos donde se mete a los difuntos, motivo por el que reinaba un gran desorden y una gran incongruencia, pues un hombre entero, un muerto, era imposible que fuera tan pequeño como la manchita de tierra donde estaba clavada la cruz, a menos que lo hubieran quemado y el nombre que podía leerse sobre la tierra designara a un montón de cenizas, una idea que me espantaba tanto como pensar en miembros sueltos o huesos amontonados bajo las simétricas filas de tumbas. No me gustaba pasear por allí. En cambio, la parte más antigua del cementerio era todo un reclamo, una prodigiosa aglomeración de tonos verdes y pardos en la que podías toparte con pequeñas estatuas blancas, nombres curiosos en letras doradas, animales de piedra o cruces de hierro cubiertas por la hiedra y encontrar un camino por entre las criptas familiares, bajo cuyas pesadas losas tenía que haber tesoros ocultos. En ese exuberante reino mineral hacía mucho que los muertos se habían desintegrado; hasta las tumbas infantiles habían perdido su mágico poder. En cambio, en la parte nueva, sobre todo en la zona perimetral del campo santo, justo donde solíamos ir, estaban las que me inquietaban y me abstraían deján- dome a solas con algo oscuro, una muerte inexpresable, una muerte errónea que nada tenía que ver con los rostros de las abuelas y las tías abuelas fallecidas que íbamos a visi- tar y a quienes aún podía hablar, pues estaba convencida de que había comunicación entre las cajas de madera allí enterradas y su nueva morada en el pálido cielo que se cer-

nía sobre ese cementerio cuya apacibilidad de jardín se quebraba en las tumbas de los niños, ya que cuerpos del mismo tamaño que el mío no tenían lugar en mis ensoña- ciones de paz eterna y ascenso a los cielos.

Que siguiera siendo verano en ese primer cementerio a pesar de los húmedos y fríos días de difuntos, con sus pro- tocolarias visitas a las tumbas en las que los zapatos se me llenaban de barro (que yo transformaba con la imagina- ción en suelas de crepé, muy de moda en la parte occi- dental e inalcanzables para nosotros), y también a pesar de que no recuerde bien qué tiempo hizo en los entierros de entonces, quizá tenía que ver con mi amor por la tía Ruth, que en la fuente de un cementerio me enseñó a bajar la temperatura del cuerpo mojando las muñecas, y seguro que también tenía algo que ver con las luminosas tardes de antes de las vacaciones de verano en que Ellen y yo paseábamos por allí turbadas por el dolor existencial y por los grandes sentimientos de los libros, a cuyos héroes y heroínas emulábamos rivalizando con ellos en cuanto a dis- posición hacia las acciones magnánimas. Ellen incondi- cionalmente; yo con mala conciencia, porque, mientras hablábamos de cosas nobles y serias, no dejaba de pensar en el chico de clase de quien estaba enamorada desde hacía meses y pensaba estarlo para siempre; aún no nos habíamos besado y nada me atormentaba más que el deseo de hacerlo, deseo del que no podía hablar sin desvelar un secreto sagrado, aunque por otra parte no confesar mis profundos sentimientos era una cobardía y una falsedad, un indicio de mi falta de coraje frente al amor y también una violación de la promesa de nunca mentir ni ocultar nada a mi amiga. El cementerio bajo el sol vespertino, el olor del heno, el canto del ruiseñor y la franqueza de Ellen se erigían ante mí como el distante mundo del bien al que no podría volver sin salir antes del dilema en que me hallaba inmersa. El noveno año de escuela llegó a su fin sin beso. Durante las largas vacaciones el amor se fue extinguiendo sin que apenas me diera cuenta. Seguí sin decirle nada a Ellen cuando volvimos a vernos e intercambiamos vivencias recorriendo los mismos caminos que antes. Ni siquiera yo comprendía lo que me había pasado, ¿cómo iba a contárselo a ella? Sentía una rara mezcla de alivio y pesar, evité al chico lo mejor que pude y por un tiempo lo conseguí, hasta que un día me lo encontré. Fue como si nunca hubiera sentido nada por él. Se había enamorado de una chica de la clase contigua, supongo que mientras Ellen y yo nos dedicábamos a pasear de la mano junto al río por los barrios viejos o camino del cementerio, donde la ciudad apenas se oía salvo por el cambio de sentido del tranvía en la última estación, que se llamaba Frohe Zukunft («alegre porvenir»), nombre que aún conserva.

Entretanto, el grupo había hecho mutis dejando a la vista un fondo desdibujado: el seto oscuro, la arena clara y una tumba vete a saber dónde. Tendría lugar en el cementerio más grande del lado este de la ciudad, lo había leído en la nota informativa. «A todos los inquilinos», ponía en letras bien grandes, probablemente gracias a Kühne, sobre el anuncio de defunción, y abajo, en letra pequeña, el lugar y la hora del entierro. La cita era tarde. Ahora en los despachos se trabajaba más deprisa que en el crematorio. Margarete Bauer aún no estaba bajo tierra y su casa ya había sido desalojada. No podía olvidarme de informar mañana sin falta a la señora Schwarz. Podría acompañarla. Iría apoyada en mi brazo. Un apoyo más bien débil y nadie al otro lado. Norbert estaría en el grupo de los parientes más allegados, él debería ser el primero en recibir el apretón de manos y el pésame, puede que de muchos, o quizá solo de la señora Schwarz y de mí. No tenía ni idea de cuánta gente iba a asistir, aunque sí que sabía quién no iba a estar allí. Tampoco se me escapaba que no había en mi armario ningún traje oscuro, y que la poca ropa negra que tenía daba mucho calor. Aunque no luciría el cielo azul hasta principios de la próxima semana, teníamos temperaturas estivales; sin lugar a dudas, el verde reluciente y el vigor de junio se oponen a la muerte, que invisible reina en otra parte, sobre otras personas.

Ojalá fuera un entierro religioso. No estaba de humor para una banda de música ni para un orador que nos hablara de la naturaleza, del destino, que reuniera penosamente pruebas de que la suya, a pesar de lo trágico que resultaba haber llegado tan pronto a su fin, había sido una vida plena, y que además lo hiciera con la complacencia de quien ha sido contratado para prestar un servicio, un especialista en discursos para celebraciones de cualquier tipo que en el pasado quizá fuera un prohombre de la cultura al frente de un gran proyecto o algo por el estilo, un sacerdote fallido, algo incluso peor, pues no hacía más que reproducir una fórmula consolidada durante siglos y siglos de fe despojada del espíritu que antes portaba. Esa que también los ateos captaban y que aunque fuera una miserable compensación echaban en falta, esa que bien podríamos ahorrarnos, o al menos eso esperaba yo. Por más que el funeral fuera ineludible, su previsible desarrollo me dejaba fría por dentro. No obstante, me encargaría de la señora Schwarz, de no llegar demasiado tarde, de encontrar el velatorio indicado y de comportarnos como dicta la costumbre, que, por cierto, nada tiene que ver con los deseos de Margarete Bauer, ni con esa idea suya de una playa, música y baile, una fiesta multicolor que culminaría cuando esparciéramos sus cenizas a los cuatro vientos, eso dijo una vez, cuando aún se encontraba entre los que expresan sus deseos para que algún día se cumplan.

Podría llamar a Johannes. Desde la nueva cabina, justo en la esquina, o desde casa de Norma, que se había reenganchado a la línea del anterior inquilino. Qué suerte que aquí las cosas no fueran tan rápido, mi solicitud de servicio no era de las más antiguas, de modo que un poco de paciencia, las negligencias de cuarenta años no iban a subsanarse de un día para otro, había que hacerse cargo. Telefonear era muy sencillo, a mí me gustaba. Recordando el ayer me había comprado una tarjeta para llamar e iba a utilizarla en la nueva cabina, iría al caer la noche, marcaría los números que me sabía de memoria, escucharía la voz de Johannes, tan cerca como si estuviera allí mismo, y le pediría que viniese. Podía imaginarme la conversación como si ya la hubiera mantenido.

Cómo iba él a hacer eso, cómo iba a cogerse vacaciones de buenas a primeras, sin un motivo de peso. Eso era antes. Ahora el trabajo era trabajo de verdad, nada que ver con ese ir a ver qué pasa donde uno podía trabajar duro o no hacer casi nada, ir todos los días o faltar cuando le viniera en gana, daba igual, no dependía de eso, de ahí no salía más que miseria, a él nunca le había olido bien, diría Johannes, y además estaba esa ausencia total de criterios, lo de los premios por turno, porque, cómo no, todo el mundo tenía derecho a que se reconociera su labor, y pobre del que los cuestionara, lo tomarían como una afrenta, y no solo porque hubiera dinero en juego, no, sino más bien porque a un trabajador no se le criticaba; al fin y al cabo, cada cual daba lo mejor de sí mismo y, si era necesario, siempre podía recurrir a los tópicos sobre la productividad de las masas, como una clase de alumnos a los que no se les pudiera exigir más que un insuficiente; esa conciencia de la propia valía apática y niveladora se había extendido por todas partes, y ahora no resultaría fácil erradicarla con coerciones y estímulos drásticamente nuevos, al contrario, iba a ofrecer mucha más resistencia de la esperada; también por eso había decidido marcharse, darle la espalda a una tragedia en la que él no podría cambiar nada. Ya me sabía el discursito, así que no teníamos por qué rumiarlo por enésima vez. Sí, le diría, tienes razón, pero aun así ven, hazlo por mí. No había otro motivo. Apenas conocía a Margarete Bauer, seguro que la había olvidado hacía tiempo. Si viniera, a pesar de que detesta los entierros, se embutiría en el traje con el que se casó y nos llevaría a la señora Schwarz, que por cierto le sacaba de quicio, y a mí al cementerio, y luego, en mi honor, estaría todo un día despidiendo olor a sacrificio. De modo que no le diría: Aun así ven, hazlo por mí, sino que escucharía en silencio su detallada descripción de las circunstancias que hacían inviable una visita de esa clase y aguardaría hasta que la interrumpiera bruscamente para decirme: De acuerdo, voy. Pero esta vez no sucedería así; la idea que me hacía era lo suficientemente clara como para dejar intacta mi tarjeta telefónica de no tener otro motivo para llamar.

Como de todos modos mi deseo no se iba a cumplir, decidí dejarlo a un lado y volver a la realidad.

Norma no había llegado a conocer a Margarete Bauer. Carecía de sentido que viniera al entierro y que se trajera a su hija, como si se tratara de un muerto de la familia. Nada unía al grupo que mi imaginación había formado, nadie iba a unirlos. Norma daba crédito a los rumores que corrían por su casa. Ninguna oración fúnebre, por emocionante que fuera, iba a disuadirla de ello. Habíamos discutido. Yo deseaba que nos reconciliáramos. Por eso estaba ahí, vestida de oscuro, junto a mí, y Sandra al otro lado, corroborándolo todo, las tres, no se sabe dónde, desde luego no en el suelo de tierra donde a principios de la semana siguiente enterrarían las cenizas de Margarete Bauer.

Norma se mesó los cabellos. Ella no sabía cuánto me gustaba ese tic que con toda seguridad había adquirido en la escuela, cuando hacía teatro con un grupo de aficionados llamado Círculo Dramático, al que dirigía un actor de verdad, bastante admirado, que a menudo había hecho papeles de protagonista en el Stadttheater, entre ellos un Fausto, y que durante un año había estado preparando con ellos *El sueño de una noche de verano* sin llegar a representarla, motivo por el que me imaginaba ese mesarse los cabellos como una actuación al margen de la obra, una aportación personal de Norma ante la desesperación por tener que ensayar por enésima vez una de esas —según decía ella misma—, ridículas escenas, ya que en vez de hacer de un obrero que a su vez representaba una pared, podría haber sido una Julieta, una Ofelia o una Desdémona maravillosas; con que se hubiera dignado mirarla una sola vez, se habría rendido a sus pies ese actor cuyo nombre se me resistía, pero que no me atreví a preguntar cuando Norma echó la cabeza hacia atrás y hundió ambas manos en esa encrespada melena castaño oscuro.

La primera vez que la acaricié, lo hice con cautela, como si se tratara de un pellejo, una membrana que nunca antes hubiera sido tocada. Era un pelo totalmente distinto al mío, al de Johannes, al de Max, al de todos los niños que conocía. La palpé con los dedos, los hundí hasta dentro, mi mano era un peine que lentamente iba de abajo arriba; resultaba increíble tanta abundancia —todo un mundo—, cálida y acogedora como la mata de pelo blanco de la cabeza del abuelo de Jepke, aunque del libro de estampas me acordé más tarde; no, fue cuando Norma me abrazó de repente, mientras la estaba acariciando y hundí el rostro en esa maraña y me empapé de su aroma... No podía ver nada, solo noté que se me iba la cabeza.

No debía mirarla a los ojos, sino abrir la boca y contarle lo que se me acababa de ocurrir hacía un momento. Norma se había levantado de un salto y estaba justo delante de mí con las manos en los bolsillos.

—¿Qué iba a decirte? Si te sentaras, quizá volviera a acordarme. Aunque...

Quería descargar el ambiente de tensión, Norma estaba cada vez más hiriente, yo a punto de morder, un combate de horas interrumpido cuando Norma se mesó los cabellos y sin querer me sacó del campo de batalla, adonde no tenía ganas de volver, aunque tampoco había recuperado tan rápido la calma y la razón, aún estaba alterada porque se me había encarado y no se dejaba amainar.

—... aunque lo que más me interesa ahora es saber si la mata de pelo del abuelo de Jepke también escondía un nido de pájaros, un pequeño remolino, sí, ahora estoy segura. Me gustaría volver a echarle un vistazo al libro. No sé dónde estará.

Norma se puso lívida, luego se dio la vuelta, aunque quizá aún tuviera tiempo de decirme: ¡Lárgate! O tal vez me lo pareció.

Eso fue hace tres días. No iba a seguir esperándola, hoy mismo iría a verla y nos reconciliaríamos, punto.

El rumor sobre Margarete Bauer. Norma me lo contó como si fuera cierto; ni rastro de duda o distanciamiento. Me molestó y se lo hice saber, pero ella siguió en sus trece, me... me estaba poniendo de los nervios, hasta que al fin estallé. ¡Que ella también diera pábulo a algo así! Que fomentara ese miserable *juego* social, aunque juego no era la palabra más adecuada para nombrarlo, sobre todo por las devastadoras consecuencias que tenía para los afectados y en definitiva para todos en un clima de sospechas y acusaciones públicas como en el que estábamos, que precisamente ella... Ahora era Norma la indignada. ¡Quién era yo para calificar de acusación la mera descripción de los hechos y la difusión de la verdad! Para miserables, los informadores; para devastadoras, las intrigas de un aparato de vigilancia y control sin precedentes, y quien no tuviera claros esos límites estaba en el lado erróneo, pues no hacía otra cosa que defender a los verdugos y perseguir a las víctimas; al menos debería tener eso claro antes de hacer saltar las alarmas porque el conejo estuviera a punto de comerse a la serpiente. Por Dios, Norma, yo también leo los periódicos, dije, o puede que dijera algo más ofensivo, y al poco me di cuenta de que estaba haciendo lo mismo que

Norma: servirme del caudal de expresiones y argumentos que había leído. Quizá no pudiéramos hablar de otra forma, quizá la propia opinión no fuera una idea original expresada con frases aún no oídas, pero el impulso y los motivos para adherirse a una determinada opinión o contradecirla sí que eran propios, y en ese momento me pareció que ese *propio* era precisamente lo que más se escapaba a la comprensión.

No preguntábamos nada, no queríamos saber nada, ya estábamos al tanto de todo, dilatábamos explicaciones solo para debilitar al oponente, para desenmascararlo, luchábamos por la palabra precisa y subordinábamos a lo dicho lo que no decíamos aunque sin duda pensábamos, lo cual se notaba claramente; nos conocíamos tan bien que no podíamos creer lo que estaba saliendo a la luz, era para volverse loco, nunca jamás habría pensado que alguien, que precisamente tú... Pero por qué no intenté aclarar semejante malentendido, por qué retorcería las palabras... Increíble, imperdonable.

Una pelea normal y corriente, diría Johannes.

Solo recordaba fragmentos, sin orden ni coherencia. No podría decir cómo empezó. Defender a Margarete Bauer. Pero ¿por qué? Porque ella ya no podía, porque estaba convencida de su inocencia o porque quería preservar la imagen que tenía de ella y acallar de raíz las sospechas por la mancha que dejan, por más que un día lleguen a ser desmentidas, o porque yo misma me sentí amenazada por la predisposición de Norma a creerse un rumor; algo habrá de verdad en ello, cuando el río suena..., me dijo, y me pidió que le nombrara un solo caso en que las sospechas estuvieran completamente infundadas, en el que el acusado no lo niegue todo hasta no tener delante de las narices las pruebas incriminatorias, e incluso aún entonces. Esa es precisamente la cuestión, repuse, ¿qué pretende demostrar todo ese material y qué es lo que realmente demuestra?, dicho de otro modo, en caso de duda, ¿a quién creerías antes, a la nota de un acta o a alguien en quien confías? Pongamos por caso que las sospechas recayeran sobre mí. Por un momento vaciló. Luego dijo que no pondría la mano en el fuego por nadie. Ahí debí de desconectar. Noté que seguía hablando, volvió a la carga con una pregunta hipotética, con qué si no, pero ya no la escuchaba.

Frialdad, un dolor sordo en alguna parte, y Norma repentinamente otra. Una mujer a quien podía imputarle lo que siempre había pensado de ella cuando daba en el blanco y la dejaba desconcertada; entonces se ofuscaba y empezaba a decir disparates mientras yo me parapetaba cuidadosamente tras mi raída superioridad como tras una muralla, qué remedio, de qué servían mis dardos frente al daño que ella me infligía, esa enemiga estruendosa con pies de barro, lo que está bien y lo que está mal, la verdad, la mentira, el valor y la cobardía, verdugos, víctimas, la culpa y la expiación, palabras huecas, como podía comprobarse fácilmente turno tras turno por medio de preguntas y objeciones dirigidas a tocar un poco esa moral de la que hacía gala, preguntas que admitían réplicas, pero no, en vez de eso, ella me espetó que yo sabía muy bien a qué se refería, que no me fuera por las ramas todo el tiempo, que dejara de una vez esa palabrería, esas sutilezas dialécticas que la volvían loca, hasta que empezó a tirarse de los pelos como solo ella podía hacerlo y volvió a ser Norma.

Iba a disculparme ante Norma. Le diría lo que me había hecho daño. Seguro que no se iba a poner a la defensiva: No te preocupes, no ha sido más que una pelea sin importancia. Era como yo, chapada a la antigua. No tenía la piel dura ni tenía la menor idea de lo que era la cultura del conflicto.

Johannes y Max se acaloraban mucho cuando discutían. En su toma y daca gritaban como locos, se decían auténticas barbaridades, los dos intentaban a toda costa tener razón, decían todo lo que tenían que decir, enumeraban los puntos y al final se daban la mano. Aprendieron mucho en nuestras primeras elecciones, en esas semanas de infinitas discusiones que tanto maldecían, pero que mantenían hasta la extenuación, atónitos ante mi derrotismo: Dejadlo ya, hace tiempo que habéis perdido los dos. De eso nada, solo pierde el que abandona; por cierto, qué significa ese «habéis», como si a mí no me concerniera, como si pudiera quedarme al margen. No te tenía por apolítica, me dijo Max. Te niegas a aprender, me reprochó Johannes, estás tan acostumbrada al viejo tufo y tienes tanto miedo al aire fresco que no puedes respirarlo a bocanadas. Antes nos encerrábamos plácidamente en casa a salvo del enemigo común y observábamos su incapacidad, su estupidez, sus horribles defectos, su brutalidad, pero no nos atrevíamos a meternos con él abiertamente, toda nuestra audacia consistía en despellejarlo en la intimidad, en burlarnos de él, y si alguien no pensaba como nosotros, no hablábamos con él y punto, porque lo que necesitábamos era unidad para sentirnos fuertes, para sobrellevar nuestras debilidades, nosotros, súbditos sin quererlo, engranajes iluminados de una maquinaria que sabían que las cosas no podían seguir así, que debía suceder algo; solo con saber a qué, nos habríamos apuntado de inmediato, y no me refiero a los delirios de esos grupillos de idealistas ni a esos individualistas con ansias de notoriedad. Las cosas eran más o menos así, dijo

Johannes, y también iba por él, que hasta cierto punto aún podía entender esa actitud e incluso disculparla. Lo que se había vuelto inexcusable era la permanencia en el apoliticismo y la estupefacción, como si aún no se nos hubiera dado la oportunidad única de salir de nuestra culpable minoría de edad. Libres y adultos al fin, dijo Johannes, así es, dijo Max, y yo dejé que ambos me lo dijeran.

Le contaría a Norma lo del quiosquero de una ciudad de provincias donde todos habían vuelto a sentarse en la plaza como antes solían hacerlo, como una bandada de pájaros que levanta el vuelo en cuanto alguien da una palmada, eso es lo que decía ese hombre rechoncho de pelo rizado mientras hacía chocar sus manos y miraba de soslayo al cielo con aire meditabundo, como si aguardara a que los pájaros ahuyentados volvieran a posarse donde antes, lo que me hizo pensar que si hubiera un dios de la historia, estaría observando de la misma forma nuestros resurgimientos, revoluciones y catástrofes. En la sala hubo carcajadas, en los pueblos no se rompen la cabeza pensando en la ilustración y el progreso, aunque también allí se dieron sorpresas desagradables, como la del piadoso organista del pueblo de al lado, que había sido confidente durante años, al igual que dos o tres personas más de quienes nadie lo hubiera pensado; estremecedor, pero no para dejarse confundir, todo el mundo sabía lo que podía esperar de los demás, tanto antes como ahora. Puede que hubieran cambiado las condiciones, pero no las personas, la vida seguía su curso.

Esta vez llamaron fuerte. No podía ser la señora Schwarz. Norma, quién si no, Norma, por el motivo que fuera tenía la tarde libre y estaba lista para la reconciliación, como yo; mi deseo funcionaba como un imán, ya lo había pensado alguna que otra vez e incluso corroborado con la experiencia, aunque también en otras muchas ocasiones resultaba lo contrario, pero un día como hoy, con las caras que he visto esta mañana, el chico del patio, el cielo azul, muy buenas señales, tiene que ser Norma, ya voy, aunque el trabajo es el trabajo, pero cómo voy ahora a meterme en esas viejas historias, no lo pienses más, corre hacia la puerta, ya llego.

Fuera estaba Max. No esperaba pegado a la puerta, sino un par de pasos apartado, cerca del recodo de la barandilla, como indeciso entre irse o quedarse, con la chaqueta de cuero echada al hombro izquierdo, la camisa blanca remangada por los codos y con un par de botones desabrochados, a modo de pequeña concesión al verano, los vaqueros claros y sus históricas sandalias, compradas de reserva cuando aún se veían por ahí, sandalias de Jesucristo, otro nombre del pasado, en desuso pero perfecto para Max, siempre con la misma ropa, su pertinaz palidez, su delgadez y su penetrante mirada de niño. Deberían ponerles otro nombre, solía decir Johannes, que al ver a Max llevándolas no podía evitar imaginárselo como el alumno más destacado de la clase de Religión y por eso a veces le llamaba el Evangelista.

—Max, no te esperaba. Me pillas trabajando —le mentí para que pudiera preguntarme qué estaba traduciendo y de qué iba.

Un texto sobre la belleza de los estadistas. ¿Ciencia ficción? Eso o algo por el estilo, diría Max, y entonces yo podría contarle algo, pero sin entrar demasiado en honduras, pues en un cuarto de hora como mucho nos iríamos a la cama. Siempre sucedía así. En el piso de abajo, Neumann tendría que compartir nuestros jadeos y mañana me encontraría una queja en el buzón. Al menos esta vez tendría que sacrificar un trozo de papel, ya no podría escribir más en el borde de las láminas que había colgadas junto a mi puerta, los hermosos tapices de Cluny, *La dama y el unicornio,* y unos centímetros sobre su cabeza, garabateado por Neumann, «Burdel, prostíbulo». Pero ahora la pared estaba desnuda, amarillenta, con unos agujeritos aproximadamente a la altura de los ojos de Max, que sin embargo no reparó en ellos porque solo tenía ojos para mí.

—Me alegro de que hayas venido. No te quedes ahí, pasa.

EL SUELO ESTABA CALIENTE. HIERBA ALTA Y EN MEDIO ALGUNA
que otra flor cuyo nombre desconocíamos. El año pasado
no salieron. También era nueva la nariz de la cabeza de
mármol blanco del poeta, mutilada hace mucho.

No muy lejos de nosotros gateaban por el verde dos
niños imitando a un dogo que llevaba atado al cuello un
pañuelo de colores. Era de los chicos que estaban sentados
junto al seto de jazmín que separaba el parque de la calle.
Ahora se sentaba con ellos una chica que añadía el negro
a una estridente combinación de colores de pelo que incluía el rosa, el cardenillo, el azufre y el rubio claro. Ninguno del grupito se había lanzado a quitarse algo de ropa, ni
siquiera los zapatos. Max y yo tampoco. Vestidos y rodeados de gente semidesnuda.

Tenía la cabeza apoyada en el regazo de Max, desde donde podía ver las hojas de castaño sobre mí y, si se echaba
hacia delante, también su rostro, de nuevo inaccesible,
inexpresivo una vez borrada la violencia del deseo y del
éxtasis, como siempre. Quizá Max me viera del mismo
modo a mí. Un balón botó sobre nuestras piernas estiradas, luego lo siguió un chico, nos lanzó una mirada furtiva
e inmediatamente dirigió la vista a otra parte. Cerré los

ojos para concentrarme en los sonidos de alrededor. A la izquierda, a un volumen brutal, el refrescante ruido proveniente de la piscina infantil; a la derecha, el zumbar y el rodar de la calle; de fondo, los trenes y los tranvías cruzando el lejano puente; cerca de nosotros, voces, ladridos, el agudo canto de los gorriones posados en el castaño. No se oían ni el aire ni los vencejos, era como si se hubieran ido, pero seguían ahí, solo tenía que abrir los ojos para volverlos a ver. De pronto vino del río un suave ruido de motor y murmullos, probablemente uno de esos barcos que dan paseos fluviales cuando hace bueno, y casi a la vez, desde arriba, la voz de Max.

—¿Sabes qué día es hoy?

Noté bajo la palma de las manos sus huesudas rodillas; tras la nuca, su sexo, blando aunque yo estuviera encima.

—Déjame pensar. Hoy es la séptima vez.

No se refería a eso. Me hablaba de la fecha.

—Hoy se conmemora algo —dijo Max—. ¿Lo has olvidado?

Ah, era eso. Claro que me acuerdo, 17 de junio. De pronto una mezcla de sensaciones, hasta un sabor. No hay muchos días...

—Claro que no. Hacía mucho calor, como hoy. De comer había coliflor rebozada —dije.

—¿Eso es todo?

... de los que aún pueda decir lo que comí o qué tiempo hacía. Aunque el único motivo para que conserve esos recuerdos es todo lo demás, los acontecimientos, lo que en su día se llamó como nunca más volvería a llamarse: intento golpista contrarrevolucionario, lo que el resto del mundo conoció como levantamiento popular, palabras que aún llevan impregnado el recuerdo de que mi madre no pudo ir a la escuela donde trabajaba porque el centro estaba colapsado por las manifestaciones. Levantamiento popular, del pueblo, nada de que fueran comandados por otros, los congregó la rabia, el odio y el hecho de que la paciencia se colmara, eso fue lo que oí, y a partir de eso me imaginé algo que me pareció bueno, valiente y, por supuesto, justificado, un levantamiento emancipatorio que se hizo visible con el ataque a la prisión, el llamado Buey Rojo, y con el asedio a la sede del partido, donde estaban los opresores, meros peones de un poder externo que seguía siendo el enemigo y que mandó sus tropas contra nosotros llegando incluso hasta nuestra calle. Tanques, dijo mi hermano, la palabra se me quedó grabada, luego oímos los disparos provenientes del mercado; nos prohibieron salir de casa.

—No, también recuerdo los nervios y el miedo —respondí—. Y la cobardía que mostré ante mi amiga.

A mi lado, junto a la acera de la soleada calle. Una criatura estival, luminosa y viva, con unos ojos azul cristalino que brillaban como en los cuentos.

—Jutta dijo que todos estaban mal de la cabeza y no se creyó lo de los tanques que poco después veríamos. No me atreví a decir nada, ni una palabra en defensa del alzamiento. Aún recuerdo la presión que sentí dentro, como si las palabras se me agolparan aquí —dije, pasándome la mano desde el esternón hasta el gaznate para hacerlas salir. Siempre que tenía que decir algo y me lo callaba, me venía esa sensación—. Era la más lista de clase, además de irrespetuosa y muy aguda en sus burlas. La admiraba tanto como la temía. Un día, camino de la escuela me dijo: Las dos somos astutas, pero yo lo soy más que tú. Sabía que tenía razón, pero no pude soportar que lo dijera en alto. Yo competía en la clandestinidad, solo me atrevía a decir algo cuando estaba bien segura de ello...

—Pero en esta ocasión sí lo estabas. Acabas de decir que estabas completamente a favor.

—Y lo estaba, pero aun así tuve miedo.

—No comprendo —dijo Max.

—Nuestra amistad duraría mientras evitáramos el enfrentamiento, o al menos eso creía entonces. La familia de Jutta venía de la parte occidental. Eran rojos de los de verdad. Tenían un montón de libros. Seguro que Jutta sabía mucho más del alzamiento que yo. Lo del aumento de las cuotas de producción no me decía gran cosa a los diez años. No estaba a favor porque los trabajadores se manifestaran, sino porque era un grito de libertad, eso es lo que había oído en casa, un levantamiento contra los comunistas, contra vosotros, y además estoy del lado de vuestros adversarios, debería haberle dicho, pero no pude.

—¿Tuviste miedo a que te delatara?

—No digas tonterías. Tuve miedo a la ruptura. ¿Tan difícil es de comprender?

Me incorporé dándole la espalda a Max, se me habían quitado las ganas de hablar. Follar es todo un invento para la gente que, como nosotros, no necesita estar enamorada, pensé. Todo se reduce a deseo, que se agota íntegramente en los abrazos. Cada vez era como si antes no hubiera pasado y como si fuera la última, quizá por eso las contaba, resultaba increíble que después de tantas veces se repitiera la primera. Nos arrojábamos el uno hacia el otro desde la lejanía, nunca estaba preparado y, de pronto, todo estaba listo, lo dejábamos todo, nada importaba cuando el otro aparecía, por más que no nos uniera más deseo o interés que el que nunca nombrábamos. Siempre había un momento en que nos dábamos la mano como dos rescatados que se despiden tras haber vivido una aventura juntos. Después, lugares separados, acuerdos y desacuerdos, una ternura superficial, ni una palabra de lo único que nos unía.

—Vuelve a echarte, anda —dijo Max—. No querrás que hable con tu espalda.

Me senté junto a él y nos apoyamos el uno en el otro. Empezaron a venir un montón de niños de la piscina, probablemente estuvieran a punto de cerrar. Me dio la impresión de que el parque había menguado, ligeramente aplastado por las moles pétreas de los museos y edificios colindantes. El cielo era azul verdoso, ni rastro de la bruma vespertina. Hemos tenido clima nórdico, le diré a Johannes cuando le llame hoy y me pregunte por el tiempo que ha hecho. Cuando anochece tan tarde, apenas te das cuenta del paso del tiempo. Mínimas variaciones cada vez que miras al cielo, y, entre una y otra, un lapso de tiempo indeterminado.

Los del pelo multicolor habían formado un corro y se pasaban una botella. El perro había vuelto con ellos. Los dos niños tiraron violentamente del tapete que previamente debían haber vaciado, la madre se vistió, recogió lo que se había desparramado y les dijo con voz apagada que ya era hora de irse a casa. Los vencejos planeaban silenciosamente sobre nosotros. El castaño estaba en calma.

—No sé —dijo Max.

—¿Qué es lo que no sabes?

—No sé a qué viene este cabreo. Debió de pasar algo más, no pretenderás decirme que por aquel entonces los niños sabían que era peligroso expresar determinadas opiniones.

—Eso no tiene nada que ver con lo que te he contado. Jutta no me habría denunciado. Si llego a decirle lo del grito de libertad, se habría reído en mi cara. Si me hubiera declarado contraria a sus posiciones, habría dado por zanjada nuestra amistad. Eso fue lo que pensé, no otra cosa, y por eso tuve miedo. Un sentimiento muy distinto al que tuve poco después, cuando el alzamiento fue sofocado y el periódico publicó las fotos de los malhechores junto con esas historias sobre alborotadores y agentes infiltrados, mentiras despiadadas para justificar las condenas por terrorismo. No he podido olvidar esa sensación de desamparo. Lo más inquietante fue la amenaza que quedó explicitada: Esto es lo que hacemos con quien se manifiesta en contra nuestra, nosotros tenemos el poder, nosotros decidimos lo que es verdad.

—Yo entonces tenía tres años —dijo Max—. Si hubiera vivido esa época como tú, me habría largado de aquí en cuanto hubiera tenido la oportunidad.

—Y entonces, en este día de fiesta que ya no lo es, te irías a un lago, leerías un buen periódico y entretanto, con un ligero estremecimiento, pensarías en cómo habría sido tu vida si te hubieras quedado con los tuyos, los que permanecieron en esta miserable prisión.

—Que si haría esto, que si pensaría lo otro... ¿De dónde te sacas todo eso?

Verano y sol, el lago estaba cerca, era de un color azul oscuro, surcado de velas blancas bajo un cielo con manchas blancas, colores sin mezclar, directos de la caja de pinturas, manchas rosas sobre el verde, sombrillas amarillas y rojas junto a la orilla, no importa dónde. Y toda la magia fuera del cuadro, en su invisible modelo, muy por encima de cualquier nota, «seis y medio», ponía debajo de la pintura cuyo título secreto era: *Un lago en la parte occidental*. Seguro que no fue el único que pinté de ese tipo por aquel entonces, mientras Johannes, en su escuela de pueblo de Mecklemburgo, dividía en dos la hoja de dibujo con una línea recta: en la parte derecha, en aburridos tonos claros, escuelas, guirnaldas con banderitas y niños jugando; la otra parte la había pintado con mucho más fervor, en ella todo humeaba, echaba chispas, ardía, la tierra saltaba por los aires, el buen soldado de la cara amarilla abatía a los malos de rostro pálido, el poco espacio que quedaba sobre los dos tanques lo había llenado de aviones y bombas de distintos tamaños, gris, negro y alguna que otra estría blanca de cielo. Toda la fuerza estaba en la lúgubre parte izquierda del díptico destinado a ser colgado en el periódico mural, *Corea en paz, Corea en guerra.* Para mí ningún país era digno de ser pintado, ni siquiera el país de donde venían los paquetes de ayuda cruzando el océano y luego los regalos que nos llegaban a través de la frontera. La mesa de la cocina se llenaba de cosas, las menos interesantes venían en bolsas y cajas y hacían las delicias de los adultos; para nosotros lo brillante, lo dulce, lo chillón, pruebas de degustación del mejor mundo posible desde el principio de los tiempos. Entonces supe que se había instaurado la paz y que por ello podía entrar en casa el chocolate, y también el cacao, sin el que la estúpida benjamina[2] de antes de la guerra no podía pasar, motivo más que suficiente para no seguir leyendo esos manoseados libros en los que se iba haciendo mayor y al final tenía el pelo blanco y ya no jugaba ni le regalaban nuevas muñecas; pero nada más hermoso que aquella criatura del vestido de seda verde, de morenos tirabuzones y largas pestañas pega-

---

[2] La benjamina *(Nesthäkchen);* niña protagonista de la serie de libros infantiles de la escritora Else Ury (1877-1943), muy popular durante la República de Weimar. *(Nota del traductor).*

das a unos párpados que se abrían y cerraban como los de una niña de verdad que unas Navidades poco después de la guerra llegó a nuestros hogares y que fue bautizada con el nombre de Ángel América, el primero de una larga lista de objetos de culto, los buenos regalos de Occidente. Con la imaginación la devolvía a donde ya no volvería nunca, un lugar donde la abundancia era tal que resultaba imposible que se notara su ausencia, un lugar que no alcanzaba a imaginar, pero que algún día formaría parte de la realidad y que hasta entonces sería la ignota tierra de mis anhelos, sin paisaje, una extensión atestada de tiendas donde había absolutamente de todo. Poco a poco empezaron a aparecer por detrás ciudades, países, ríos y montañas; el puntero tocaba el enorme lienzo que descansaba desenrollado sobre un soporte, las planicies en verde y las montañas en marrón dejaban claro en su limitada riqueza cromática que en clase de Geografía había un contraste natural entre el norte y el sur de Alemania; en cambio, la división entre el este y el oeste era arbitraria, partía en dos montañas, un río y hasta una ciudad; el porqué de esa ordenación no debía interesarnos, lo que había que saber era dónde nacían los ríos más importantes para poder seguir su curso desde el nacimiento hasta la desembocadura, atravesando otras muchas líneas; dónde había que señalar cuando nos decían el nombre de una localidad y en cuál de los incontables puntos se posarían los nombres de canciones, historias y cuentos que ingrávidos flotaban en la transparencia, de modo que los tres músicos, el duendecillo Heinzelmännchen, el flautista que cazaba ratas, Loreley, el jinete del caballo blanco y Clara, la pálida amiguita de Heidi, tenían una segunda oportunidad de visitar en el mapa de Alemania de nuestro profesor los lugares concretos donde se dieron sus hechos y andanzas, lugares que cobraban una realidad que los hacía tan contemporáneos, invisibles y lejanos como Wülfel, en Hannover, de donde venían los paquetes de mi madrina, o Bonn, a orillas del Rin, de donde provenían las voces. Me imaginaba a ancianos vestidos de negro profiriendo discursos y dando tales gritos en cuanto algo no les gustaba que a veces se formaban tumultos que obligaban al moderador a hacer sonar una campanilla hasta que volvía a reinar la calma, aunque no por mucho tiempo, ya que, en sus largas reuniones de intervenciones eternas, a esos señores con nombre de estación de tren no les resultaba fácil estar callados, lo cual me parecía comprensible; lo sorprendente era que esos abuelos riñeran y armaran jaleo como unos escolares traviesos y que además pudiera escucharse por la radio, incluidas las reuniones en las que discutían sobre el destino del pueblo alemán, donde se dirimía nuestro futuro y se vivían momentos estelares de la política; al menos eso era lo que yo oía decir mientras intentaba quedarme con los nombres y reconocer las voces, sobre todo la que además tenía una cara, impresa en los periódicos y en las pancartas amarillas y verdosas de las manifestaciones del Primero de Mayo, el gran jefe, a quien habían llevado a la fama los insultos de sus enemigos, pues estaba claro que nadie podía admirar esa perilla, esa barriga y esas gafas, un espantajo temido solo en un barrio periférico del Berlín oriental como Pankoff. Todos reconocíamos al instante su inconfundible voz. Un viejo zorro, eso es lo que era, que astutamente fue provisto de aceite de linaza a la morada del oso ruso para contrarrestar los efectos de su vodka. Logró que fueran liberados de los campos de prisioneros, días y días sonando nombres en la radio, pero mi padre no estaba entre ellos, y en parte fue culpa mía, por dejar de desearlo con todas mis fuerzas, por no haber seguido pensando en él con cada timbrazo, con cada sombra abultada tras el cristal estriado de la puerta; era un recuerdo borroso que tenía que volver, solo había que conservarlo vivo en la memoria, no desfallecer, anhelar su regreso, pero cuanto más se prolongaba su ausencia, más olvidadiza me volvía yo, era como si la palabra *desaparecido* se lo hubiera tragado, palabra que no reemplazamos por la otra ni siquiera cuando constatamos que no se encontraba entre los últimos retornados recibidos tras ese viaje del otoño del cincuenta y cinco. Si él hubiera estado con nosotros, habríamos emigrado como hicieron otros muchos, y es que había que tirar para adelante y pensar en el futuro de los niños, así se les disculpaba cuando hacíamos recuento de cuántos alumnos y profesores no habían vuelto de las vacaciones de verano; mis mejores amigas y sus familias al completo se largaron, solo me quedaba Jutta, que iba por libre, y que a partir de entonces fue mi amiga hasta que fuimos a colegios distintos y dejamos de vernos. La verdad era que podía imaginarme cualquier cabeza tras un buen periódico a orillas de un lago de la parte occidental salvo la de Max.

—Olvídalo, desvariaba —le dije.

Solía jugar a verme a mí misma como jamás admitiría ante Max o ante Johannes. Ellos siempre habían estado satisfechos con su cara, tachaban de absurdas las poses frente al espejo, el imaginarse con otros rasgos, no muy distintos a los propios aunque libres de defectos, coger esa irritante narizota torcida y volverla recta y pequeña, perfectamente hermosa, se mirara desde donde se mirara, un escudo, un arma según los patrones del papel cuché. A principios de los años sesenta deseaba tener la cara de una modelo parisina que descubrí en una revista, sumergida en aguas no ya nacionales, sino mucho más lejanas, con el sur como telón de fondo, en un lugar muy distinto al de nuestros proyectos de futuro en los tiempos en que paseábamos por el cementerio. Ellen quería ser médica; yo, misionera en la India, allí, donde más miseria había, y al mismo tiempo quería vivir amparada en la riqueza, una riqueza que rara vez era capaz de imaginar con detalle, el resplandor que irradiaba la palabra *lujo,* el aura de mi doble de ojos almendrados, grácil, preocupada únicamente por ser bella y feliz, entonces, cuando el camino hacia Occidente acababa de ser tapiado. Evasiones mentales. Cuando pasaba por delante de los que nos controlaban, los que no iban de uniforme, aunque no estuvieran anotando cosas sobre mí, no me quitaban el ojo de encima porque me fijaba en lo que escribían y me identificaba con sus consideraciones, juicios, máximas y promesas; en mitad de una frase desaparecía y volvía con mi otra flamante identidad y seguía leyendo con el doble de atención que antes, algo avergonzada por la banalidad de mis escapadas, en las que de sopetón volvía a reincidir. Ideas peregrinas que no podían tomarse en serio. ¿Qué pasaría si...? Ahora no, quizá más adelante, todo ese pasear por tiendas elegantes, estudiar en universidades prestigiosas, hacer carrera en el cine y casarse en América o Francia podía tardar en llegar; dejaba pasar el tiempo, la vida, que iba escapándose con todos sus atractivos; nada estaba definido, e incluso así me apoyaba una realidad a la que no podía dejar de ver como algo provisional aun estando ligada a ella.

—Está claro que no iba por mí —dijo Max—, puede que hasta pensaras en ti misma. Otro aburrido episodio del serial *Cuarenta años no vividos.* ¿Te apetece una cerveza?

Claro que me apetecía.

—Pues vamos a ver a Ande —propuso—. He dejado la bici en su patio.

Ande, por qué no. Probablemente un reputado pasota, tipógrafo, enfermero, repartidor, portero de noche, actorzuelo, sacristán..., uno de esos tipos que había compaginado la prestación social con su vocación de tragafuegos autodidacto o batería, uno parecido a Max, salvo por que Max tenía en su haber un examen de acceso, un módulo de formación profesional y unos estudios de Agronomía dejados a la mitad. Entre las iniciativas y proyectos que en los últimos dos años había emprendido o rescatado del olvido, hasta ahora no había entrado la hostelería, pero eso podía cambiar en cualquier momento; en ascuas me tenía.

Nos levantamos. Miré hacia el edificio rojo oscuro de la parte estrecha del parque, me detuve en su anticuada fachada, con altos pináculos y ventanales a los que nadie parecía asomarse, como si el historicismo de sus formas lo hubiera transformado en un decorado teatral falseando la verdadera imagen de un edificio residencial con todas las comodidades. Durante un trecho, el perro de los del pelo pintarrajeado nos persiguió, luego torcimos a la derecha hacia donde terminaba el parque; el perro se dio la vuelta y yo cogí a Max de la mano. Respondió como la mano de Johannes, con un suave apretón, paternal, traduje al instante, motivo por el que quizá no me había quitado la manía de hacer ese gesto adquirido en los tiempos en que aprendí a cruzar la calle. Esta me pareció de pronto intransitable: tráfico vespertino al ritmo que había impuesto la liberación de esos molestos Trabant. Max hizo caso omiso de las hordas enemigas. Adelante, deberíamos inmolarnos para demostrar lo perjudicial, antinatural y descabellada que es esta locura, dijo Max, con paso resuelto, que había participado en varias manifestaciones de ciclistas en contra del coche. Intensos segundos de pánico. Al fin llegamos al otro lado. Salvados, dije mientras le soltaba la mano.

Cogimos una calle lateral poco transitada. Sobre el asfalto remendado había palomas merodeando, la acera era un sendero repleto de cagadas de perro entre muros derruidos y chapas de hojalata. De la ventana abierta que había sobre nuestras cabezas salía la voz de Tina Turner alternándose con las noticias del día: un 17 de junio sin carga histórica. Una niñita hacía equilibrios en un contenedor lleno de sillas y colchones, dos adolescentes revisaban los trastos viejos que yacían desparramados alrededor, despojos de un hogar desmantelado o quizá solo muebles desechados.

No obstante, la oleada de renovaciones de mobiliario parecía amainar, del mismo modo que cada vez era más raro ver coches viejos abandonados en diferentes estadios de putrefacción inorgánica. Buscaba indicios de cambio, una tienda o un local recién abiertos, una fachada remozada, pero salvo algún que otro cartel con el nombre de una empresa, nada olía a nuevo en esa calle, miserable y sin árboles, como casi todas las del barrio, resistente al parecer al silencio, al vacío y a la decadencia que se respiraba en otros lugares dominados por oscuros inmuebles.

—¿Qué te juegas a que poco a poco volverá a formarse en esta zona el ambientillo que le era propio? —dije—. Garitos, barras, el submundo de las grandes urbes...

—¿Qué pretendes, que renazca el círculo de pacientes del doctor Döblin? Lo dudo. La miseria ya no es como era —sentenció Max.

—Puede. Pero a principios de los sesenta, cuando me vine a vivir por aquí cerca al poco de llegar a Berlín, todavía te encontrabas a gente como la de ese libro. Entonces aún percibías algo de esa lucha por la vida repleta de caminos tortuosos, trifulcas y puertas traseras que solo podía afrontarse con entereza, alcohol y humor altanero, un infierno permanente, un reino de sombras que ni siquiera la guerra sacó de su penumbra. Ojalá hubieran caído un par de bombas para que los niños no estuvieran siempre tan flacuchos como las raíces que les salen a las patatas; esa era una de las perlas de la señora Zangulis, de la escalera exterior, que se había montado el veraneo sobre la techumbre de un cobertizo, todo un lujo visto desde las tinieblas de mi cuarto con cocina, aunque mis recuerdos no demuestran la pervivencia de un mundo que acababa de despertarse tras décadas de letargo, eso está claro. Los elementos que lo mantienen vivo vienen de fuera, no son los descendientes de los primeros habitantes, que quizá aún sigan pavoneándose por calles como esta o en bares con solera cuya clientela no ha cambiado. Se mire por donde se mire, los históricos proletarios eran más parecidos a la población variopinta que ahora anida en los pisos que han quedado libres. Hasta que un día los desalojen y tiren todo.

—No nos moverán, dijo Max.

Max el de las mil casas. En cada una iba dejando algo, como si quisiera seguir viviendo en el piso del que se mudaba gracias a sus pertenencias. Su hogar se extendía por toda la ciudad: la encimera de cocina en Köpenick, el viejo sofá cama en Friedrichshain, un mueble de pared en Treptow, la mayoría en Prenzlauer Berg, en casa de Christiane y los gemelos; eso lo supe por Johannes, que le echó una mano cuando se mudó a Mitte, un par de viajes y listo. Max es uno de esos que no pueden quedarse en un sitio definitivamente, pero que se resisten a largarse de ninguna parte, así lo definió Johannes.

—¿A quién te refieres con ese «nos»?

—A nadie en concreto, a todo el que siento como uno de los nuestros. ¿A qué viene esa pregunta?

—A que no sabía que planearas quedarte aquí —respondí.

Eso era otra historia, y tenía que decidirse este mismo mes. Max susurró el nombre de un lugar que no me sonó de nada. Una comuna rural en Meißen. Llegaría un día en que sería muy conocida, pues era el embrión de la forma de sociedad que superaría a la actual, dijo Max.

Así que a Sajonia. La provincia de los grandes coros. Hacía apenas tres años la consigna era «¡Queremos irnos!». Luego vino el «¡No nos vamos a mover de aquí!». Y ahora *aquí* significaba «fuera», cambiar sin movernos del sitio. Tanto empeño en quedarnos para que al final se larguen los que siempre manejaron el poder.

—Hace tres años la eternidad se vino abajo. Desde entonces el tiempo transcurre, y nosotros vagamos como almas en pena por los viejos espacios afirmando estar aquí, como si aún supiéramos dónde estamos.

—Es ahí —dijo Max.

Nos detuvimos frente a un portón. La jamba derecha estaba pintada de rosa, de arriba abajo. La izquierda solo hasta la altura de las rodillas. Al pintor se le había acabado la pintura o las ganas de seguir pintando. Y de eso hacía ya tiempo, pues su obra no tenía pinta de estar fresca. «¡Contribuye a que nuestras ciudades y comunidades tengan mejor aspecto!». Quizá un día un excéntrico decidió poner en práctica la consigna hasta que, al ver relucir su rosa entre tanta lobreguez, perdió el entusiasmo, o puede que de improviso otro bicho raro al que no le arrancaba el coche le ofreciera un trabajo más importante, o que una persona normal le mirara y se llevara el dedo a la sien, y que en ese preciso instante el excéntrico se avergonzara de formar parte de esa iniciativa peregrina, de estar contribuyendo a disimular con su brocha goteante una decadencia que era manifiesta y que no era de recibo ocultar, y que, con las mismas, se llevara el cubo lleno de pintura a su casa, donde seguro que habría algo que pintar. También podía verse de otro modo: el trozo sin pintar dejaba a las claras que no les había llegado el dinero para comprar más pintura, y el haberlo dejado así mantenía aún vivas las penalidades pasadas, pensé.

Max volvió del patio donde se había metido para ver su bicicleta. Todo en orden, sigue ahí. La entrada del bar de Ande estaba en la esquina. Un par de escalones, la puerta abierta y el cartel esmaltado de antes de la guerra exhortando a pedir la cerveza que anunciaba; como si nada hubiera cambiado.

Y TODO PORQUE NO CORRIÓ LA SANGRE. TENÍAN QUE HABER
rodado cabezas. Aquí, en el Alex, donde los gafotas juga-
ron a la revolución.

—No tiene sentido. Echa un vistazo a tu alrededor. Te
diré solo una cosa: ¡Rumanía! ¿Crees que si hubieran llevado al paredón a toda la pandilla, ahora no estarías en paro?

—No hablo de trabajo, sino de justicia.

—No la encontrarás en ningún lugar de este mundo.
Será mejor que brindemos —dijo el mayor de los dos hombres, un tipo delgado con voz metálica. Levantó la cerveza,
le hizo un gesto al corpulento joven, echó la cabeza para
atrás y con los ojos medio cerrados dio dos buenos tragos
que hicieron que la nuez subiera y bajara por el macilento
cuello. Volvió a apoyar el vaso en la mesa y sin soltarlo se
limpió los labios con el dorso de la mano izquierda. Se quedó mirando al otro, que, en drástica contraposición a la
gestualidad de su oponente, observaba con la cabeza gacha
la espuma de su cerveza a mitad de vaso, como si esperara
a que le creciera una trompa para poder bebérsela sin tener
que moverse.

Seguro que entraron antes de que el bar fuera tomado
por los extraños que ocupaban la barra y que sin excepción

parecían ser amigos del dueño, amistad que no iba a durar demasiado, pues hablaban mucho y bebían poco. Los clientes de antes rara vez se dejaban ver por allí. A pesar de que casi nada había cambiado, ya no era el mismo local. Ni siquiera lo habían vuelto a tapizar. Toda la novedad consistía en un par de mesas y sillas cogidas de la calle y en que en vez de salchichas ahora servían espaguetis con música de fondo. Había perdido su encanto, aunque seguía estando bien para un trago rápido; no había otra cosa a mano cuando el puesto de al lado del metro cerraba.

El mayor me descubrió escuchándolos. Me dedicó una reverencia, me enseñó su rala y brillante coronilla. De salón de baile, siempre galante con las damas. El más joven se giró un poco, convencido de que nada de lo que pudiera ver merecía el esfuerzo de volver la cabeza: unos cuantos tarados, mujeres sin interés y ahora, para más inri —supe que había avistado a la pareja por la suspicacia que reflejaba su mirada furtiva—, los del otro lado. Qué demonios se les habría perdido aquí, qué buscaban, la belleza del entorno desde luego que no, apropiarse de todo, un pedazo de tierra junto a este antro, qué si no, no necesitaban ir pertrechados con una cámara de fotos y un plano de la ciudad para parecer lo que eran, turistas sedientos, y precisamente aquí, en uno de los últimos lugares donde se aventuraría a entrar un tamil a vender rosas; pero estos no se asustaban ante nada en cuanto olían el dinero, y lo iban a tener fácil con un hatajo de cobardes acostumbrados a obedecer toda la vida y a quejarse a escondidas.

El mayor dijo algo que no alcancé a entender. Ahora se había acercado al otro y le hablaba en voz baja. Este profirió un gruñido, puso una mueca de espanto y lanzó una indisimulada mirada hostil a la mujer y al hombre que tenían enfrente. A saber qué habría pasado si hubieran llegado a enterarse. Pero no se enteraron. Ella siguió hojeando su folleto y él estudiando el plano, de vez en cuando cogían sus vasos de agua mineral, intercambiaban un par de palabras y seguían leyendo, ajenos a todo en un medio que les era más ajeno que su hotel de Kenia, de las Maldivas o de donde solieran pasar las vacaciones; eran viajeros experimentados de viaje por el este. Probablemente se habían salido de la ruta turística a propósito para ir en busca de lo auténtico. Luego, agotados, entraron en el primer local que vieron para beber un poco de agua y planear la vuelta, que era lo que inocentemente hacían sin que su instinto los alertara del indígena que los miraba mal tomándolos por usurpadores, por intrusos del bando de los fuertes, arrogantes y despiadados, esos que, si nadie los echaba a patadas inmediatamente, tarde o temprano se harían los dueños del cotarro, atendidos por todos los lameculos de detrás de la barra, muy echados para adelante de boquilla, pero demasiado cobardes para pasar a la acción, que desde que se fueron los viejos delincuentes no han mostrado ni una chispa de coraje y que además están orgullosos de que no se haya derramado ni una gota de sangre.

Y así seguiría siendo mientras el atleta del otro lado de la barra no quitara ojo a lo que estaba sucediendo, pensé aliviada. Te presento a Ande; Ande, te presento a Marianne, acababa de decir Max. Ande me había saludado con la cabeza y había seguido tirando cervezas mientras yo, confusa y decepcionada, le devolví el saludo. No era el típico colgado, sino una especie de matón en camiseta interior con la cabeza rapada, cadena de oro y el pecho poblado de pelo. Seguro que había crecido en ese bar.

—Nada de eso. Estudió Fotografía. De joven fue lanzador de disco, olímpico —dijo Max—. Luego reportero de deportes en un periódico que cerró. Hace un año que regenta esto, y ya ves cómo le va el negocio.

Me había fijado en que fuera todas las mesas estaban ocupadas, dentro solo quedaba una libre, hacia la que me dirigí inmediatamente, a pesar de saber que Max preferiría estar de pie en la barra, como los dos representantes de la anterior clientela, que habrían elegido una de las mesas de pie de no haber estado ya ocupadas. Pregunté a Max si sabía cómo se había hecho con la clientela; no daba la sensación de que la hubiera heredado de su predecesor.

—Ande es uno de los nuestros.

Max empezó a contarme: las dependencias de la Stasi, comités ciudadanos, orden de vigilancia, huelga de hambre..., esas torpes historias heroicas. ¿Por qué no cerraba la boca y me dejaba en paz? Sentía curiosidad por saber quién hacía los espaguetis, quién se encargaba de la parrilla de fuera, o si alguien le echaba una mano por horas. Lo hace todo él, y seguirá haciéndolo allí, me dijo Max. ¿Dónde?, le pregunté. ¿En la comuna de Sajonia? Cierto, había olvidado que antes me había dicho que tenía que hablar con alguien, que si no me importaba. Max cogió su vaso y se levantó.

Ya era hora.

Eché un vistazo alrededor. Aparte de las tres mesas de la zona más iluminada del local, solo quedaba una atrás, redonda y muy grande. Probablemente tendría plantada en el centro una plaquita con la inscripción «mesa de reuniones», ahora tapada por espaldas apiñadas de las que provenían humo y un discurso monótono y sin pausas; sonaba como si alguien estuviera leyendo en alto.

Estaba sentada junto a la pared, de cara a la entrada, podía observar a la pareja de turistas sin tener que moverme y a sus adversarios de la mesa de enfrente con apenas girarme un poco. Ambos estaban al acecho, habían acompasado sus movimientos al beber, ni rastro del dinamismo desmedido ni de la apatía, bebían pausadamente y entre trago y trago echaban cuentas al alimón del saldo histórico a favor: a los dos les salía un cero mondo y lirondo. Estafados. Antes y ahora. Y siempre por los suyos. Primero fueron los hermanos de clase, ahora sus compatriotas, esos a los que quisieron unirse a toda costa, como era lo suyo, pero quién podía esperar que luego fueran a comportarse así. Una vez se acabaron las celebraciones por la caída del Muro, el júbilo generalizado y los regalos, la vida volvió a ser como siempre había sido, así que ahora tocaba resistir para poner freno a tanto atropello y dejar claro a los del otro lado que no estaban tratando con un hatajo de imbéciles que lo consienten todo, creí entender a pesar de no poder oír con claridad lo que ambos decían.

La música era ahora atronadora, al igual que el parloteo de la barra, a lo que había que añadir la monótona perorata de atrás y el ruido proveniente de la calle. Las voces cercanas se mezclaban con los sonidos formando una amalgama. Para poder seguir reconociendo palabras, tenía que mirar de dónde venían. Ver al que hablaba ayudaba a rellenar los huecos de las frases que se perdían en el barullo. Estaba segura de que si seguía mirando a esos tipos para escuchar sus conversaciones, presenciaría el momento en que se decidieran a atacar, el momento en que se levantarían de sus sillas y el más joven, el del torso fornido, se giraría hacia sus enemigos mientras el mayor se preparaba para secundarlo, un instante en el que se contiene la respiración, la calma previa a abrir fuego; primero un tiro de aviso al adversario, que no había reparado en ellos o que quizá los ignoraba conscientemente para no darse por enterado del inminente ataque, una invitación a huir o a defenderse en vez de encerrarse en un folleto, en un plano de la ciudad, en un vaso de agua o en sí mismo haciendo alarde de esa provocadora impenetrabilidad.

Y todo ello sin arrogancia ni indiferencia. Con una naturalidad absoluta, fruto de una larga habituación a un lugar seguro en el que guarecerse, abierto o cerrado a voluntad, un coto, un refugio, una esfera privada, un pensamiento, un yo. No una celda o un nicho, sino un hogar bien acondicionado y rebosante de armonía. Nadie en el local de Ande desprendía ese halo de inmunidad, esa plácida autarquía de los seres vivos a los que no les falta de nada, que solo han visto la precariedad de lejos. Las calles, los edificios, los patios del barrio deberían haberlos espantado. Estaban preparados para lo peor, pero verlo con sus propios ojos era muy distinto; moverse a través de la desolación que solo se conoce por los medios, por muy viajado que uno esté, siempre conmueve, a lo que en esta ocasión había que añadir la sensación de irrealidad sobrevenida al reparar en que estaban recorriendo la capital de su república y en que esos infelices cavernícolas eran alemanes como ellos, una idea que no se ajustaba a ningún sentimiento de realidad efectiva y que les hacía tomar conciencia de la enorme distancia que separaba ese paisaje extraño de los conocidos en Kenia, en las Maldivas o en cualquier otra parte del vasto mundo.

¡Cómo iban a sentirse aludidos por los rencorosos comentarios pronunciados con un acento que les sonaba extraño por una gente a la que no habían hecho ni harían nada, con la que no tenían nada que ver ni lo iban a tener en toda su vida! Antes de que se dieran cuenta de que la cuestión no era la política en general, sino ellos mismos, antes de que comprendieran que estaban siendo amenazados, el dueño del bar se haría cargo de la situación y la desbarataría, pensé al ver los atléticos hombros de Ande, y me lo imaginé plantado delante de la mesa de aquellos dos bebedores de cerveza presto a tener unas palabras con ellos, imagen que repentinamente quedó atrás, desdibujada en un fondo del que surgió una mujer mayor ataviada con un vestido rojo oscuro que le llegaba hasta los tobillos y con un pañuelo claro que le cubría la cabeza, una turcomana que llevaba de la mano a un niño que no podía ocultar lo extraños e incluso siniestros que le resultaban los extranjeros que ella le presentó en ruso para que pudiéramos entenderla. *Wot naschi gosti,* dijo señalándonos a Johannes y a mí, dos turistas en su primer paseo por Asjabad una tarde de verano de hacía veinte años a los que en plena calle dieron así la bienvenida: Son nuestros huéspedes. Pero antes de que Ande, que en ese momento llevaba una cafetera enorme a la mesa de reuniones, saliera en defensa de estos huéspedes frente a los otros, los dos turistas dejaron unas monedas sobre la mesa, cogieron sus cosas y salieron del local, se detuvieron un momento en la calle dudando sobre qué dirección tomar y luego se fueron hacia la derecha camino del metro.

El hombre mayor y el joven se quedaron atónitos por haber perdido de vista de repente al enemigo sin saber muy bien si contabilizar esa rápida espantada como una victoria o como una derrota. Al poco ya estaban bebiendo en silencio envueltos por el humo.

Y tú te has limitado a observarlos sin saber si sentir alivio, alegría por el mal ajeno, decepción o condolencia, habría dicho Norma.

¡Por qué no estaba allí conmigo! Podríamos haber reconstruido la vida de la pareja en fuga. Probablemente nos hubiéramos puesto de acuerdo en varias cosas: universitarios, rozando los cincuenta, casados, dos hijos ya adultos, evangélicos, residentes en Hamburgo, una casa de campo en la Toscana y entre sus aficiones tocar algún instrumento, el tenis y cuidar el jardín; aunque apenas habríamos sacado material para un anuncio por palabras, nada demasiado interesante, pues la simple mirada sociológica, así llamaba Norma a mis dotes adivinatorias, no bastaba para averiguar nombres de pila, platos favoritos, relaciones amorosas, hábitos, fobias, mascotas, lecturas vacacionales, enfermedades y cosas por el estilo. Nos obligábamos mutuamente a barajar las distintas posibilidades y a elegir, a dejar a un lado la indecisión, cosa que no podía hacer yo sola, ni tampoco con alguien que no tuviera la fantasía y la constancia necesarias; solo me animaba Norma cuando estaba de humor para nuestros juegos. Pero Norma no estaba conmigo, y en caso de que hubiera salido a buscarme, seguro que no se le ocurriría entrar en este local.

¿Qué pintaba yo allí? ¿A qué estaba esperando para largarme? Miré a Max como si estuviera a una distancia sideral. Estaba de pie en la barra y gesticulaba. Trataba de convencer de algo a un chico rubio. Al mismo tiempo se giraba a un lado y a otro para no perderse lo que decían los demás. De pronto levantó el brazo y empezó a agitarlo. Entraron dos chicas y se situaron de tal modo que ahora Max tenía tan solo gente guapa a su alrededor. Me dieron la impresión de ser seguras y reflexivas, aunque de manera despreocupada, como si arreglárselas en la vida y hacer lo correcto fueran misiones con un final feliz garantizado, por más que a ellas en concreto les fuera de pena. Al verlos a todos allí, tuve la impresión de que a cualquiera le pegaba más la comuna rural que a Max, a quien no le sobraban precisamente la perseverancia, el sentido de la colectividad y la paz interior. En eso se parecía a mí. Si a alguien le hubiera llamado la atención la mujer sola sentada frente a una chaqueta colgada en una silla y luego hubiera buscado con la vista al propietario de la prenda, habría pensado que Max y yo éramos pareja, pensé. Ambos somos de una edad poco definida, ligeramente esbozada, difíciles de encasillar en una categoría social, flexibles y ligeros de peso, con rostros en los que solo destacan los ojos y la nariz; seguro que en una vida anterior fuimos pájaros. Y en la actual solo quedamos para follar. No te esfuerces, Max, deja de hacerme señas, sé que nada te ata a esta mesa, y me parece bien. Con Johannes podría haber discutido, con Norma podría haber jugado, pero contigo...

¿Problemas?, me preguntó Ande al traerme una cerveza de trigo. Negué con la cabeza. Se acercó a la mesa de al lado. Allí dejó los dos vasitos de un aguardiente marrón que llevaba en la bandeja y la cerveza, una más oscura que la mía, servida en vasos gruesos con asa, la forma habitual. También lo era cuando empezaron a parecerme elegantes las copas y dejé de pedir cerveza solo por tener una de ellas en la mano.

En la mesa de al lado hicieron chocar los vasos y exclamaron: ¡Por el aire puro! Luego no dijeron mucho más. Parecían estar reventados. Me dieron lástima. Mala pata otra vez, como siempre. Todo el esfuerzo en vano. Se veía venir. Un par de arreones y luego volvía a faltarles el aire, o ya había alguien que les hacía bajar la cabeza, agacharse, ver cómo se puede salir medianamente airoso. La cosa no daba para más. Calculé que el más joven andaría cerca de la treintena y que el mayor debía de tener por lo menos unos sesenta; probablemente fallé en ambos casos, no era muy ducha en descifrar rostros como los suyos.

Mi año en la fábrica quedaba ya muy lejos. Entonces me parecía que la mayoría estaba en una edad que yo aún tardaría una década en alcanzar, o quizá tres, qué sabía yo, no quería ni pensarlo, un más allá en el que todos ellos parecían algo ajados, descoloridos o grises, trabajadores y encargados; no obstante, a estos últimos se les reconocía por sus batas limpias y su ropa de calle, o por comer media hora antes que los responsables de la producción; es decir, nosotros, de quienes dependía que se cumplieran las previsiones y que la estrella roja del edificio de administración se iluminara, cosa que hacía dos veces en el curso del año. Entré de peona antes de empezar mis estudios, al acabar el instituto, sin saber muy bien por cuánto tiempo, pero convencida de que no sería para toda la vida, no como los demás, que nunca verían una universidad por dentro ni harían una carrera a distancia para lograr salir del fango, como solía decir el capataz Blümel, sino que se quedarían allí hasta que se jubilaran y cada día accionarían las mismas palancas, mi colega Eddi Diehl solo con el brazo derecho, pues sobre el otro ya había crecido la hierba en algún lugar de Rusia, y eso que la guerra no había sido otra cosa para él más que camaradería, libertad y aventura, el viaje más largo que jamás emprendería Eddi, y así debió de ser por lo que él contaba, una retahíla de chascarrillos y de peligrosas anécdotas que me dejaban algo confusa, aunque así y todo barruntaba que esa era su manera de combatir un recuerdo insoportable, que fanfarroneaba contra la pérdida. Como obviamente le faltaba el brazo izquierdo, Eddi tenía que realizar un auténtico ejercicio malabar cada vez que a la intemperie y con viento se encendía un cigarrillo con cerillas, solo que no lo hacía por gusto, le era impuesto, como lo de cambiar de ciudad, asumir una nueva patria y trabajar en una fábrica nueva, lejos del terruño, lo cual debía de ser toda una ignominia, o al menos así lo pintaba el gordo Franz Bittek con sus mordaces comentarios a grito pelado, y es que Franz había sido gendarme rural en la Prusia oriental y aún gozaba de cierta autoridad. Mientras conducía una de las carretillas eléctricas que atravesaban nuestra nave, le divertía enfadar a Eddi Diehl, que se pasaba la mitad del día cabreado tras oír resonar cada mañana el apelativo «barón gitano», término que quizá solo a mí me sonaba inofensivo y que era contrarrestado por Eddi en un intento de encolerizar a Franz con un «anda, Franzito, quita de en medio tu ridículo pito» u otro ripio parecido de su cosecha igualmente inadecuado, que a lo sumo arrancaba de Bittek un gruñido que provocaba que el sempiterno trozo de puro estuviera a punto de caérsele, el mismo puro que se sacaba y guardaba cuidadosamente cuando el capataz Blümel entraba en nuestro cuchitril para informarnos de algo, preguntarnos cualquier cosa, darnos una orden o un recado, como a mí el día que me dijo que el jefe de producción quería hablar conmigo en su despacho, hacia donde me dirigí con palpitaciones, consciente de no haber hecho nada malo, aunque nunca se sabía, y, siguiendo el consejo de Eddi, con las manos bien limpias, para que al final solo me asignaran labores administrativas, un refuerzo durante dos o tres semanas en las que al mediodía tuve que comer con los encargados. Luego volví a la base, contenta de regresar con mis colegas y sintiéndome útil, eficiente y bien considerada por aquellos que encenderían la estrella roja si habíamos dado el callo.

Pronto los de la fábrica y yo dejamos de ser nosotros. Fui a verlos alguna vez, con pase de visitante. No dejé de pensar en ellos a lo largo de los años. En mis recuerdos todo seguía igual. No podía ver los cambios. Las fábricas están rodeadas de muros. Cuando pasaba por delante de ella en tranvía, el aspecto era el de siempre. La fábrica envejecía lentamente, pero desde fuera no se notaba; hacía mucho que parecía vieja. Por dentro lo habría notado, pero ya no volví a entrar. ¿A cuento de qué? Franz había muerto, Eddi ya estaba jubilado, al capataz Blümel lo habían ascendido y el resto eran recuerdos que no me incitaban a compararlos con el presente, rostros del tiempo de mi estancia entre los obreros.

Los dos de la mesa de al lado dudaban entre pedir otra ronda o irse. A casa no. A un lugar donde se sintieran más cómodos. Donde pudieran contar que habían puesto en fuga a dos del oeste en busca de botín, que habían vuelto a sacar las castañas del fuego a otros que no tenían nada que mostrar salvo su enorme bocaza, extremistas de chicha y nabo, y qué decir del dueño del bar, igualito que los de la Stasi, pues estaba claro que alguien que trapicheaba con los de ahora a su manera era tan jodido como los de antes. ¿Y quién era el pringado? El de siempre, el trabajador, que hoy en día no valía para nada, pero no iban a ser ellos quienes pagaran el pato, y hoy se lo habían demostrado, dirían.

O al menos eso pensé.

Pero qué sabía yo de ellos. ¿Por qué no me senté en su mesa dejando ahí colgada la chaqueta de Max? ¿Por qué no hice como Norma? Ella aborda a los desconocidos sin ningún reparo. Aún no había visto que nadie la mandara a paseo. Sobre su cómoda se apilaban los posavasos con direcciones garabateadas. A Norma le chocaba que su manera de relacionarse con los demás me resultara insólita. Para ella era de lo más normal. Lo cual a su vez me chocaba a mí. Por ejemplo, al albañil borracho que nos contó lo de su operación de estómago yo no habría sido capaz de preguntarle: ¿Cree usted en Dios?, y tras su previsible negativa a contestar, tampoco habría seguido insistiendo por la simple razón de que todo el mundo tiene una opinión a ese respecto. Cuando el pasado enero, poco antes de que se mudara, empecé a hablarle a Johannes de cómo se comportaba Norma con los desconocidos, incluso con gente con la que no teníamos ningún contacto social, me interrumpió enseguida y empezamos a discutir, como casi todas las tardes de entonces, solo que esa discusión se me quedó más grabada en la memoria que las demás, ya que fue como si supiera de antemano con qué frase iba a terminar. Esa tarde Johannes me pidió que dejara de poner por las nubes a esa amiga mía especialista en la hermandad de los hombres. Me dijo que espabilara y que viera los muros que no podían verse con los ojos. ¿Quién de nosotros tenía un amigo obrero? ¿Podía darle un solo ejemplo? Y ahora no me vengas con tus colegas de la fábrica, de eso hace la tira, ni con las amistades de bar de tu amiga, dijo Johannes fuera de sí. Ahórrame el tuteo entre trabajadores y autoridades, las fiestas de empresa y las excursiones colectivas en barco, toda esa fraternidad beoda. Ese tufo a ilusión, falsedad y condescendencia tras el que no había más que mutuo desprecio, desconfianza y ganas de perderse de vista cuanto antes. ¡Ese era el comportamiento instintivo del personal! Y se le podía sacar mucho partido cuando era necesario. Así de obtuso era el Gobierno, consideraba que era primordial enfrentar a la población obrera contra los intelectuales, incluyendo tanto a los que tenía dominados gracias a los privilegios, el sentido de culpa o el del deber como a los restantes; solo tienes que mirarnos a ti y a mí, dijo Johannes.

No dejé de mirarlo fijamente todo el tiempo. Quería descubrir en su rostro algún indicio de su transformación por vivir en otro lugar, de su progresiva occidentalización, como quien dice. Desde que decidiera aceptar el empleo y mudarse, los rasgos de su cara habían empezado a anunciar la separación. Al ritmo que dictaban los tiempos. Me dio la sensación de que estaba imitando el comportamiento de otros en las anteriores circunstancias.

Le dije que podía entender que las víctimas, los refugiados, todos los que han sido expulsados, expatriados, echados a patadas de su propio país, al ser arrojados de pronto al extranjero, con honda nostalgia e indecibles esfuerzos hicieran lo posible por aclimatarse a esa sociedad mejor que se habían visto obligados a habitar empujados por la otra, la tres veces maldita, esa de la que no había nada que añorar y que, se mirara por donde se mirara, resultaba repulsiva. Pero tú, ¿para qué necesitas tú esa imagen odiosa y repugnante de un país en el que, cuando aún existía, has vivido toda clase de sensaciones? El error reside en descomponer algo tan complejo para lograr algo claro y distinto, dije. ¿Sabes a qué me recuerda esto? A nuestras lecciones de marxismo: necesidad y casualidad, lo general y lo particular, esencia y apariencia. Eso debía de ser la dialéctica; de hecho, no era más que eso, un método para sacar a relucir las contradicciones de este mundo por medio de la omisión. Exactamente lo mismo que has hecho tú: como lo esencial eran los muros invisibles, era necesario no hablar de esa mera apariencia que es Norma, que, por cierto, no es ninguna intelectual, y de la que únicamente quería contarte algo que me resulta curioso, dije haciendo una larga pausa entre *cu* y *rioso* para remarcar la palabra.

Ah, de modo que ese era el quid de la cuestión. Me pidió perdón. No había pretendido insultarnos ni a mí ni a mi amiga, quien, por cierto, le traía sin cuidado. Había pensado que hablábamos de relaciones sociales; si solo se trataba de una anécdota, de acuerdo, nada que objetar, dijo Johannes.

Entonces me escuché a mí misma gritar: ¡Está bien, vete a tu puto Occidente, no le des más vueltas, ya iré yo luego!

Resultó cómico. Ambos se levantaron de sus sillas al mismo tiempo, como un solo hombre, se separaron con cuidado de la mesa, el joven trastabilló un poco, y se quedaron parados, como si estuvieran pensando qué hacer ahora. Hasta la vista, les dije. El mayor me hizo una reverencia con la mano derecha a la altura del corazón. Era evidente que su brillante pelo negro era teñido. Me lo imaginé como un buen bailarín, principalmente de polca, muy querido en el salón de baile por no perdonar ni una ronda, siempre galante con las damas. El joven se giró hacia la puerta y abandonó el local con paso firme. Se detuvo en la calle a esperar a su compadre, que de camino a la salida se despidió haciendo más reverencias algo menos afectadas: al dueño, luego, en un giro repentino, a las grisáceas espaldas de la mesa de reuniones y otra vez a mí.

Fuera estuvieron parados más o menos donde antes se había detenido el enemigo huido, aunque permanecieron allí más tiempo; daba la sensación de que no acababan de ponerse de acuerdo sobre qué dirección tomar. Señalaron con la cabeza a la izquierda, a la derecha y cruzaron al otro lado de la calle, donde volvieron a pararse para seguir deliberando en la distancia tapados por los coches que pasaban. Finalmente se fueron en dirección al metro. Quizá aún estuviera abierto el quiosco. Allí siempre había alguien con el que poder hablar y cervezas para llevar; las meterían en una bolsa de tela con un estampado chillón que seguro que uno de ellos en previsión llevaría consigo, como antaño, antes de que se popularizaran las bolsas de plástico, hacían muchos: amas de casa, padres de familia y hombres habituados al trasiego con botellas —en nuestra casa, el señor Samuel—; de ahí que esos sacos ligeros, discretos y relativamente duraderos fueran apreciados, además de ser uno de los signos distintivos de los compatriotas del este cuando empezamos a poder ir a la parte occidental legalmente, en esos primeros tiempos de oleadas masivas.

Decidí marcharme. Seguir a esos dos e incluso intercambiar un par de palabras con ellos, o por lo menos volverlos a ver. Hice una seña, pero el que vino no fue Ande sino Max, con dos bamboleantes copas de champán llenas hasta el borde, concentrado como si caminara sobre la cuerda floja. Me pareció ver en su cara la misma expresión que ponía justo antes de empezar a abrazarnos y supe que dentro de nada iba a embargarme la alegría en vez de la mala uva y el aburrimiento; el torpe comediante se había transformado en el soñador, no había más que ver su cabello erizado, como electrizado, la aureola de color rubio ceniza que rodeaba la cabeza del Evangelista. Tendría que llamarse Jano. Aunque bien podría ser que el Max de las dos caras, el del truco inesperado, solo existiera para mí.

Levantamos con cuidado las copas para brindar, a pesar de que iban a sonar como si estuvieran hechas de cartón, y nos echamos a reír cuando sonaron así, estúpidamente, acordes con nuestros semblantes deformados por la alegría.

De lejos tuve la impresión de que aquí bullía la lucha de clases, de que se estaba produciendo una manifestación interna ignorada como de costumbre por el adversario, dijo Max. Más o menos, respondí, y le conté lo que había podido oír de la conversación, si es que podía llamarse así, pues en realidad, detalle en el que caí en ese momento, el más joven, tras su introducción sobre la teatralidad de la revolución y su reivindicación de la justicia, se había limitado a gruñir y hacer pucheros.

—Pero si justo ahí al lado se está formando una conjura para que la justicia emerja desde abajo —dijo Max señalando con la cabeza la mesa de reuniones—. ¿Crees que debería traerlos de nuevo?

Pero no se movió de su silla. Fantaseamos sobre su regreso, acompañado de cinco tipos reclutados en el quiosco del metro, o solo, con los ojos tristes. Nos imaginamos sentados en la mesa de reuniones. Luego vino el viaje de Max: nueve meses como mínimo visitando monasterios tibetanos. Como preparación para la comuna de Sajonia, se explicó.

—Si tuvieras una mochila como es debido y unas botas de montaña, podrías venir conmigo. A nuestro regreso ya reinaría la justicia —dijo Max como si pudiéramos ausentarnos una eternidad.

—También podría recibirte cuando vinieras convertido en un monje mendicante.

Me imaginé a Max llamando un día a mi puerta y a mí misma esforzándome por descubrir en su rostro algún indicio de la transformación sufrida por vivir en otro lugar, de su progresiva orientalización, como quien dice.

—¿Y Johannes? ¿Dónde estaría Johannes? —preguntó Max.

—Aquí no, eso está claro. En una bonita casa, con otra mujer y quizá con un pequeño. Rodeado de comodidades, en otra parte, lejos de aquí. Ahora mismo podría hacerte un dibujo exacto, con la mesa del desayuno en el jardín y todo. No me afecta. No siento nostalgia ni dolor. Antes, solo con pensar en la separación, me echaba a llorar. Ahora lo que me siento es atrofiada ante el futuro que se abre ante mí.

Max no se había creído ni una sola de mis palabras.

—De modo que el miedo te paraliza en cuanto piensas en el mañana —dijo Max—. Pero ¿por qué? ¿Qué tienes que perder?

—Todo.

—Salvo tus cadenas —dijo Max.

No pude evitar echarme a reír. Quise intentar de nuevo un brindis sordo.

—Esta ronda me toca a mí —dije—. ¿Qué estamos bebiendo? Rotkäppchen seco, ¿no?

—Al menos tu paladar no está paralizado —señaló Max.

—Son solo mis dotes adivinatorias —respondí de camino a la barra.

Ya en la calle nos detuvimos un momento a alabar lo tarde que anochecía, la luz crepuscular, el cielo entre turquesa y violeta. Estuvimos hablando de cualquier cosa solo para seguir estando juntos un poco más. La bici de Max estaba apoyada en la jamba rosa del portón. Hablamos de lo que íbamos a hacer el resto del día. Visitar a Christiane y a los niños, dijo Max. Trabajar un poco o ir a ver a Norma quizá, dije yo, y llamar por primera vez a Johannes desde la nueva cabina que han puesto al lado de casa. Si los gemelos aún no están metidos en la cama, les haré un telediario dándoles solo buenas noticias de su país, dijo Max. Yo a Johannes le ocultaré lo mejor del día, dije yo. Max me pidió que le diera saludos de su parte. Nos abrazamos. Hasta pronto, nos dijimos. Observé cómo Max se alejaba, cómo se despedía con la mano sin girar la cabeza, cómo desaparecía doblando la esquina.

Rügen, tía Ruth decía: indescriptiblemente bellos, y los ojos se le iluminaban como después de un buen sermón. La creía a pie juntillas. Que habrían hecho falta algunas palabras más para poder imaginarme lo que aún no había visto con mis propios ojos fue algo que pensé luego, cuando empecé a llegarle por la barbilla. Mi capacidad de asombro había menguado tanto como nuestra diferencia de estatura, y por más que habláramos no parecía que fuera a volver a reactivarse. Aunque seguro que ella no sospechaba nada mientras la miraba atentamente y no paraba de hacerle preguntas, a pesar de que lo indescriptiblemente bello quedara encapsulado en lo que pueda decir cualquiera sobre el cielo, la arena y el agua y de que el paraíso estival de la tía Ruth fuera un luminoso vacío en torno a cestas llenas de frambuesas y a una gaviota muerta. Cuando le conté mis primeras vacaciones en el mar Báltico, en un campamento infantil de Rügen, parecía que nunca fuera a cansarse de escuchar. Tres interminables semanas a base de toques de diana, jefes de grupo, juegos en equipo, pelusilla, morriña nada más llegar y envidia de los niños que estaban haciendo castillos de arena con sus padres, felices probablemente, o no, tan desgraciados como yo, solo que al menos ellos sabían que ser feliz significaba abandonar la ciudad en verano e irse al mar en vez de al cercano Fläming o al Harz. A pesar de que omití lo peor, tía Ruth se compadeció de mí por pasar las vacaciones en un campamento bajo la tutela de desconocidos en lugar de con mi madre y mis hermanos, por no haber podido experimentar algo tan hermoso e inolvidable como lo que ella vivió de niña. Tenía que conformarme con sus loas: ¡La luz que baña esas costas! ¡Su espléndida arena!; con sus elogios a la brisa del bosque, cuyo aroma era lo más importante para la tía Ruth. No acababa de entender por qué, viviendo en Berlín occidental, siempre que añoraba ese olor, iba en busca de tiendas donde oliera a naranjas, chocolate y zapatos de piel, muy difíciles de encontrar, cuando había otros muchos establecimientos donde olía a resina, hierbas, hojas secas y setas, aunque no como en plena naturaleza, desde luego.

Hablaba de ello como de un milagro imposible de describir, o quizá sencillamente considerara innecesario describirlo por resultarle familiar a todo el mundo, o puede incluso que me lo describiera y yo no prestara atención, ya que todo eso me parecía tremendamente aburrido. Lo que yo quería oír eran historias de verdad, no lo que me entraba por los oídos cuando la tía Ruth hablaba de Rügen.

Aquello era precioso, eso era lo que tenía entendido y eso fue lo que dije en casa al volver del campamento. Rügen: el recuerdo de una chaqueta de chándal perdida y vuelta a encontrar, de una moneda de cinco céntimos perdida y nunca más encontrada, de una explanada con el mástil de una bandera en medio, de mi jefa de grupo, Oda, a quien adoraba y por cuya alma rezaba todas las noches porque era atea y siempre estaba hablando mal de los curas por venir de una familia de librepensadores, palabra que entonces era nueva para mí. El recuerdo de las lágrimas vertidas por no recibir ninguna carta de casa, de las lágrimas vertidas cuando al fin llegó una y la leí escondida tras un escaramujo hasta sabérmela de memoria. Ni un recuerdo del mar, de la comida, de los juegos ni de las amigas de entonces, la vaga imagen de una bahía, un faro y la fina y blanda arena, de color amarillo claro, gris claro, casi blanco.

¡Al mar! Año tras año, más adelante con la tienda de campaña, con la licencia para acampar solicitada meses antes, con el carrito de las maletas —llevadas a la estación y dejadas en consigna días antes de partir—, en el andén un cuarto de hora antes de que el tren saliera, excitada como en los veranos de justo después de la guerra, cuando nos metían en el compartimento por la ventana para caer sobre un amigable regazo ajeno o al menos para conseguir un sitio de pie, momento en el que por desgracia a alguien le entraban ganas de ir al servicio. Naturalmente ese alguien era yo. Apenas el tren arrancaba, los nervios amainaban y los bromistas tomaban la palabra; entonces había que atravesar a toda costa esa muralla humana, ahora que ya nadie se movía, ahora que todos parecían haberse puesto de acuerdo en el sitio que iban a ocupar hasta la próxima estación, hasta el próximo tumulto. Siempre la misma canción, peor que una evasión en masa, otra vez los calambres en el estómago, la presión en la vejiga, testigos de excepción de una catástrofe que en mis recuerdos quedaba reducida a unas pocas imágenes: oscuridad, un puente, una maleta plantada en mitad del camino, una mujer gritando sin cesar «¡Peter!» en una estación abarrotada y puede que también el silbato de la locomotora al partir, ese que hacía contraerse a mi estómago cuando este lo reconocía. Ese doloroso retortijón, el mal del viajero, era algo de lo más normal, tan comprensible como los nervios de antes de la llegada, sobre todo si se ha tomado al asalto un tren atestado de gente, aunque tampoco desapareció cuando ya nadie subía por las ventanas; viajar en tren seguía siendo toda una aventura, una penosa tarea. Como en el cuarenta y cinco, decían, cuando los trenes estaban más tiempo parados que en marcha y conseguir un asiento era casi un milagro, y más en los trayectos que durante las vacaciones llevaban a la costa.

Llegar, montar la tienda y a la playa. Justo el momento antes de que el mar se haga visible entre las dunas, ese en el que ya lo hueles y lo oyes. Qué instante tan conmovedor. Me quedo clavada en el sitio como si hubiera echado raíces; luego, presa de una alegría salvaje, dando trompicones de la emoción, desciendo por la duna arrastrando la arena con todas mis fuerzas; al llegar a la parte llana, la zancada se hace más grácil, el último tramo lo hago a saltitos, piso la orilla, está húmeda, me meto en el agua, avanzo andando por el fondo, poco a poco se va haciendo más hondo, aún hago pie, ya cubre como para nadar un poco. Echarse de espaldas, sentir lo fría, lo caliente que está el agua, mirar al cielo mecida por las olas, saber que al fin has llegado.

—Y a partir de ahí..., la felicidad más plena —digo.

Johannes se mostró escéptico. Su voz sonaba muy cercana. Según me había dicho, estaba sentado de espaldas a la mesa de su escritorio mirando por la ventana. La puerta que daba al jardín estaba abierta. El aire era cálido y entraba una claridad asombrosa.

—¿Luna llena?

—Casi —dijo Johannes.

—A mí me la tapa la casa de Griebenow —dije yo—. Resplandece tras el tejado, y eso que las farolas y los escaparates aún están encendidos.

—Parece que empezamos a levantar cabeza —dijo Johannes, que ya había dicho lo mismo cuando le conté que habían puesto una cabina nueva; me había preguntado dónde para poder imaginarse el lugar exacto desde el que hablaba con él—. Aquí las noches son bellísimas, no sé cómo describírtelas —prosiguió. Le recordaban a las del verano pasado en Liguria, adonde volveríamos a ir en cuanto pudiera cogerse unas vacaciones, en octubre a lo sumo.

—No quisiera tener que esperar tanto —respondí—. Y tampoco es que me muera por volver a la montaña; podríamos ir otra vez al mar Báltico, por qué no a Rügen, nunca he estado allí contigo, o a Markgrafenheide, o mejor a Graal-Müritz, como en los viejos tiempos.

—¿De tienda de campaña? ¿A uno de esos tétricos cámpines, a una de esas casuchas de cartón que llaman bungalós o a una de esas habitaciones que los lugareños acondicionan de la noche a la mañana para hospedar a gente? No puedes estar hablando en serio —dijo Johannes.

—Al mar Báltico —insistí—. Donde nos conocimos, si es que te acuerdas, donde pasamos cuatro veranos seguidos y siempre fueron unas vacaciones estupendas, donde desde el momento en que llegas a la playa no tienes más que meterte en el agua y ser feliz —dije.

—Solo te acuerdas de lo que quieres. Te aferras a los viejos tiempos para no admitir que no sabes qué hacer en el momento presente. Que yo recuerde, nunca se dio ese estado de felicidad plena que tan bien conservas en la memoria, puede que solo para que en vacaciones yo no pierda práctica en ser la causa y el consuelo de tus desdichas. Además, fuiste tú, si es que te acuerdas, la que se vio impelida a ir a otra parte porque con el tiempo te había llegado a resultar agobiante y aburrido ir siempre a las mismas playas donde el mar era una cloaca; el servicio, una catástrofe irremediable, y la gente del campin, insoportable, siempre en bata y en pantalones de chándal, merodeando por esos caminitos de tierra que llevaban a las caravanas del personal. Gracias a que te hartaste de esas vacaciones tan estupendas, pudimos ver un bonito pedazo del mundo que nos estaba permitido conocer.

Qué alegría no tener que volver a pisar todos esos sitios, dijo Johannes antes de ponerse a enumerar nombres. No había vuelto a pensar en ellos, algunos hasta los había olvidado, pero al oírlos intentaba adivinar a qué lugar correspondían, no quería preguntar por no interrumpir la letanía que emergía de un pueblo entre Mannheim y Heidelberg bañado por la clara noche y se abría camino por nebulosas rutas, desde los lagos de Masuria hasta la cordillera de Alatau en el Kirguistán, aquí, allá y otra vez los Balcanes, nombres meticulosamente pronunciados que se iban disipando con lentitud y que sin cesar eran sustituidos por otros, de modo que mi memoria podía ir evocando imágenes claras de cada lugar y componer un mosaico a base de cuadros de viajes. Un caos luminoso y titilante, reflejo de palabras que nada más aparecer ya se desvanecían, pero que dejaban su color, su temperatura, restos que me sugerían un supermodelo, que me ponían tras el rastro de una Eurasia fractal solo posible mientras Johannes siguiera enumerando nombres con esa voz tan cercana.

Itkol, escuché, y de pronto me encontré en medio de un paisaje claro e inmóvil que él atravesaba para ir a mi encuentro. De camino al campamento. Era el itinerario más largo, aunque no el más duro, pues atravesaba un valle, la mayor parte del tiempo por un cómodo camino de gravilla. A ambos lados imperaba el verde, la parte baja de las laderas era oscura y robusta, de sus crestas descendían franjas doradas, rojas y de color marrón tostado hasta un punto compacto donde estaba el sendero por el que pronto descenderíamos. Estábamos a principios de octubre, era un día especialmente claro, ningún velo de niebla cubría el Elbrus, dos picos blancos sobre un azul luminoso, una estampa que ya nos resultaba familiar, pero que era tan poco frecuente que deberíamos dar gracias a Dios por el tiempo que nos estaba haciendo, decía cada mañana Wilhelm, el alpinista, que con setenta y ocho años era el mayor del grupo y se había preparado para el Cáucaso entrenándose a diario en Berlín, en las colinas de Müggel; Wilhelm, que, cada vez que identificaba un pico o un despeñadero famoso nos contagiaba su entusiasmo. Johannes guardó los prismáticos y el anorak en la mochila; hacía calor. Iba algo rezagado. Al rato me di la vuelta y lo vi acercarse. En ese momento el paisaje se volvió plano, una imagen panorámica clara y distintamente dividida, verde, gris, blanca y azul; en primer plano, hierbas auténticas, piedras auténticas, un camino a pleno sol y Johannes bañado en luz, como nunca antes lo había visto, el perfecto otro, tan bello en ese instante que su imagen me hirió como la última frase de una despedida, aunque el dolor estaba amortiguado por una solemnidad carente de emoción. Me sentí ligera y despierta, consciente de una distancia insalvable, por primera vez sin miedo, sin tristeza, desposeída de ese otro yo que nunca había sido mío y que tan vivo parecía estar sin mí, hermoso en su alegría por estar en el mundo, de camino al campamento, en un día por el que podíamos dar gracias a

Dios, dirigiéndose hacia mí en medio de un paisaje inmóvil, como si mi memoria, penetrada por lo significativo del instante, lo hubiese destacado y sellado para conservarlo tal cual para siempre. Mi imagen preferida de Johannes era una alegoría del amor disgregándose, pensé cuando su voz pronunció *Itkol*. Los siguientes nombres me pasaron inadvertidos, y los que oí cuando volví a prestar atención me sonaron muy distintos, no podían ser de lugares de Kabardia-Balkaria ni del Cáucaso, no eran del este, de los países que recorrimos en nuestros primeros viajes. Baiardo, Badalucco, Molini di Triora, Monte Ceppo. Entonces comprendí que Johannes ya había llegado a los lugares que quería volver a pisar conmigo, en octubre a lo sumo. El mar Báltico de ningún modo.

—Ya lo hablaremos en otra ocasión. Solo me quedan sesenta céntimos —dije.

Era la pura verdad. Me venía al pelo, como una excusa perfecta, y a eso sonó. Johannes me aconsejó que la próxima vez mirara las ofertas de correos, que comprara una tarjeta con más saldo.

Me imaginé la cara que estaría poniendo, la boca fruncida, la barbilla erguida, la misma expresión para la terquedad y para el enfado, de nuevo al descubierto desde que se afeitó la barba poco antes de mudarse, por simbolizar un nuevo comienzo y porque así parecía más joven. Veinte años antes, había tenido que cubrir de pelo esa zona de su rostro que se obstinaba en hacer de él un muchacho. Ahora en cambio era bienvenida en vista de la vital importancia de la apariencia externa y de la satisfacción de que a uno no se le note tanto la desgracia de haber nacido antes que los demás. Me invadió una chispa de alegría por el mal ajeno al ver que también les pasaba a los hombres. Obviamente, no fui tan dura con las mujeres, que, entre ellas, a solas, expiarían sin más ese terror, imaginé, e incluso aceptarían de buen grado que en una reunión de trabajo llegara de pronto una y se sentase allí sin los dientes de abajo porque su flamante nueva prótesis le hacía daño; seguro que hasta se produciría un intercambio de experiencias antes de proceder con el orden del día. Podía imaginarme a mí misma en un grupo de trabajo así; en cambio, me era imposible hacerlo donde iba Johannes cada mañana cuidadosamente rasurado y armado con su portafolios.

No acababa de acostumbrarme a su cara sin barba, era como una versión endurecida de su aspecto primigenio: en una tarde de julio, de vuelta de la playa, un rostro delgado y moreno, acompañado de mi primer pensamiento al verlo, plasmado en una frase redonda: «No está nada mal». Por qué no podíamos volver a aquel lugar, como era mi deseo, en caso de que pudiera volver a reconocerlo, y si no, a cualquier otro punto de referencia que demostrara que los recuerdos no son invenciones o que al menos algo tienen que ver con los lugares reales donde estuvimos en la primera mitad de nuestros veinte años de convivencia, sobre la cálida arena, bajo el sol, desnudos, morenos, locamente enamorados el uno del otro, amor en la tienda de campaña y en la playa, en cuanto había ocasión. Una tarde nos interrumpieron los guardas por acampar en zona restringida; era la que más nos gustaba, pero estaba reservada para los turistas extranjeros, poco importaba cuántos «reservado para» hubiera, estaba bien claro, era imposible no acatarlo, de modo que debíamos desalojar el lugar inmediatamente, de lo contrario... Está bien, está bien, dijimos y volvimos a meternos en la tienda, pero al rato volvieron a venir y tuvimos que movernos y plantar la tienda al borde del claro, junto a ese lúgubre bosque de hayas. Sin duda fue un mal día, probablemente tuvieras que consolarme, o quizá decidiéramos de común acuerdo no dejarnos arruinar la vida por esos tipos, ignorar su existencia, así de simple, no añorar más el claro; al fin y al cabo, el nuevo sitio también tenía sus ventajas, lo de acampar en la playa ya estaba olvidado, quizá fue eso lo que pensamos, quizá lo pensé únicamente yo, cómo iba a estar segura si en mi memoria solo había almacenados puntos de referencia, todos los empalmes se habían perdido, y tampoco volver a ese lugar iba a devolvérmelos, nada nos llevaría de nuevo a nuestra realidad de entonces para que pudiéramos confrontarnos con ella, para que apareciera ante nosotros tal y como era y para que pudiéramos encontrarnos con nosotros mismos, vernos sin omisión alguna y comparar esa imagen con las reconstrucciones hechas a partir de los fragmentos conservados, que no coincidirían del todo con lo que allí veíamos, pero que en sus distorsiones arrojarían luz sobre cómo la selección misma, en caso de que pueda denominarse selección a un proceso inconsciente de criba y descarte, quizá estuviera orquestada, en lo que a mí se refiere, por una herida profunda, una acusación soterrada contra mi existencia y el deseo paralelo de una reconciliación, de un acuerdo, o al menos eso suponía yo, y solo lo sabría con certeza gracias a un reencuentro que nunca se produciría, por más que volviéramos juntos a los lugares de antaño.

—Por cierto...

—¡Gracias a Dios! Pensé que ibas a invertir los últimos sesenta céntimos en estar callada.

—Tenías razón. Me refiero a lo de la felicidad plena. Me acabo de acordar de los guardas del campin, y seguro que si siguiera pensando en ello, saldrían más cosas. No sé si eso empañaría algo el esplendor de esos veranos en mi recuerdo. Pero echando la vista atrás y haciendo una valoración general de lo vivido, probablemente coincidamos en que la mayor parte no fue buena, aunque tampoco todo malo, ¿no es cierto? —dije, e inmediatamente me arrepentí del tono y de las maneras, por más que Johannes no pudiera captarlas.

—Lo siento —dije enseguida—. ¿Vas a estar mañana por la tarde en casa? Te llamaré. Esto se acaba. ¿Me oyes aún? Buenas noches. No me olvides. Te quiero. ¿Me oyes? —grité, como si las estridentes señales que salían por el auricular fueran el canto de un pájaro que pudiera vencer a base de berridos.

La calle estaba tranquila. Di un par de pasos hasta la esquina. Pude ver la luna desde allí. Bajo su luz la estatua de la placita de enfrente tenía un resplandor plateado, como si una fina capa de nieve cubriera al héroe y al monstruo. La calle pasaba por delante de su eterno combate y luego seguía por debajo del puente elevado del tranvía adentrándose en territorios antes inaccesibles. Un lugar inquietante a perpetuidad, esquivo. De allí había venido la paloma, sobrevolando la barrera, como si nada. Se había adentrado por el túnel, bajo las vías vacías, hasta alcanzar la calle cortada, posándose aquí y allá para luego emprender el vuelo de vuelta, mientras yo seguía ahí parada, incapaz de hacerme una idea de lo que había podido ver durante el tiempo en que la había seguido con la mirada; bien sabe Dios que no fue mucho.

Reparé en que en una puerta del otro lado de la calle antes había un letrero con la inscripción «Venta de escaleras aquí». Un día desapareció. Si a pesar de ello seguía habiendo allí escaleras o si ya hacía tiempo que no había ninguna era algo que ignoraba. En cualquier caso la escalera apareció en mi mente como una imagen desnuda, divertida incluso, al pensar en cómo había subido muerta de miedo por una mientras volaban sobre mi cabeza los típicos pájaros de ciudad.

Ahora podía observarlos sin envidia ni sentimiento de inferioridad. Sabía lo que había más allá del paso elevado del tranvía. Podía recorrer la calle hasta el final, ya no hacía falta encaramarse a una tapia para poder asomarse. Aún sentía alivio, aunque ya no esa sensación de irrealidad. Se había desplazado, transferido al pasado. Costaba imaginarlo: el muro, las torres, las alambradas, el foso, los puestos de vigilancia, los perros, la frontera en el río, las barandillas cegadas del puente que impedían ver el agua, una estación llena de soldados. Patrullaban hasta por una pasarela que había en el techo, prestos a apuntar entre la multitud y a abatir al enemigo al borde del andén, donde estaba la línea blanca de seguridad que los viajeros no podían traspasar sin permiso; en efecto, cuesta imaginársela, pero aún sigue ahí, un pálido signo en el recuerdo de un estado de permanente oposición, un sustituto de la guerra. Quizá no quisiera verlo a pesar de que existía realmente, puede que lo evacuara en la medida de lo posible para poder vivir bajo sus condiciones. Siendo plenamente consciente, con el tiempo no hubiera podido soportarlo. Una ciudad compitiendo por el campeonato mundial a ambos lados de un muro que se derrumbó antes de que lo hicieran nuestro juicio, nuestra salud y nuestro instinto de supervivencia, pensé.

Frente a la nívea luz que bañaba las figuras de piedra, cualquier otra iluminación resultaba débil, y a la vez cálida y confortable, como la que salía de la ventana de la choza de la bruja en mi primer libro de cuentos. O la luz color miel de la entrada del club de artistas. Un taxi paró delante. Se bajaron una mujer y dos hombres. El resplandor amarillo los iluminaba, se giraron y le hicieron señas a otra mujer de la que solo vi la silueta a través de la puerta de cristal de la entrada. Piensa en lo de la cuerda, dijo el último en bajarse. La frase quedó en el aire, antes de que volviera a cerrarse la puerta. No supe cómo continuarla. A Norma le habría bastado para idear historias durante el resto de la noche. Pero yo no estaba de humor, ni siquiera tenía ganas de comprobar si estaba despierta y lista para la reconciliación.

Reinaba una extraña tranquilidad. Ni nueva ni inaudita, pero sí muy distinta a como me la había imaginado tras haber caído las barreras. Pensé que la actividad de la otra mitad de la calle se extendería en un santiamén, que el barrio se llenaría de vida hasta bien entrada la noche, que en las calles resonarían voces y ruidos nuevos con la alegre y nerviosa vitalidad de unos segundos años fundacionales. Nuevos comercios, nuevos semáforos, andamios por todas partes, edificios de punta en blanco, como el nuestro, y no solo la fachada, sino también por dentro, pues al fin daba comienzo la era de los patios. No reconocer esa zona antes tan tranquila, tener dificultades para recordar cómo era hacía apenas dos años: los reproches más frecuentes se tornarían constantes alabanzas proferidas hasta por los más recalcitrantes, que, a pesar de tener muchas oportunidades para denostar los cambios que les vendrían impuestos, acabarían incluso encontrándoles el gustillo, prestos a amoldarse a unas circunstancias radicalmente nuevas en las que el acomodo sería sencillo. Así lo veía yo y en consecuencia me había atrevido a decir: Con el apoyo necesario lo lograremos. Y me había enfadado con Johannes por desmantelar el *nosotros* que sustentaba mi afirmación junto con los espejismos de un entusiasmo colectivo, una situación similar a la de 1945 o a la de un gran *subbotnik*[3]. Aquí lo que hay que hacer es arrimar el hombro, dijo. La única forma de renovar este paisito nuestro venido a menos es a base de ahorro, donaciones y el trabajo de nuestras manos, así de sencillo, solo que las manos más hábiles hace tiempo que emigraron a otra parte en busca de un sueldo digno. También dijo algo sobre la mentalidad de las mujeres de la posguerra, de que únicamente los cándidos y los piadosos se quedarían aquí, que él era el único de esa mesa con una visión global, y que no iba a dejarse amedrentar porque Norma, Max y yo misma, paladines de la esperanza, estuviéramos en contra, motivo por el que a partir de entonces Norma empezó a huir de él como de la peste. ¿Cómo podía vivir con alguien así? Ella en mi lugar no habría aguantado ni un mes, dijo entonces Norma, y más adelante, cuando su traslado ya era inminente, comentó: Era de esperar, ya hacía tiempo que formaba parte de los del otro lado, de esos hombres de éxito que ahora pretenden enseñarnos buenos modales y cómo se trabaja.

No podía hablar de Johannes con Norma. ¿Con quién entonces? Y sobre todo: ¿para qué?

La estatua no pegaba con esa noche de verano; le iría mejor una fiesta en plena calle. Pero estábamos a mitad de

---

[3] *Subbotnick:* iniciativa popular para la limpieza y conservación de las ciudades y pueblos de la Unión Soviética de la posguerra que culminaba con una fiesta. *(Nota del traductor).*

semana, el día ya no era oficialmente festivo y además había transcurrido sin celebración alguna. La gente se había ido a la cama temprano. Ahora estaba frente al portal de nuestra casa, como el señor Samuel cuando tenía que salirse para fumar. Eché un vistazo a la calle vacía, luego bajé la vista hacia mis pies desnudos, enfundados en unas sandalias italianas muy parecidas a las sandalias de Jesucristo de Max. Soplaba una leve y cálida brisa, y estaba tan despejado que podía verse un enorme cielo lleno de estrellas. Seguro que Johannes estaba en la terraza mirando hacia el horizonte, escuchando los sonidos de la noche, puede que también me imaginara apagando la luz, girándome hacia la pared y mandándole un beso antes de dormirme, como solía hacer cuando él no estaba en casa.

Sigo en la calle, ¿es que no te has dado cuenta? De camino al río, por la misma acera que Minna y Ella König recorrían en su paseo vespertino, ¿no te acuerdas? Hablamos de ellas al volver de ese café que a ti no te gustó nada, el que está en la primera esquina detrás de la frontera, ese que habían abierto hacía poco. Aún tuvimos que enseñar la documentación en el paso, rodeados de vendedores de recuerdos cuya presencia nos irritó. No preguntes cómo, pero de algún modo acabamos hablando de nuestras vecinas, de cómo hacía más de una década, envueltas en esos abrigos que llevaban arrastrando, recorrían siempre el mismo trayecto; recuerdo que estabas de acuerdo en que costaba imaginar un paseo más inhóspito, así fue como recordamos a las difuntas. Esta mañana, cuando me disponía a describirte los ruidos del patio por carta, como siempre hasta que pusieron la cabina, me di cuenta de que había empezado una nueva fase en nuestra relación, la telefónica, quería habértelo dicho antes, en un día tan movido, en una fecha tan señalada, ¿recuerdas? Hace apenas un cuarto de hora. Ahora reina el silencio. No hay nada que temer, desde luego que no. Hay luces cerca y también a lo lejos, y además el cielo centellea. La gente ya está durmiendo en sus casas, y el que no, va de camino. Pocos coches, peatones aún menos, ni un solo militar. Podía haber recorrido la larga calle hasta llegar a territorio libre, pero me sigue resultando inquietante. Prefiero permanecer al abrigo de estos viejos muros con sus viejos aromas, aquí, en mi patio, que no tiene jardín, ni fuentes, ni vistas a una ladera cubierta de viñedos ni a una iglesia, bien lo sabes, pero que otorga la paz de una existencia limitada, sencilla y vigilada, aún en pie, como la obstinada sombra de un cuerpo extasiado, como el soliloquio de un caminante distraído, como en mi cabeza las hermanas König, dando siempre el mismo paseo a lo largo del Muro, que ya no está en pie, motivo más que suficiente para tener miedo, ya lo sé, solo que es un pensamiento que va camino de llegar al corazón, a la piel, a los cabellos, y puede que estos no tarden en ponerse de punta cuando pasee sola por aquí en mitad de la noche.

Hasta el cercano puente, por el que al fin uno puede volver a asomarse para contemplar el agua. De ese sucio río, de la gris Uferstraße, de la monumental estación fronteriza, de los trenes que pasan por encima del tráfico y del agua, del puente Weidendamm, con los ornamentos de hierro fundido, de las lanchas de carga, de las gaviotas, del pálido cielo invernal y del olor que desprende el carbón al arder: de ese pedazo de la ciudad sentiría nostalgia en el exilio, pensé en una ocasión, sorprendida de lo imaginables que me resultaron la situación y el sentimiento que me invadiría.

Ahora me sentía a gusto observando las negras aguas, sola, tranquila, sin prisas ni cosas que hacer, en medio de una ciudad en extinción, sin nada ni nadie en que pensar, quién sabe por cuánto tiempo.

La voz me hizo estremecer. La reconocí al instante. Un fuerte graznido. Nadie sonaba tan ronca y estridente como Emilia. Un nombre tan bonito... ¡Y esa voz! Muy rara vez hablaba. Culpa mía. Siempre surgía de la nada después de haber pronunciado la primera frase, de golpe estaba ahí, cerca, pero casi nunca lo suficiente como para poder tocarla. ¿Te gusto?, escuché, e inmediatamente la vi sobre el río, rozando casi el agua de la que no había emergido, pues sufre de hidrofobia. Ni una gota mojaba su piel clara, plateada a la luz de la luna, refulgente, delicada, sin comparación posible con cualquier estatua de cualquier plaza, claro que no, ella no era una heroína ni un monstruo, sino mi hija, y me gustaba más que nada en el mundo, tenía que admitirlo. No estás mal, dije, pero ¿por qué andas por ahí desnuda? ¿Reproches dirigidos a una madre desnaturalizada? Mi punto flaco.

Tenía de las madres una vaga idea que a veces se aventuraba a expresar, y cuando lo hacía, empleaba el término *madre desnaturalizada* porque yo misma me lo aplicaba constantemente como mote, del mismo modo que ella aceptaba ser la niña nacida de una cabeza. Durante un tiempo estuvo muy interesada en lo que había dentro de su vientre, quería saberlo todo acerca de los ovarios, las trompas de Falopio y los demás órganos que la determinaban como potencial madre en condiciones de parir. No obstante, era evidente que no se quedaba con nada, pues siempre preguntaba lo mismo. Hasta que eché mano de la edición conmemorativa del *Tratado de medicina natural* de F. E. Bilz, de 1898, un mamotreto algo deteriorado herencia de la tía Ruth. Bajo la atenta mirada de Emilia desplegué a la mujer de papel, una rubia con tirabuzones ataviada con una combinación blanca cuya tercera ilustración mostraba las venas, las arterias y los órganos internos vistos por delante, de modo que pude aprovechar las ventajas de una clase visual y sustituir las incomprensibles explicaciones de antes por sencillas indicaciones con el dedo apuntando a las partes mencionadas, ilustradas en tonos marrones y surcadas de venas, lo cual no tardó en aburrir a Emilia; no había más que ver su cara de cansancio. Al ver la cabeza por dentro se le escapó una risita. Qué rara se imaginaba la gente esa zona del cuerpo, ¿tienes un libro más antiguo?, graznó, y luego me pregunto por qué aún no la había llevado a casa de la tía Ruth. Intenté explicárselo. No obstante, vi que volvería a preguntar y me puse a buscar material gráfico sobre el tema de la muerte. El tema del nacimiento pareció quedar zanjado para Emilia con las ilustraciones de Bilz sobre el aparato reproductor femenino, por lo menos no volvió a hablar de ello, lo cual me supuso un gran alivio.

Ocultarle que no había venido al mundo de la manera convencional era algo inexcusable. Le debía una explicación sobre su nacimiento. Aunque, bien visto, le bastaba con saber que era fruto del deseo de tenerla. Más no sabría decirle. La historia de su concepción era tan parca porque todo fue rápido y sencillo y porque, por decirlo de algún modo, corrió solo de mi cuenta; carecía de la impronta de los hechos fundamentales de una vida, hasta el punto de que ni siquiera podía ponerle fecha. Debió de ser en el instante en que apareció sentada entre mis colegas Simon y Köhler en un sitio vacante que antes no había y empezó a hacerme señas desde el otro lado de la mesa de juntas. Bajó el párpado derecho lentamente, de manera casi ceremoniosa, y volvió a levantarlo; esa fue la primera versión de ese gesto tan suyo. Primero la vi absorta y luego reparé en que tenía las pestañas extraordinariamente largas, los ojos grandes y oscuros, la nariz pequeña y chata, muy poco marcada, como de cristal, los labios carnosos y una melena castaña y revuelta que apetecía acariciar, pero me quedaba muy lejos su asiento, el de mi hija adolescente, con el lustre de lo nuevo, con un vestido de seda verde oscuro... No me cansaba de mirarla. Sobre el papel destinado a ser el acta de la reunión empecé a anotar los nombres que primero me vinieron a la cabeza, *Marie, Anna* y *Johanna,* junto con una selección de los terminados en *-ine* y en *-lia,* y al reparar en que *Emilia* estaba entre ellos, me decidí por ese nombre. Di por concluido el bautizo devolviéndole el guiño a mi hija.

Simon y Köhler volvieron la cabeza para ver a quién le hacía señas. Estaban acostumbrados a recibir la visita de apariciones fantasmales durante las reuniones. Pero esa vez, de camino a la cantina, me preguntaron quién había entrado en la sala casi al final de la reunión. El nuevo hombre, respondí, y los colegas me rieron el chiste. Esto no se lo conté a Emilia. Lo del nuevo hombre la habría ofendido por su nebulosa generalidad, o puede que se hubiera sentido presionada por lo ideal del concepto; en cualquier caso, habría sido añadir un peso adicional a una existencia que por mi culpa ya era bastante incierta. De modo que opté por la explicación mencionada. Deseaba tenerte, dije. Y luego añadí: Tal y como eres, y seguí contemplándola extasiada. De pronto, espontáneamente, ejecutó un *grand jeté* hacia la izquierda y se quedó suspendida en el aire en el punto culminante del salto con los brazos extendidos, la cabeza para atrás y la mirada perdida en lo alto, de modo que vi brillar el blanco de sus ojos: salto, vuelo, suave caída, paso, paso y saludo, y luego de vuelta al punto de partida, erguida o dando saltitos, mi Emilia, un trecho considerable, cada vez un poco más lejos, o eso me parecía a mí. Probablemente había estado practicando en algún lugar al que yo nunca había ido.

Como no me contaba gran cosa, apenas sabía nada de lo que hacía cuando no nos veíamos. Era como si no existieran esos intervalos, como si Emilia solo fuera la suma de sus presencias. En cuanto se iba, me olvidaba de ella y tan pronto como me ponía a pensar en ella, ya estaba ahí otra vez, aunque nunca venía cuando la llamaba, sino que se hacía de rogar, o bien aparecía justo antes de que yo misma me diera cuenta de que estaba pensando en ella. ¿Por qué ahora? ¿Por qué desnuda? No se lo pregunté. Sabía que me diría: ¿Por qué no?, o: ¿Por qué me preguntas lo que ya sabes?

Apoyó las manos en las caderas, inclinó suavemente la pelvis hacia el lado derecho, levantó lentamente la pierna izquierda formando un ángulo recto y manteniendo esa postura me miró como quien mira a un espejo, con un aire de imparcialidad que no dejaba entrever sus pensamientos. Me pareció que el hueso de la cadera se le marcaba más de la cuenta y que había perdido vientre, pero no estaba segura. Últimamente solía venir con el vestido verde o en vaqueros. Habían pasado nueve años y tres meses desde su primera aparición. En ese tiempo se había desarrollado, de manera caprichosa, como era ella; había pasado de no tener vello púbico a lucir un tupido triángulo y unos senos firmes, prietos y sedosos que con solo verlos podía sentirse su tacto. Su rostro había sido lo último en cambiar. Durante años se había mantenido infantil e indefinido, pero en los dos últimos se empezaba a reflejar su edad manteniendo un equilibrio ideal de frescor, tersura y expresividad. Mi mirada escrutadora la recorrió de los pies a la cabeza recreándose en sus huesudas rodillas y en sus largos muslos; noté que dos arruguitas flanqueaban su boca y que le habían salido ojeras, como un amago de bolsas, aunque seguramente fuera algo temporal y la próxima vez ya habrían desaparecido. No obstante, no pude evitar preocuparme.

—¿Estás bien? ¿Echas algo en falta? —le pregunté.

—A cada momento —respondió—, pero eso no es nuevo. Voy tirando, ya sabes, lo que pierdes por un lado lo ganas por otro, podría decirse que la cosa anda equilibrada. Lo que no tengo es una visión general de cómo van las cosas por aquí. ¿A qué viene esa cháchara sobre lo de antes? ¿De veras era tan bueno o tan malo? No alcanzo a entender cómo en cierto sentido la vida podía ser más tranquila y despreocupada, a menudo sombría, sí, sin grandes expectativas, gris, deprimente, segura, rutinaria, cómoda. Me da la impresión de que tales calificativos han perdido su vigencia, cualquiera podría verlo sin necesidad de esas viejas historias que ni siquiera son verdaderas historias, diría yo, sino más bien argumentaciones encubiertas, ataques o justificaciones en los que siempre acaba saliendo a la luz una enseñanza, un veredicto, un legado, como si estuviéramos asistiendo a un juicio o veláramos a un enfermo en su lecho de muerte. Contigo es exactamente así. Tus historias acaban apenas han comenzado, por eso, respondiendo de algún modo a tu pregunta, echo en falta el interés por ese pasado, y así seguirá hasta que no haya alguien que empiece a contarlas como es debido: «Érase una vez...», o a la vieja usanza: «En un lugar de la Mancha, de cuyo nombre no quiero acordarme, no ha mucho tiempo que vivía un hidalgo...», o algo por el estilo, ya sabes a qué me refiero —dijo Emilia—. Voy a decirte lo que realmente echo en falta. Contigo nunca se sabe. ¿De veras me echas de menos? O, sin más, como una feliz ocurrencia, sueltas la frasecita: «Te echo de menos»; y entonces emerge de las aguas la isla de Robinson que habito, un pedazo de tierra que me gusta y que en cuanto lo piso se expande hacia el horizonte haciéndome olvidar dónde me encuentro en realidad; hasta que me paro a pensarlo. Tu realidad es como el agua. No temas, no voy a zambullirme en ella. Y si lo que esperas es que me sumerja hasta el fondo, sintiéndolo mucho, no pienso hacerlo.

—Como quieras —dije—. ¡Ni que te hubiera mandado a clase de natación o te hubiera llevado al mar Báltico! ¿Por qué no me cuentas qué es lo que te tiene hoy tan alterada?

En vez de responder, se inclinó hacia delante y se quedó ahí parada con las piernas abiertas y las manos apoyadas en las rodillas.

—¡Atención! ¡Ahora viene mi *robinsonada*!

De pronto se tiró hacia un lado como un portero presto a parar el disparo del atacante contrario y desapareció bajo el puente. Corrí hacia la barandilla opuesta y me asomé, pero no pude verla.

—¿Dónde estás? —exclamé—. No te vayas, por favor. Ya que no quieres hablarme de ti, quizá prefieras que sea yo quien te cuente cómo ha sido mi día.

Volvió a asomar por debajo del puente. Instintivamente eché un vistazo alrededor. No había nadie; no había motivo para ocultarse. En comparación con esa mole de piedra que teníamos enfrente, esa que ni siquiera Norma habría osado jugar a imaginar en llamas, su desnudez me pareció aún más vulnerable, y su voz, aún más de pájaro, cuando, flotando por encima del agua, se acercó a mí y serenamente me dijo:

—Por mí...

Sonó a: Hazlo si te empeñas, no creo que vayas a contarme nada nuevo.

—Mejor háblame del mañana —propuso—. ¿Qué proyectos tienes?

—¿Proyectos? ¿A qué te refieres? Tengo que trabajar, no quiero que me pille el toro. Si lo que quieres es saber qué planes tengo, la cosa está más o menos así: ir a casa de Norma, decirle a la señora Schwarz cuándo es el entierro de Margarete Bauer, telefonear a Johannes...

No. No se refería a eso, sino a proyectos de mayor envergadura.

—Hablo de algo que tengas en la mente, algo que lleve tiempo y esfuerzo y que merezca la pena. ¿Por qué no fundas un grupo de autoayuda para los nacidos de una cabeza?

Se echó a reír, pero enseguida se mostró decepcionada al ver que su ocurrencia no me había hecho demasiada gracia.

—Podrías escribir una crónica de la casa donde vives, coordinar una asociación de nostálgicos en busca de su pasado, montar una oficina de objetos perdidos especializada en recuerdos, un taller de restauración de trastos viejos, un centro de rendimiento para trabajadores en paro o un consultorio, tengo hasta el nombre: *Al fin somos Alemania, ¿y ahora qué?* Qué sé yo, hay un montón de cosas que hacer. Mi consejo es que hagas algo, hoy en día la iniciativa lo es todo.

Sonreí y asentí con la cabeza. No quería volver a decepcionarla.

—Te prometo que lo pensaré —dije.

Emilia empezó a dar saltos como si estuviera jugando a la comba. Parecía entusiasmada, contenta consigo misma y llena de energía.

—Ahora hay más ruido, más colores y más ajetreo —dijo—. Pero si buscas bien, siempre acabas encontrando un sitio donde bailar.

—Cualquiera es bueno. Hace mucho que no me enseñas todo lo que eres capaz de hacer —dije mientras buscaba una expresión que viniera al caso—; hazme un *spagat,* por ejemplo...

—¡Bah! Eso está muy visto. Se ha puesto de moda. Además, aún no llego a tanto. Cuando me salga perfecto, lo haré en público. Voy a ser una gran bailarina, una estrella. Mientras tanto, conservaré el anonimato. Pero pronto seré grande, con todo el tinglado que montan los medios, hoy en día es algo inevitable, aunque para mí no es ningún problema, ya verás, de aquí a nada mi primera entrevista, mi primer *talk-show,* y además no estoy nada mal, ¿no es cierto? Y tampoco me chupo el dedo; está a mi alcance, solo tengo que esperar el momento oportuno.

Estaba excitada, daba giros sobre sí misma, piaba y graznaba. Me hizo sentir lástima. Aparté la mirada. No podía ver el agua, tampoco las lágrimas, las mías mucho menos. Me las enjugué, pero brotaron otras nuevas. Contraje la boca y la barbilla. No sirvió de nada, de un momento a otro me echaría a temblar, me encogería, lo sabía, iba a deshacerme en sollozos y llantos.

Después de un tiempo los oí y comprendí que eran míos, que seguía en el puente gimoteando. Tras las lágrimas, las luces de la estación reflejadas en el agua se deshilachaban; la luna, el contorno del colosal edificio y la barandilla desaparecieron tras mi codo. Todo se había vuelto borroso y movido a causa de las lágrimas que había derramado. Errores, decepciones, desdicha, debilidad y fracaso desde el principio, toda la vida vertida, nada resistente a la delicuescencia, nada que aplacara el dolor; no era tristeza, sino una aflicción quejumbrosa e insaciable que brotaba y luego amainaba para pasar inadvertida mientras cobraba nuevas fuerzas, una aflicción que volvería cogiéndome desprevenida, lo único en mí que me llevaría a la tumba. De esto ni una palabra a Emilia. Se había largado a tiempo. Puede que cuando aparté la vista pensara que las lágrimas eran por ella.

Dejaron de brotar. Ningún alivio, solo cansancio, o quizá eso que mamá, la tía Ruth, la tía abuela Charlotte y la señora Michaelis decían asintiendo sentadas en las sillas estilo Biedermeier, repitiendo las palabras recién pronunciadas mientras yo tenía que contarle a mamá algo terriblemente importante que no podía esperar, susurrándole al oído, hechizada por el aroma a lavanda y deseosa de escuchar las gráficas descripciones de un estado de ánimo cercano a la enfermedad, descripciones que nunca llegaron, así que para mí el «agotamiento por ansiedad» quedó asociado a los rostros preocupados de aquellas mujeres y a la impresión de que debía de ser algo mucho más grave que el cansancio causado por los nervios, que era lo que yo pensaba que expresaban esas palabras, cuyo significado fue guardado como un secreto por aquellas mujeres vestidas de domingo, para quienes verme rendida después de haber llorado era el presagio de una noche tranquila.

Me costaba trabajo caminar, como cuando en sueños eres incapaz de avanzar, como recuerdo que me pasó al huir de esa niña tan grande y tan peligrosa que acabó cogiéndome y dándome una paliza; sabía lo que iba a pasar mientras corría y el saberlo me paralizaba, piernas de plomo y rodillas de algodón, parecido a lo de ahora, solo que sin miedo. La calle estaba áspera, los muros de las casas estaban ásperos, las farolas, los coches aparcados, los pocos que pasaban..., todo a mi alrededor era áspero, el camino no era largo, pero se hacía engorroso al no notar progreso alguno a pesar de dar miles de laboriosos pasos que me habrían parecido imaginarios de no hacer ese ruido sordo como de manos abiertas palpando la calzada.

De pronto la casa de la esquina estaba ahí. Como si el corto e infinito camino se hubiera contraído empujándome hasta la meta. El portal. El patio, iluminado por la luna. Oí crujidos provenientes de los contenedores de basura. Ni una voz salía de las casas, ninguna, tan solo se oía un murmullo casi imperceptible, la respiración de todos esos cuerpos tendidos, repartidos entre los cuatro pisos de la fachada principal y las escaleras interiores, de la A a la E, separados por intervalos, protegidos por paredes, cada cual soñando, durmiendo sin soñar o acostado sin dormir con las cortinas echadas, con las ventanas abiertas, a oscuras. Tan desierto, tan tranquilo que daba la sensación de que nadie vivía en toda la casa, de que únicamente estaba habitada por mi certeza de que en ese tipo de edificios normalmente vivía gente, incluso en este. Durante el día se dejaba ver alguno, un rostro conocido, aunque la mayoría no lo son, como el chico del pelo largo de esta mañana, que puede que viva en el ala lateral, pared con pared conmigo, es muy posible, ya se conoce a muy pocos y en este espeso revoltijo a uno no le interesa la cercanía, ni siquiera la compañía, sino la tranquilidad, solo la tranquilidad y el sentirse seguro entre sus cuatro paredes, a años luz de las guaridas vecinas, de las que de vez en cuando provienen ruidos cuyos autores, a tanto llega el distanciamiento, quizá lleven mucho tiempo muertos.

exactamente. Subir y bajar las escaleras, pegar la oreja a las puertas de las casas, quién iba a hacer semejante cosa. No daría resultado. Siempre se perdería algo, habría que abandonar demasiado pronto un lugar para llegar demasiado tarde a otro. Recorrer como un rayo las escaleras de la casa para recoger lo que estuvieran diciendo en un momento determinado, fijar minuciosamente el contenido del murmullo general. Un procedimiento utópico, aún más utópico que hacer un llamamiento desde el centro del patio: Abrid las ventanas, poneos junto a ellas y hablad alto y claro, todo va a quedar registrado, uno, dos minutos a lo sumo, decid lo que queráis, no se perderá ni una sola de vuestras palabras. Un momento cualquiera de un día cualquiera, como hoy o mañana; no tendría por qué decirse nada especial, al contrario, se trataría de que las conversaciones habituales salieran por las ventanas abiertas, como si nadie estuviera tomando nota.

Solo era una ocurrencia de antes de irme a dormir. Un proyecto condenado al fracaso desde el principio. Con un poco de suerte hasta podía sacársele dinero, pero cómo convencer a la gente de que participara en un programa de entretenimiento para la gran audiencia, *Polifonía en el patio interior,* o como se llamara la emisión. Apuesto a que ni siquiera veinte inquilinos se prestarían a colaborar en semejante experimento. De eso nada, hablar para fuera espontáneamente pero por prescripción a fin de que unos caraduras divulguen el resultado, puede que con la única intención de pitorrearse de la cháchara proveniente de las ventanas, de las conversaciones cotidianas sobre las enfermedades, el tiempo, el trabajo, el dinero y la compra. Con ellos que no contaran para su descabellado proyecto, que se fueran a otra parte a buscar un hatajo de tontos, pobres de ellos como los pillaran merodeando por las escaleras con el micro, a nadie le importaba lo que se decía en esa casa, bastante tenían con que las paredes fueran tan finas como para poder ser escuchados en la intimidad por unos completos desconocidos y con que nunca hubiera un poco de silencio, y es que siempre se oía algún crujido, chasquido, golpeteo, zumbido o murmullo, por no hablar de los ruidos fuertes ni de los chillidos, los gritos de auxilio, que sonaban de manera muy distinta a los de la televisión, o las desesperadas súplicas para que alguien hiciera algo; era para taparse los oídos. Vivir en esas miserables cajas de cerillas pegadas las unas a las otras era un fastidio de la noche a la mañana, una condena para los menos favorecidos, los inútiles, los indolentes y los impedidos; tanto para los de ahora como para los que llevaban tiempo muertos.

En herencia aún quedaba el eco de sus lamentos: «Querida Minnie: En respuesta a tu carta del 30-09-1962, tan triste». Una respuesta puntual, escrita el 12 de octubre de 1962, recibida en el número 4 de la Luisenstraße (Berlín), diez días después, como indica la fecha del sello estampado en la parte de atrás del sobre de correo aéreo, parecida a las demás cartas provenientes de Laguna Beach (California). Dos cajas de zapatos repletas de anécdotas, respuestas a preguntas, quejas y alguna que otra reprimenda: «Te quejas de que no respondo a tus preguntas, pero, querida niña, ¿respondes tú como es debido a todas mis cartas?»; por lo visto, no, aunque quizá la cosa no funcione así en el carteo entre dos personas que han vivido separadas durante treinta y cinco años y que no han dejado de desear volverse a ver, incluso cuando cada vez parecía más improbable. Con el tiempo, el deseo se vuelve obsesión. Tarde, demasiado tarde. «Cuántas veces te habré dicho que me encantaría tenerte aquí conmigo. Si entonces hubieras cruzado el charco, Elle, mi madre, Erna y Erich también estarían aquí. Si cambiaras de opinión e intentaras venirte, yo te ayudaría, te enviaría el billete, te buscaría un empleo y te enseñaría a hablar inglés. Más adelante podrías traer a tu familia. Ibais a estar un tiempo separados, claro, igual que nosotros, pero después seríais mucho más felices. Todo requiere valor y coraje. Sabes bien lo que me costó a mí dar este paso».

La voz que ahora lee con un tono moderado, que en mitad del silencio suena demasiado alto, indiscreto incluso a pesar de que nadie esté escuchando, es sombría pero enérgica. Es mi voz, y no la de la anciana del sofá de un piso más abajo, en una habitación atestada de pesados muebles donde dormían, comían y se sentaban alrededor de la mesa, junto a la estufa de la esquina, a escuchar las noticias de Estados Unidos; Erna, Ella y Minna, y luego solo Ella y Minna, que seguro que también había leído en alto cada carta: «Mi amada, mi bien, mi única Minnie: En treinta y cinco años no he tenido más amiga que tú. Puedes estar segura de ello; si no, no habría intentado recuperarte»; pero el timbre de la voz de Minna ya se había perdido, era imposible hallarlo en la memoria de nadie, había sido olvidado con más facilidad que la última frase dicha, que la última imagen vista.

Desapareció antes que el olor del piso, que quedó impregnado en los muebles y enseres, y que, cuando las ancianas murieron e hicimos la repartición, penetró en otros hogares, donde dotó a esas pertenencias de un persistente aire a cosa ajena. Somos responsables de un nuevo aroma, Arends más König, una nueva variedad en el reino de los olores, comentó Johannes. En cuanto se hizo el reparto, un soplo de las hermanas König entró en esta y en otras casas, asombrosamente conservado en las cajas de cartón llenas de cartas, fotos y brillantes y coloridas postales. Adelfas rojas y rosas, un valle verde y ondulado, montañas nevadas de fondo bajo un cielo azul claro; a la derecha, en primer plano, un árbol cargado de frutos amarillos; no, no eran manzanas, eran naranjas, na-ran-jas; no habían vuelto a verlas desde que levantaron el Muro, hacía ya dos años, y no se preveía que fueran a derribarlo; la casa 2605 en Nido Way (Laguna Beach), inalcanzable; la postal, una promesa eterna de felicidad: «El sur de California en invierno».

Nunca dieron que hablar; ni un grito ni una palabra más alta que otra. Decididamente, no estaban locas como la chillona del segundo o la agorera del primer patio, pobres perturbadas que se ponían en ridículo en público, qué pena, ambas eran dignas de lástima, pues no tenían a nadie que las cuidara como Minna y Ella cuidaban de Erna. Nunca la dejaban sola por el miedo que le daba que llamaran a la puerta, le entraba auténtico pavor; Erna, petrificada, ensimismada, bajo la protección de las hermanas, protegida por las cuatro paredes de su piso, de donde nadie la sacaría hasta que el Padre celestial requiriera su presencia en el cielo. Moriría en su casa, de ningún modo en una residencia, como Erich, que nunca volvió de Bernburg. Un telegrama del verano de 1941: «Prohibidas las visitas por razones que atañen a la seguridad del Reich». Unos días después, un cuadro se cayó de la pared; entonces lo supieron, recibieron la notificación oficial, un papelucho, no podían creérselo. Ellas mismas redactaron el texto de la esquela: «Según una notificación recibida, mi único hijo, al que tendré siempre en el recuerdo, nuestro amado Erich König, ha fallecido a la edad de cuarenta años. La familia no recibe». Que caiga sobre la conciencia de Hitler, dijo una vez Ella, que no hizo más comentarios al respecto. Cómo sonaría la voz de Minna al leer lo que Clara Lenz, Claire Griffith desde 1927, le había escrito desde Estados Unidos: «Si entonces hubieras cruzado el charco, Elle, mi madre, Erna y Erich también estarían aquí». La noche entera no me alcanzaría para leer todas las cartas que siguen en las cajas tal y como llegaron a este piso hace diez años, cuando fue vaciado el de sus destinatarias. Sería una pena profanar el silencio sepulcral que reina leyendo a media voz, pues a pesar de que la letra no me es conocida se entiende con facilidad. Es como si todos se hubieran largado, muerto, desaparecido o emigrado, como si de pronto hubieran comprendido que ya era hora de acabar con ese suplicio poniendo fin a sus vidas o buscándoles remedio de una vez, lo que fuera salvo dejar pasar el momento, como Minna König, que debió haber seguido a su amiga en vez de esperar a que le llegara la muerte mirando esas cuatro paredes grises y escribiendo cartas tristes.

De modo que los pisos ya están vacíos y la gente va de camino a Estados Unidos, Canadá o la soleada Australia. Solo quedo yo. Ahora caigo en que no entendí bien al chico de esta mañana. Lo que en realidad me preguntó fue si *aún* buscaba a alguien aquí, a última hora, como quien dice, mientras cargaban los últimos petates, las pocas cosas, cuidadosamente escogidas, que algunos querían conservar en su nueva vida. Aun así, la mayor parte no merecía la pena. Los sillones color verde manzana con los brazos forrados de piel artificial de color marrón oscuro, todos esos hierros forjados, esos trastos fabricados casi sin madera y cubiertos de reluciente plástico que uno compra sin quejarse ni a las fábricas que producen semejantes engendros ni a las organizaciones reguladoras que lo toleran, pagando con un dinero que ha ganado con el sudor de su frente para renovar su hogar y, aun así, ver al cabo de los años lo que hubiera podido tener de no haberse quedado aquí. Estafado, con todas las de la ley, engañado en su fe en el trabajo bien hecho y en la cultura del hogar; lo hecho, hecho está, no hay vuelta atrás, a olvidar el otro mundo, donde nada más llegar desaparecen los vergonzantes recuerdos, un nuevo comienzo, donde nadie sabe ni a nadie le importa de dónde vienes.

«Sí, todas las cosas que me gustaban en mi patria, las conservo en mi corazón y en mi casa, que es auténticamente alemana. La madre de nuestro doctor se llama Théa, estuvo aquí y me dijo: "Querida Claire, en esta casa me siento más en Alemania que estando en Bonn". Ella es de Berlín, de Grunewald».

Dejar los pisos, todos a la vez. Con razón esto está tan tranquilo; mañana por la mañana el silencio resultará extraño, los ruidos cotidianos brillarán por su ausencia: los ancianos arrastrando los pies, sus perros, sus pájaros, la gente trabajando. Tengo que estar atenta y bajar a tiempo a los contenedores para echar un vistazo a todo lo que han tirado. He de llevar bolsas de plástico, mucho más pequeñas que los sacos azules que arrastra Kühne, al que no quiero encontrarme en plena busca, con una bolsa a medio llenar de cartas y postales en la mano izquierda. La derecha rebusca entre papeles sueltos, coge un puñado y lo lanza lo más alto que puede para que, mientras caen, me dé tiempo a hacer un escrutinio visual, enganchar alguno en el aire y luego recoger el resto del suelo o, si se han amontonado, separarlos de la publicidad, rápido, aprovechando que aún recuerdo dónde han caído; no puedo dejarme distraer por los prospectos de viajes ni por las ofertas del súper, no, rapidez y concentración, el trabajo tiene que estar hecho antes de que venga Kühne, que hoy aparecerá más temprano de lo habitual. Hace tiempo que conoce la fecha de la emigración masiva, estoy segura, y él también querrá rebuscar, aunque no en el contenedor de los papeles atestado de pesados periódicos que impiden llegar con facilidad al fondo. Hasta ahora la cosecha no es gran cosa: alguna que otra postal intacta y muy pocas cartas privadas; ni un solo álbum de fotos, y mucho menos un diario. De esas cosas no se desprende uno; a no ser que ya no pinten nada en la nueva vida y vayan a parar a la basura. De modo que Kühne vendrá temprano para que nadie se le adelante y me impedirá seguir escarbando y lanzando por los aires las cartas, de entre las que llama mi atención una. Por el formato y el color del sobre se diría que no es una notificación oficial. Ahora veo dos de un golpe, uno de color lila y otro con un arco iris sobre un fondo gris. Me agacho, las diviso al borde del montón, intento cogerlas, pero un zapato marrón de suela gorda se planta delante de mi mano.

—¿Quién le ha dado permiso?

Acento sajón, voz ronca. Las perneras del pantalón son de un marrón más oscuro que el de los zapatos, de esa lustrosa tela tan de aquí, presentada a bombo y platillo en el vigésimo aniversario de la República. El tejido está impregnado de olor a sudor y nicotina, del tufillo de las asambleas de los años intermedios, cuando todo iba a mejor. Kühne ha adquirido ese traje marrón oscuro para la vida civil y se ha puesto la insignia del partido en la solapa; buena compra. Debe de usar los pantalones también como ropa de faena; de cerca se ve claramente que tienen polvo y pelusas. Hago como que no me entero y paso las manos por encima de los zapatos para alcanzar los papeles, cuyo olor me protege de otras emanaciones.

—Solo con verlo me pongo mala —digo dirigiéndome a los zapatos—. Me refiero al tejido de los pantalones Präsent-20.

Acto seguido oigo la orden: ¡Haga el favor de levantarse! Sé lo que va a venir después: ¿puede usted sola o la ayudo?

A lo que respondo: ¿Quién es usted para darme órdenes o para querer ayudarme? Por cierto, ¿quién es usted?; noto cómo Kühne adopta una actitud grave.

—Soy el portero de esta finca, y voy a denunciarla por atentar premeditadamente contra la normativa de la comunidad —dice.

—Y por resistencia a la autoridad. Haga el favor de bajar la voz, hombre. ¿No ve que estamos solos? —respondo.

El tira y afloja se prolonga un rato. Me quedo en el suelo sin mirar hacia arriba y le reprocho al portero que solo quiere echarme para poder rebuscar tranquilo, y no entre el papel precisamente, que carece de valor, sino en las basuras; para qué son si no esos sacos tan grandes.

—Hace ya tiempo que vengo fijándome en ellos —le digo—, y no solo yo, hay una larga lista de inquilinos interesada en saber adónde va a parar todo lo que se lleva a rastras y, por cierto, también quisiéramos saber a qué se dedicaba antes de ser el nuevo portero, dónde hacía respetar el orden y la limpieza...

—Anda, si además vamos a ponernos chulitos. ¿Me está amenazando? Ya sabía yo que era de esa calaña, conozco bien el percal, puedo olerla a distancia. Dejad de soñar —dijo Kühne subiendo el tono—, no podéis hacerme nada, ahora al fin hay leyes que respetar. Por última vez, ¿quién le ha dado permiso? ¿No dice nada? De modo que nadie, estaba claro. Ahora mismo va usted a limpiar este desaguisado, con las manos, y yo voy a quedarme aquí hasta que haya desaparecido el último papelillo, hasta que esté tan limpio que se pueda comer en el suelo, es una orden. ¿Me ha entendido? —brama Kühne como siempre he pensado que lo hacía; ¿lo oyes, Norma? Resuena hasta en la casa de al lado, ahí lo tienes.

Me pongo en pie y observo pegada a mí esa cara enrojecida que no quiero seguir viendo y, sin darle tiempo a reaccionar, vuelco la bolsa de plástico a medio llenar sobre la cabeza de Kühne, quien por unos instantes se transforma en una montaña de papeles que van cayendo suavemente.

Las cartas de Claire Griffith están guardadas con dos dobleces en los sobres de correo aéreo cuidadosamente abiertos. A algunas, las menos, les han quitado el sello; han debido de regalárselos a alguien digno de semejante distinción, pienso que a un hombre, ya que no conozco a ninguna mujer aficionada a la filatelia. Quién iba a estar para

139

esas menudencias después de que los más queridos y anhelados hubieran caído en la Primera Guerra Mundial, desaparecido o emigrado, como Clara Lenz, quien tras diez años de casada, rozando los cuarenta y habiendo perdido ya las esperanzas con respecto a su amiga, escribe en diciembre de 1936: «Siempre pensé que de un momento a otro mi Minni me mandaría un recordatorio de boda, aunque quizá no andes tan desencaminada, estar casada también tiene sus peros, está bien hasta que deja de estarlo, quizá no deberías echarlo tanto de menos. Quién sabe, quizá aparezca un tipo forrado de dinero y se interese por ti, te lo deseo de todo corazón. Mamá y Elle también, siempre te tienen presente. ¿Qué me dices del rey Eduardo? Creo que la Reina Madre tiene más preocupaciones de las que podamos tener nosotras. Hasta las reinas tienen su cruz».

—¡No me cambiaba por ella ni muerta! —exclamó la señora Klarkowski.

Siempre hablaba a voces, con carraspera y el cuello estirado. Parecía un gallo. Con su pelo corto y rizado de color rojo metálico y su afilada boca pintada de colorado, vestida en unos tonos imposibles, propios de una moda pretérita, con sus pendientes y broche excesivos y sus tacones altos; un dragón escupiendo fuego, decía la gente a sus espaldas, menos la enjuta Traute Müller, a no ser que hubieran discutido.

—¡Comparado con la reina, a nosotras nos va de perlas! —exclamó la señora Klarkowski mirando hacia arriba.

—¡Déjate de cuentos, ella al menos no pasa apreturas! —gritó la señora Müller asomándose—. ¿No subes a tomarte un café?

La señora Klarkowski cogió las bolsas de la compra que tenía a ambos lados y desapareció por la escalera E. No tomaban el café con esa crema espesa de las reuniones de damas, sino con lo que tuvieran a mano, un par de envases individuales de leche evaporada, que de eso siempre había. No parecía irles de perlas en la salita de estar de los Müller con la ventana abierta de par en par, pero no había más remedio que ventilar, el cuarto se llenaba de humo en un santiamén y no había quien respirara, sobre todo cuando estaba Harry, que fumaba como un carretero.

—Solo le prohibieron el alcohol, y la verdad es que desde entonces no ha bebido ni una gota —dijo la señora Müller—. ¡Algún vicio tenía que tener el hombre!

—No me canso de decirlo —dijo la señora Klarkowski—, no somos ángeles, ninguno, desde luego que no.

Reinaba la paz entre ellas. Cada vez hablaban más alto, aunque ningún «¡bruja!», «¡golfa!», «¡lechuza!», «¡arpía!» o «¡pécora!» hacía prever el comienzo de una de sus batallas, en las que discutían violentamente y los frentes se iban desplazando en cuanto aparecía Harry Müller como enemigo común, como adversario único de Traute o como aliado de Clara contra Traute o de Traute contra Clara, que en plena batalla era Käte, Trine o Tusnelda, pero que en realidad era Elli, mientras que Traute era la incorregible y boba Lisa, Lisa Müller, aunque cuando celebraban la reconciliación con música, se convertía en la *bella, bella, bella Marie*, una poderosa soprano que acallaba al mismísimo Rudi Schurike y que hacía que el sol volviera a brillar sobre el mar de Capri iluminando a sus majestades. Me las imaginaba así: Maria y Elisabeth, en paz y armonía, tiesas como velas, como si no les afectaran los problemas familiares ni la pesada carga del poder. El cargo rotaba de una a otra sin un criterio definido, de modo que en cualquier momento la cocinera Klarkowski tomaba el control y al instante la señora Müller, ama de casa, pasaba también a ser mujer de Estado; guantes blancos para simbolizar su mandato, qué menos, aunque no corona, pues a sus chochas predecesoras no se les ocurrió instaurar la monarquía, sino que continuaron con ese sistema rotatorio bajo el nombre de democracia del pueblo, tal y como constaba en la intocable carta fundacional, vigente también para las regencias de la cocinera. De modo que la señora Klarkowski se veía obligada a acatarla en cuanto asumía el poder y por tanto debía admitir que Traute también interviniera. Bueno, dos mujeres en el puesto de un hombre, y la cosa funcionaba más o menos bien, no había ocasión para lamentarse por esa bicefalia. Podían repartirse el trabajo y sustituirse cuando a alguna de ellas la necesitaran en casa y tuviera entre manos algo importante. La vida seguía su curso. Daba igual lo ridículo que pudiera parecer el retrato colgado en la fachada del edificio; es más, en algún momento todos lo habían mirado sin poder evitar esbozar una sonrisa y pensar que esas dos mujeres recién salidas de la peluquería con esos moldeados daban una imagen mucho más fresca que todos esos calvos que no había quien diferenciara; en verdad no había nada que cambiar en ese sistema, salvo quizá instaurar la monarquía. Lo único que fallaba era que la corona solo podría pertenecer a una de las dos. Imaginé que en las venideras luchas por el trono, Harry Müller se mostraría tornadizo, como otras muchas veces, dicho sea de paso. Le diría a su Traute que ella ya era su reina y que, aunque el apoyo a su candidatura era unánime en todas las escaleras, si la cosa no salía como ella pensaba, sería la primera en colgar de una soga: Quédate como estás y conserva la vida. Ante semejante afirmación lo único que podían hacer ambas era asentir. ¿Acaso no nos va mucho mejor que a la Reina Madre? Además, ahora también nosotras podemos recorrer el mundo, solo nosotras dos, nuestro Harry que se quede en casita. ¡Salud!, y el año que viene a Capri, *bella, bella, bella Marie.*

El año que viene, si aún sigo aquí, comprobaré si realmente se van. Quizá lo del viaje a Italia no fuera más que una idea peregrina, una de esas que se tenían antes, cuando era inimaginable que se realizaran semejantes deseos y la imposibilidad perpetua de su realización era a su vez inconcebible, por lo que el primer acto oficial de la reina Maria o Elisabeth sería un decreto proclamando la puesta en libertad de todo el mundo. Pero ahora el Muro había caído, no había hecho falta su intervención, y además en el mejor momento para Traute y Elli, al principio de la esperada jubilación, con dinero fresco en el bolsillo, no mucho, ciertamente, pero aceptado como moneda de pago en todas partes, hasta en los mejores grandes almacenes del mundo.

«Por favor, Minnie, averigua si podéis abriros una cuenta en el KDW[4]. y si podéis hacer pedidos, así podría ingresar dinero todos los meses en vuestra cuenta; podríais pedir alimentos o lo que os hiciera falta. Me gustaría regalaros un televisor para que os distrajerais un rato, entretiene mucho. No os lo tienen prohibido, ¿verdad? ¿Y una radio? Hace mucha compañía», escribe Claire Griffith tras la muerte de su marido en 1979. Por aquel entonces, Johannes y yo ya teníamos claro que nada serviría de consuelo a las hermanas König.

---

[4] *KDW (Kaufhaus des Westens):* Grandes almacenes situados en la zona occidental de Berlín. *(Nota del traductor).*

Triste, mustia, melancólica, desconsolada, una existencia sin perspectivas de mejorar, que solo podía ir a peor, cada vez más cercana a la enfermedad, a la muerte, a la soledad, a la pérdida del juicio: «Sois dos y os tenéis la una a la otra», aunque Minna estaba ausente la mayor parte del día, sin hablar, sentada en el pequeño sofá con la mirada fija en las cortinas amarillentas. De cuando en cuando, una carta con malas noticias enviada a California para Claire, la feliz Claire, que había sabido hacer las cosas y había sido recompensada por ello con un marido, una hija, una casa, un perro y una buena alimentación en un país rico, lejos de la guerra y del frío; para Claire, que desde el verano de 1962 les había vuelto a escribir con regularidad y que desde la lejanía no podía evitar preocuparse por ellas: «Escríbeme pronto y cuéntame cómo os va. Tus cartas no pasan una censura, ¿verdad? ¿Puedo telefonearos? ¿Os llegan alimentos? ¿Con qué os manejáis? ¿Con dinero ruso?». Su amiga la instaba a contestar a las preguntas, a contarle más sobre la vida diaria: «Así que, querida, quítate el bozal, ponte cómoda y cuéntame todas tus penas y alegrías», como la propia Claire hacía. Para predicar con el ejemplo, le hacía una descripción del lugar donde estaba su casa con vistas al Pacífico: «Cuando estoy en el salón, siempre me da por pensar que vivo en un gran barco; desde la galería de cristal no se ve ni un pedazo de tierra». Y en 1962 le contaba que había venido a visitarla una cotorra llamada Ethel Zwick: «Vinieron diez y solo se fueron ocho. A Ethel le encanta hablar de los viejos tiempos, es capaz de hacerlo durante toda la noche. Menos mal que tenemos un dormitorio con baño; de lo contrario, el pobre Paul se habría vuelto loco. Ethel es una buena persona, aunque muy caprichosa; tiene tanto dinero que está acostumbrada a que todo el mundo le baile el agua. Pero yo no soy así, bien que lo sabe ella, de modo que conmigo se muestra humilde. Se puso celosa porque no paraba de hablar de vosotras, hasta que al fin comprendió que sois como unas hermanas para mí». Y al mismo tiempo como las hijas de sus desvelos a quienes asistir con paquetes, dinero y buenos consejos.

Todas las cartas de Minna König tenían el mismo soniquete, no había alusión a la vida diaria que no se refiriera a la enfermedad y a la privación. Aunque, si hubiera seguido el ejemplo de su amiga, ¿qué le habría descrito? ¿Las hermosas vistas a un muro con ventanas? ¿La estrechez del piso, donde nadie tenía una habitación para él solo? ¿El caño de hierro de la cocina, de donde solo salía agua fría? Tenían el retrete dentro y cocinaban en un horno de carbón. Ella lo habría llamado cocina; entonces Claire se habría emocionado al recordar su juventud, cuando tenía que preocuparse por si tenían suficiente leña o carbón, que por supuesto nunca era suficiente, ahí, apilado sobre unos cartones. Entonces había que economizar al máximo el pequeño tesoro que tenían en el sótano, y por eso se pusieron tan contentas el día que pudieron permitirse una cocina de gas con dos fogones, pero sin placa metálica ni horno, no como la que luego tendría Claire, la que les enseñó por foto, una joya con reloj incorporado: «A Paul le encanta el pan de maíz. Tengo uno en el horno; en cuanto suene el reloj, iré corriendo a sacarlo», corriendo por una casa de doce habitaciones, un largo camino, aunque no tan largo como el que recorrían las hermanas König para ir al sótano o a los contenedores de basura, que tenían que bajar tres pisos y atravesar ese frío y horrendo patio, nada que ver con el jardín de Claire, con invernadero y parterre, en una parcela que

Minna y Ella no podrían ni imaginar, tan grande e inclinada que un muchacho venía a regarla dos veces por semana, un negro al que Claire llamaba el Chico Relámpago: «Para hablar y trabajar es lento como una tortuga, pero come como un rayo»; seguro que al leerlo se echaron a reír.

Cuando llegaba uno de esos sobres de correo aéreo, se hacía la luz, nada relucía más en el bolsón de correos que esas enormes postales de Laguna Beach que el viejo cartero y la muchacha que luego traería la correspondencia se entretenían en contemplar y posiblemente leyeran antes de meterlas en el buzón metálico marrón de las hermanas König, que casi siempre estaba vacío, y en el que nunca había periódicos, ofertas del súper o anuncios del viaje, el coche o la casa de tus sueños; nada de colores, nada de sobres dorados anunciando a la feliz e incrédula ganadora que acababa de ser premiada con una lluvia de millones solo por haber rellenado y enviado un cupón. Pálido y enjuto era el contenido de nuestros buzones entonces, cuando la administración tenía poca cosa que comunicarnos y las empresas nada en absoluto. Las invitaciones a actos públicos eran notas escritas a mano que costaba descifrar. En los últimos años pasaron a ser fotocopias borrosas. Parecían provenientes de organizaciones clandestinas sin medios que evitaban el correo postal mandando a repartidores, siempre a los mismos. Al final, de tanto verlos, uno dejaba de pensar en conspiraciones y empezaba a preguntarse qué hacía tan parecidos entre sí a esos enviados de la parroquia o de las asociaciones a favor de la solidaridad del pueblo. Hace diez o quince años era fácil encontrárselos metiendo las invitaciones en los buzones, la señora Mertens con la hucha para la iglesia, el señor Bärwald con la lista de donaciones; dinero para los evangelistas o para nuestros veteranos. Seguro que la señora Mertens tenía más éxito; la institución que representaba inspiraba más confianza y la probabilidad de que el dinero fuera a llegar a donde hacía falta parecía mayor. Con el señor Bärwald, no con él personalmente, se requería más control que confianza, y como no se podía confiar en ellos, mejor era no darles ni un céntimo. Una minoría en extinción opinaba justo al contrario, y luego había un sector centrista que hacía pequeñas donaciones a los dos, convencido de que en ambos casos era para un buen fin y de que aún quedaba una pizca de honradez en el mundo.

147

¿Qué había de malo en pensar así?

A quién le importa aún todo eso, dice Harry al pasar, a lo que Traute añade: Ya me gustaría a mí tener ese problema, saber si se empleó bien o mal ese dinero. No vais a sacar nada en claro, hace tiempo que se fundieron esa calderilla.

La discusión no es en torno a la suma. No estamos hablando de una compensación, sino de un delito y de sus implicaciones.

Las palabras sonaban extrañas en nuestro patio, donde las reuniones son infrecuentes. Ni siquiera en momentos de cambio histórico han llegado a producirse. La de ahora debía de haberse formado espontáneamente: dos que estaban ahí parados, tres que volvían a casa, la curiosidad de otros por saber qué hacían ahí parados los primeros y ya tienes formada una asamblea; nada demasiado especial, pero sí raro.

Según me acerco, lo voy viendo claro: adultos jugando a un juego de niños, todos en corro y uno en el centro.

—Buenos días, señor Bärwald —digo colándome en el hueco que había entre el señor Neumann y una mujer que no me suena de nada—. Cuánto tiempo, pensé que había...

Qué alegría volver a verle, no ha cambiado usted nada en todos estos años, le he reconocido nada más verle, antes solíamos coincidir, escalera B, un piso más arriba que las hermanas König, que, por cierto, murieron hace diez años, quizá las recuerde, siempre con la cadena echada, no dejaban entrar a nadie salvo al médico, al pastor, a la enfermera y a mí; ¡ah!, y también a la señora Mertens porque venía de parte de la iglesia, del lado correcto como quien dice; espero que no le haya ofendido el comentario, no es algo que yo comparta.

—¿Puede hacer el favor de callarse y dejar de interrumpir la sesión? —me espeta Neumann.

La desconocida me explica que no se trata de un juicio, sino de un debate. El señor Bärwald, que por un momento se había girado hacia mí, vuelve a fijar la vista en el suelo, no alcanzo a distinguir si está avergonzado, preocupado, confuso o pensativo. La discusión sigue su curso y deriva hacia el tema de la culpabilidad objetiva.

—Sostenemos que las buenas intenciones no son excusa para cometer actos contrarios a la justicia —dice alguien.

—Pues claro, menuda disculpa si no para todos los copartícipes que andan por ahí sueltos, aunque quizá fuera más preciso llamarlos delincuentes.

—¡Pare el carro! De lo contrario, acabará llamando delincuente a todo el que ha trabajado, pagado sus impuestos y contribuido al aumento de la población.

—Cuidado, no responda a sus provocaciones, son las típicas tretas que emplean los adeptos del antiguo régimen para sembrar dudas en las filas enemigas.

—¿Adepto yo? ¡Qué manera de piar! Por cierto, me suena familiar esa forma de hablar, vaya usted a saber en qué escuela la ha aprendido.

—No se vaya por las ramas. La forma da igual, lo que importa es el contenido.

—Habría que ver hasta qué punto eso es cierto hoy en día; no obstante estoy de acuerdo con usted, lo que aquí nos ocupa no son las formas, sino los hechos. ¿Es o no culpable este hombre?

—¿Nos ocupa? ¿A quién se refiere usted con ese «nos»?

—Eso ya es agua pasada, la solidaridad del pueblo y todas esas jerigonzas; creía que habíais cazado a un chorizo de verdad, no a uno de esos tipos que andan por ahí sacándole a la gente las cuatro perras que lleva en el bolsillo. Este no es más que un pobre diablo más allá del bien y del mal, basta con echarle un vistazo para darse cuenta.

—Yo no estaría tan seguro —replica Neumann.

—Ni yo. No hay que fiarse de las apariencias. Habría que quitarle el subsidio en compensación por todo el dinero que nos ha ido birlando.

—¡Esto se nos está yendo de las manos!

—Ya me estoy hartando de escuchar tanta tontería.

—Y yo, siempre pasa lo mismo, a los pobres desgraciados se les cuelga y a los peces gordos se les deja escapar —sentencia el fontanero Behr mientras se encamina con su yerno al segundo patio, donde les espera el rotulista tomando una cerveza sentado al sol en el jardín del rincón.

La luz que baña el primer patio es tan mortecina como en los meses de invierno. Sin embargo, es verano, lo veo en la ropa de los presentes, en el color de sus caras, en claro contraste con la palidez del señor Bärwald, que rondará los ochenta. Quién sabe el tiempo que lleva ahí de pie. Debieron de echarle mano camino de las escaleras del sótano, dándose a la fuga quizá, ya que, como no vive en nuestro edificio, lo único que podía buscar en el sótano era refugio, aunque no da la impresión de sentirse acorralado, no parece asustado. El grupo que lo rodea tampoco se muestra amenazante, excepto el señor Neumann, la extraña y un par de personas de mediana edad a las que conozco de vista, como a la mayor parte. Pocos de ellos pueden haberse encontrado con el señor Bärwald cuando metía las invitaciones en los buzones y pasaba por las casas pidiendo donativos en los tiempos en que aún vivían las hermanas König, a las que en virtud de su mutismo y su lividez estaba mucho más próximo que los presentes, un círculo vociferante del que entraba y salía gente cada dos por tres.

La extraña sigue con la mirada al señor Behr y a su yerno y dice: Largarse no es la mejor solución.

—Pero irse a tiempo puede que sí lo sea —exclama alguien—. Si no, corres el riesgo de pertenecer al hatajo de tontos que traga con todo y luego encima paga el pato, como los que estamos aquí.

—Usted puede, nosotros desde luego no. Nosotros estábamos en la calle aquel otoño.

—Que es donde van a acabar sentados de aquí a nada, ¿o es que tienen un sitio mejor donde sentarse?

—En el lado de los ganadores.

—¿Y qué hacen entonces en ese patio?

—¿Puede usted permitirse algo mejor estando como están los alquileres hoy en día?

—Y encima con una pila de deudas —intervine—, porque lo que hay que tener es un Audi nuevecito y reluciente. No pensé que fuera a ser así, pero lo es, vivir por encima de las propias posibilidades y quejándose todo el tiempo, igual que antes, solo que entonces había suficientes motivos para ello.

—¿Y ahora no? No me haga reír, al fin alguien que está de acuerdo con todo. ¡Kohl y las elecciones, qué maravilla!

—Calma —media Neumann—, no estamos aquí para perder el tiempo charlando, la cuestión es decidir si este rojeras es culpable.

—Nada de prejuicios —dice al alimón la pareja de aspecto recio.

La extraña añade: Olvida por qué nos hemos reunido aquí. No queremos juzgar a nadie, sino superar el pasado; es decir, llevar a cabo una labor de rememoración, ponernos al día con nuestra propia historia, y para ello es necesario analizar los errores y los actos punibles de todos y cada uno de nosotros.

El círculo se convulsiona, se disuelve y vuelve a estrecharse, seis personas cercan al señor Bärwald, al que ahora tengo justo delante. Le pregunto por qué no se va él también a casa. Se me queda mirando como si no hubiera entendido la pregunta. Vuelvo a preguntárselo. Entonces Neumann insiste en que estoy interrumpiendo la sesión.

—Ya está bien —le digo—. Si hay alguien que merezca estar ahí en medio son ustedes, los instigadores. ¿Pruebas? Qué importan las pruebas. Tengo algo que no adivinarían en la vida, algo que ignoran que existe: un listado con los nombres de las víctimas. Sorprendidos, ¿verdad? Seguro que se mueren por saber si su nombre está incluido, pero, como es natural, serían las últimas personas a quienes se lo diría. Así de claro. Aunque cualquiera de ustedes fuera una víctima con un dosier de noventa y nueve carpetas, seguiría teniéndoles miedo, como siempre se lo he tenido, y puedo asegurarles que no soy la única.

—De modo que por eso ha esperado a que se fueran casi todos para intervenir —dice la pareja recia.

Neumann también quiere decir algo, pero no le dejo.

—Qué vergüenza, atormentar a un anciano que estaba convencido de servir a un buen fin y que para ello seguía dando el callo al salir de trabajar mientras ustedes y otros como ustedes se pasaban las horas metidos en el bar o delante del televisor, donde al menos se reducían las posibilidades de que hicieran daño a nadie. Muy meritorio, aunque no muy recompensado en el nuevo orden. Y encima, como humilde resarcimiento, teníamos que celebrar un acto como este, que de ningún modo se trata de un juicio, lástima, pues si al menos lo fuera, al acusado no le faltaría un abogado defensor, las pruebas serían revisadas, se haría respetar el orden en la sala y en la búsqueda de la verdad se cometerían menos falseamientos y omisiones que los que se han cometido en este debate. ¿No fue así como lo llamaron? ¡No me hagan reír! Han formado un círculo, como si de un debate se tratara, pero en el centro han colocado a un chivo expiatorio que han traído aquí a rastras, ¡seguramente ustedes mismos! —exclamo, y mi voz resuena en el patio, en la calle, en la casa de al lado. ¿Me oyes, Norma? No te lo creerías, estoy lanzando un discurso en favor de la verdad y la justicia.

La extraña menea la cabeza, su cabello empieza a crecer hasta tornarse una melena crepitante y me dice con la voz de Norma: Basta. No estamos en el teatro. Aún no la he oído entonar un discurso en favor de nada ni de nadie, solo ha fingido hacerlo para agradar a los demás y para ocultar su abismal indolencia. Pero a mí no me la da, dice la mujer con la voz de Norma invitándome con firmeza a dejar de molestar.

—Bravo —dice Neumann.

La pareja de aspecto recio me explica que estoy en un error. Nadie ha traído a rastras al señor Bärwald a ese patio, la reunión se ha celebrado allí por deseo explícito suyo. Si hubiera leído la invitación, lo sabría.

—Nadie venía a mis charlas —murmura el señor Bärwald.

—¿De qué charlas me habla? —pregunto.

—Usted siempre está en Babia; si no, hubiera sido la primera, y también la única, en ir a sentarse en el sofá junto a este rojeras a escuchar sus cuentos. ¿Quién más iba a tener tiempo para semejantes tonterías? La conozco, sé lo de sus líos, a su edad —dice Neumann.

—Nadie venía a mis charlas —insiste el señor Bärwald—, así que pensé en una reunión al aire libre; sin la participación del colectivo, nunca florecerá la crítica ni la autocrítica.

No tardarán en enmendarle la plana, pienso, pero qué me importa a mí, me voy. Ya he tenido suficiente, esta ha sido mi última reunión, la última, lo juro. Ha sido menos productiva que sus predecesoras, menos aún, ya que no había nadie con quien poder cuchichear, como antes, cuando bromeábamos sobre la pinta que teníamos sentados en esas largas mesas, en esos lugares cerrados donde costaba respirar a pesar de que estaba prohibido fumar, casi siempre con luz artificial. Las reuniones empezaban después del trabajo, parecía imposible que no se eternizaran, como si fueran todo un placer. Puede que para algunos hasta lo fueran. Para los que no se dejaban noquear ni desanimar por las ponencias, los informes y las intervenciones minuciosamente preparadas, para los que se encaramaban a los fantasmas del pensamiento crítico o de la opinión sincera tomándolos por auténticos y gracias a su error les insuflaban un poco de vida a las batallas en la sombra que por momentos libraba una mayoría aburrida, batallas que permitían hacerse una idea de cómo podían haber sido nuestras reuniones. De haber sido así, no habría ahora que celebrarlas delante de la puerta de nuestra escalera.

Me vuelvo para lanzarle una mirada de despedida a mi última reunión. El patio está bañado por la mortecina luz de los meses de invierno, como si se hubiera estancado entre las altas paredes. Observo al anciano, pálido y gris, rodeado de figuras coloridas y estivales entre las que no encuentro a nadie con quien poder cuchichear, intercambiarme notitas o cruzar miradas, como entonces con los colegas Simon y Köhler, justo antes de que apareciera entre ellos Emilia con el vestido verde de seda y me guiñara un ojo. Es un alivio que no haya aparecido ahora a pesar de que he pensado en ella. Ese patio no es lugar para ella ni tampoco buena compañía ese grupo de cinco en el que lleva la voz cantante una mujer con la voz robada que se ha enfrentado a mí como si supiera quién soy, como si no solo le hubiera robado la voz y el gesto a Norma, sino también la certeza de conocerme a fondo.

No te preocupes, me dijo el pequeño Köhler de camino al bar, aunque ya no sé qué era eso de lo que no debía preocuparme, cualquier mentira, humillación, amenaza o reprimenda, señales de vida de un poder pertinaz ante el que por lo general agachábamos la cabeza, pero que ridiculizábamos por detrás. No es que lo odiáramos con toda nuestra alma, únicamente sabíamos que era detestable, cierto que no tan aterrador como en otros tiempos y en otros lugares, pero temible en cualquier caso. De vez en cuando nos hacía recordar que con el paso del tiempo, casi sin que hubiéramos reparado en ello, había mejorado, y que quizá llegara un día en que fuera clemente y razonable. Si era preciso, para evitar que nos volviéramos arrogantes, nos dejaba claro con quién nos las estábamos viendo, sobre todo a los pocos que pudieran llegar a plantarle cara con decisión; con gente como el pequeño Köhler y yo, bastaba un simple toque. Nos sometíamos manteniendo viva en la conciencia la indocilidad, que siempre salía cuando hablábamos entre nosotros para reafirmarnos y fortalecernos, en las notitas que nos pasábamos durante las reuniones o en las baladronadas que soltábamos luego en el bar, donde hacíamos repaso de lo vivido y volvíamos a trazar una clara línea divisoria entre nosotros y ellos. Asistíamos a sus actos desde la disidencia interior y en nuestra convivencia reinaba una secreta división.

Esa mujer habla de mi abismal indolencia pretendiendo haber penetrado en mi interior. Y a mí qué. Puede pensar de mí lo que quiera. Por más que se erija en cabecilla, no puede hacerme nada con sus opiniones. Ha sido mi última reunión. No están los colegas de antes. Tampoco la opresión que nos mantenía unidos.

¿Quién queda entonces? Cuatro gatos maullando. Todos los demás se largaron en cuanto esa mujer explicó que el objeto de la reunión era analizar los errores y actos punibles de cada uno de nosotros; el círculo se disolvió, no pudo hacer nada para retenerlos. Carece de autoridad y de un poder que la respalde, eso está claro. Pero ¿por qué se habrá ensañado conmigo?

Ahora su cabello vuelve a estar pegado a la cabeza y su voz no suena como antes, ahora habla bajo, como los demás, incluido Neumann, que por naturaleza no hace otra cosa que gruñir. Una desconocida. ¿Qué tendrá que ver conmigo? ¿Cómo conoce los gestos de Norma, los reproches que suele lanzarme y que ella se ha encargado de afilar? Norma nunca ha ido tan lejos; ni siquiera cuando monta en cólera se ceba así conmigo. Ella nunca llegaría tan lejos. La extraña me ha hecho verlo con claridad. Si me hubiera tachado deególatra preguntándome por qué estaba tan segura de ser incapaz de denunciar a nadie con independencia de las circunstancias, si me hubiera preguntado si pondría la mano en el fuego por mí misma, le habría contestado que no, le habría contado mi pelea con Norma y habría admitido que, por muy enfadada que Norma estuviera, no había estado tan desacertada hacía tres días. Y mientras me estuviera excusando con la extraña por no poder seguir hablando de esas cosas en público, comprendería aliviada que nuestra amistad tenía futuro, una amistad que espero y deseo que dure toda la vida.

«Querida Minnie: te pido perdón por el laconismo de las últimas líneas que te escribí: "Cuando un amigo te hiere, perdona y comprende que él tampoco bien se siente; si no, no habría sido tan hiriente". Así es como me siento en estos momentos. El rapaz es como una bendición, dice que se siente como si fuera nuestro hijo; el pobre no sabe lo que es un hogar, sus padres se separaron. Ahora lo que me preocupan son tus ojos, querida Minnie, no entiendo por qué las operaciones no han servido de nada. Quizá con el tiempo la cosa mejore, puede que los nervios ópticos se vayan fortaleciendo. Cuídate mucho, el descanso hace milagros. Quisiera ser más jovial, pero con todo lo que tengo que hacer me resulta casi imposible. Esta vez no voy a extenderme demasiado, no hasta que sepa si mis cartas te llegan realmente; espero vivir lo suficiente para averiguarlo. Bromas aparte, el setenta y ocho cumpleaños del pobre Paul ha sido de lo más tranquilo; le serví el desayuno con una guirnalda de flores alrededor del plato, como siempre, Tanny le hizo un regalito y además le hice un pastel. Phyllis y los niños vinieron a tomar café después de comer, se puso como loco de contento. Dentro de dos semanas se celebra aquí el Día del Padre, así que Phyllis tiene planeado darle una sorpresa; es el único abuelo de la familia, ya que el padre de Bob está muerto. Minnie, Elle, tengo aquí delante vuestra tarjeta de felicitación de Pentecostés; qué hermoso y qué importante era el día de Pentecostés en casa; conciertos matinales, palo de regaliz, ¡ah!, infancia dorada que queda tan lejos».

Gente de ochenta o noventa años, nadie más; hasta el señor Bärwald es demasiado joven como para acordarse de esas celebraciones, de cuando iban al cementerio y a los estanques a recoger palo de regaliz si es que la gente del campo no había venido ese Pentecostés a vendérselo a la ciudad, entonces, antes de la Primera Guerra Mundial, cuando ellas eran unas niñas escandalosas y joviales, unas auténticas rapazas. Al menos la palabra *rapaz* había permanecido, ahora aplicada al sucesor mexicano del Chico Relámpago. Probablemente Claire le explicara al muchacho cómo se dice en alemán y en ese momento los recuerdos la llevaran atrás, mucho más atrás, a un lugar que también estaría almacenado en la memoria de Minna y Ella. «¿Aún os acordáis de entonces?». Y así hubiera sido, tarde o temprano se habrían vuelto a encontrar, en Alemania o en Estados Unidos, o mejor en Laguna Beach, lejos de la ciudad destruida y vuelta a reconstruir cuya gris decadencia se antepone al dorado, al verde y a las imágenes del pasado. Y también a otras posteriores que Ella no conocía, que quizá no debía conocer, pues provenían de una bifurcación dentro de la amistad que solo Minna y Clara recorrieron, pienso, y con ello estoy convencida de haber descubierto la esencia oculta de una relación que se perpetuó en el papel a modo de intimidad, confianza ciega, amor fraterno, expresiones cariñosas y besos; qué condenada suerte tuvisteis, Claire y Minnie, al haber tenido que separaros, no tenéis ni idea de la suerte que habéis tenido.

«Os prometo que, en cuanto me encuentre en condiciones de viajar, iré a veros, y por supuesto me llevaré a Grace. Aunque sería mejor que vinierais vosotras, saldría más barato, aquí no hace falta pagar hotel, hay sitio en casa. ¡Qué sería la vida sin los sueños! En esto sigo siendo una cría». Una preocupación viva y constante que no cesaba pese a la actitud de la que consideraba su hermana mayor. De ahí que se representara indefinidamente una tragedia con reparto fijo. Como protagonistas la enfermedad y la penuria, seguidas de un servicio postal deficiente, la censura y lo complicado que resultaba enviar los paquetes, el obstáculo de la enorme distancia y la indolencia con que Minnie respondía a las machaconas preguntas que una de repente olvidadiza Claire no dejaba de hacer a pesar de que siempre recibiera la misma contestación. Carta tras carta: ¿Qué podéis comprar? ¿Os llegan alimentos? ¿Puedo mandaros dinero? ¿Qué puedo hacer para que vengáis? ¿Es que es imposible? Si estuvierais aquí conmigo...

Quieren quedarse una semana. Sí, son dos, mi hermana y su marido.

No pude ver la cara que ponía la señora Samuel al decir esas palabras. Yo estaba dos pisos más arriba, ocupada en sacar brillo al tirador con forma de león. El tono empleado no me dejó deducir nada, ya que la señora Samuel hablaba con la señora Schwarz a voces, más alto de lo normal y con un tono uniforme, como todo el que decía algo a la señora Schwarz, salvo Johannes, que se negaba a maltratar tanto los tímpanos de la anciana como los suyos. De modo que prefería guardar silencio o hablar en un tono incomprensible para ella, lo cual no parecía molestarle a la señora Schwarz, pues no estaba acostumbrada a otra actitud por parte de los hombres, exceptuando los gruñidos de Neumann, que procuraba evitarla desde que tuvo que desgañitarse para contarle a la señora Schwarz la solución a la que se había llegado tras una disputa.

Ahora se oía a la señora Samuel contarle que iba a venir a visitarla su hermana, la primera visita desde el sesenta y uno.

—Se fue al otro lado poco antes del Muro, de Werder a Westfalia, y allí conoció a un tendero con el que se casó. Dos hijos, el más joven es un día mayor que nuestra Kerstin —le dijo la señora Samuel a la señora Schwarz, que probablemente dijera un «sí, sí», tan tenue que a mí me pareció una pausa antes de que volviera a hablar la señora Samuel. Del trajín para conseguir permisos de entrada. De las dificultades para conseguir alojamiento; en casa era imposible, de modo que al Interhotel: no podían permitirse otra cosa. Una vergüenza, cómo le robaban el dinero de los bolsillos a la gente, un robo, veinticinco marcos occidentales al día, y el cambio a uno por uno, imagínese. Mi cuñado dice que se le quitan las ganas a uno, pero mi hermana se ha puesto tan pesada con lo de venir... Tiene morriña, lo comprendo, qué le vamos a hacer.

No logré oír lo que había dicho la señora Schwarz, aunque, a juzgar por la respuesta de la señora Samuel, debió de haber sido una propuesta descabellada: ¿Y quedar como unos desgraciados? ¡Ni hablar! Tiene que ser carne de la buena, filetes, relleno, chuletas de cordero, algo tendrá para mí Wilke. Y si no, habrá que tirar de lo que haya en el congelador, sin eso estaríamos perdidos; a ver de dónde saco yo ahora las fresas para la tarta, en marzo. Claro que esas son cosas que no preocupan a los del otro lado. Ellos tienen siempre de todo, lo que nos mandan no es nada, aunque si tuviera que comprar el café, el chocolate y las medias, estaría apañada. ¿Sabe usted lo que cuesta un par? Ni se lo imagina.

A lo que la señora Schwarz repuso, ahora lo bastante alto como para que yo la oyera: Hay que llenar la despensa, pero es muy bonito poder volver a ver a la familia después de tanto tiempo.

—Estoy completamente de acuerdo. Y mucho más bonito aún sería poder ir nosotros allí, junto al Rin, a la Selva Negra o a la isla de Heligoland, mi sueño desde que iba al colegio, pero es impensable antes de la jubilación, y faltan todavía diecinueve años —dijo la señora Samuel.

Ahora sí que podía imaginarme la expresión de su cara, la veía delante de mí, en los abultados ojos de la reluciente cabeza de león. Su morro chato, su frente huidiza y su melena rizada siempre me habían recordado a la señora Samuel. Ahora vive en una casa de nueva construcción y ya hace tiempo que pudo visitar Heligoland y a su hermana. La primera vez en noviembre del ochenta y nueve, luego hubo algunas más, hasta que se produjo la inevitable escena del teatro alemán actual, en la que alguien le suelta a alguien una impertinencia, ya sea la hermana a la hermana, la cuñada al cuñado o al revés; el comentario no tuvo por qué ser más hiriente que otros anteriores, solo que esa vez fue la gota que colmó el vaso.

¡Esto ya es demasiado! ¡Jamás me lo habría esperado! ¡Es intolerable, y más viniendo de la familia!, habría exclamado la señora Samuel en la escalera junto a la señora Schwarz, y sin esperar a que esta le preguntara qué había pasado, le contaría cómo ella se preocupó de que no le faltara de nada a su hermana cuando vino con su marido a pasar una semana en su casa. ¡Como puede usted imaginarse, Wilke no me ayudó por amor al arte! Por suerte pudo pagarle el favor con café gracias a los paquetes del oeste. No iba a negarlo, se lo agradecía de corazón, pero ella nunca les había contado los apuros que había pasado para hacerles regalos; no había fallado ningún cumpleaños, ningunas Navidades. ¡Bien sabe usted lo difícil que es encontrar aquí algo bonito para una gente que tiene de todo, y además de lo mejor! Tenía material para escribir varios libros, pero lo pasado, pasado, nunca lo habría mencionado si su cuñado no hubiera empezado a soltar veneno por la boca. Vergüenza le daba repetir sus palabras; que si los del este se creían que ellos iban a seguir alimentándolos como hasta ahora. ¡Ahí ya no pude más y estallé! Les dije que durante esos días había estado poniéndome al día de los productos y de los precios, y que ahora podía hacerme una idea precisa de lo que apreciaban a sus amados parientes, así de claro. ¿Qué cree usted que ha pasado desde entonces? Nada, no he vuelto a saber de ellos. ¡Si me hubieran dicho que la reunificación iba a ser así, no me lo habría creído! Así habría acabado su monólogo la señora Samuel. Su voz habría resonado por toda la escalera, habría llegado incluso al oído de la señora Schwarz, que, después de menear la cabeza apesadumbrada, habría intentado decir algo conciliador para ablandar el enojado rostro de león, pero no. ¡No se esfuerce! ¡Se acabó!, exclamaría la señora Samuel, y el tono empleado me confirmaría la maldita suerte que tuvieron Minnie y Claire por vivir tan lejos una de otra.

Las hermanas König no habrían podido entender las escenas del teatro actual, ni mucho menos interpretarlas. Ellas, que eran de una generación anterior a la de la señora Schwarz, se vieron rodeadas de una gente que ya no era la de su época, sino otro tipo de gente, más ruidosa, más ruda, más apresurada, más veleidosa, más descuidada que los jóvenes de antes, otros modales, otras caras. Como no conocían a nadie, todos les parecían iguales, y en cuanto se acostumbraban a ver a alguien, inmediatamente se mudaba, como si la casa se hubiera vuelto un hotel. Un lugar cada vez más frío donde constantemente se daban portazos, los niños se olvidaban de saludar y el amor a los animales se había extinguido. Puede que un día cualquiera Minna König le hubiera escrito a Claire Griffith lamentándose de que ya no hubiera perros en la escalera B y recordando a la inolvidable brujilla marrón que antes correteaba por ahí. No tardó en recibir buenas noticias de Paul y Claire: «Un bichito tan rico como vuestro chucho, un pastor australiano enano. Nació en Australia, un marinero la trajo para su madre, pero *Tootsie,* así la bautizó él, no quiso separarse de mí en cuanto me vio. Me alegré mucho, ya que ella no habría cuidado bien de *Tootsie.* Cuando vino, estaba medio muerta de hambre. El hijo volvió a embarcar y ahora la perrita es nuestra». Y también supo del pesar de Paul y Claire cuando apenas tres años después *Tootsie* murió: «Nunca había visto a un hombre llorar como a Paul, y no hablemos de mí, podéis imaginaros»; era fácil imaginar lo cerca que sentía a su amiga a pesar de la distancia. Siempre surgía algún motivo para no emprender un viaje tan largo, con *Tootsie* era imposible planteárselo y tampoco iban a irse sin ella; luego llegó su muerte: «Ahora las posibilidades de volver a vernos han aumentado, solo hace falta que pase un poco de tiempo, Paul está tan afligido; hasta que no se sequen sus lágrimas no tendré un poco de paz para hacer nuevos planes»; luego siguieron surgiendo imprevistos, nuevos motivos de peso. Así hasta el final. «Queridas amigas: Cuántas veces he deseado que estuvierais aquí conmigo. Durante siete largos años la casa no me ha dado más que quebraderos de cabeza, era demasiado grande para mí sola; además, estaba lo de mi delicado estado de salud. El 29 de enero del 78 fui ingresada en el hospital en estado crítico. Solo Dios ha podido salvarme; quién sabe, quizá haya sido para poder ayudaros».

Las cartas de Claire Griffith yacen desperdigadas sobre la alfombra a mi alrededor, fuera de sus sobres, cada hoja con dos dobleces. Las cajas de zapatos daban sensación de orden, pero era el orden ficticio de quien recoge rápidamente unos papeles para que no estorben. A juzgar por los lapsos de tiempo que hay entre una y otra, me va a llevar tiempo organizarlas de la primera a la última. Ya lo haré. De momento el crujido del papel y una media voz, frases sueltas, tal cual me vienen a la mano, a no ser que me empeñe en leer una de las que están abajo, una de formato pequeño, una de las pocas escritas sobre un papel marrón de rayas parecido a ese contrachapado que en un momento dado llegó a cubrirlo todo: los muebles de cocina, las mesas de los bares, las mesas plegables, las neveras, nuestra primera nevera..., hasta el mostrador de la vieja cooperativa donde despachaban fruta y verdura antes de que Griebenow se hiciera cargo del local.

Griebenow hizo reformas, animó el cotarro, relanzó el negocio, apostó por la iniciativa frente a las condiciones adversas, sí, y sembró a su alrededor la esperanza de poder disfrutar de verdura en primavera, de cerezas en temporada de cerezas, de refrescos en los días de calor y de patatas en buenas condiciones durante todo el año. En cuanto la furgoneta azul claro de Griebenow se acercaba, inmediatamente era rodeada por gente ansiosa por saber qué contenía, cuándo iba a abrir el negocio, cómo andaban las existencias y de qué humor se había levantado ese día el jefe. El pequeño rey Griebenow, a merced de las ciegas fuerzas del comercio y la provisión, hastiado de su indiferencia,

cansado de tirar por la calle de en medio, dejado en la estacada por sus apreciados ayudantes y por los ayudantes de sus ayudantes, nunca conforme con el favor de la clientela y aun así siempre al pie del cañón, todo pundonor, inquebrantable. Hoy en día es un tendero más que pasa por dificultades, como todas las pequeñas tiendas del barrio, a pesar de la ventajosa distancia que lo separa de los supermercados que han puesto en vez de las antiguas naves de abastecimiento; cualquier día, otro se hará cargo del local, uno que no venga a vender frutas y verduras y que adapte la tienda a los nuevos tiempos, borrando así toda huella de la era Griebenow. Al principio, recordando el olor y el aspecto de la cooperativa cuando estaba en manos de las hermanas Kaczmarek, el cambio fue aplaudido; era fácil orientarse entre las nuevas estanterías, había hasta fotos indicando dónde estaban las frutas y dónde las verduras, y al llegar al mostrador uno comprobaba que el mugriento contrachapado había sido sustituido por reluciente metal. Encima seguía la vieja caja, que en realidad no era tan vieja, ya que solo llevaba ahí desde el último invierno, cuando su predecesora dejó definitivamente de funcionar. Nos acordábamos porque la señora Götz leía en las reacciones de su caja registradora como otros lo hacen en las estrellas, y estaba convencida de que el último suspiro de aquel trasto había sido el presagio de la inminente muerte de su hermana. Jamás se perdonaría no haber prestado atención al fatal signo, no alcanzaba a entender cómo se le había pasado, ya que la defunción le sobrevino tan inesperadamente como un rayo, al igual que a los demás, pero para ella fue mucho más dolorosa, pues la señorita Kaczmarek, nos confesó, no solo había sido su compañera, sino que era su hermana. Nadie lo sabía hasta entonces, ni siquiera lo habíamos sospechado, y nunca quedó claro el porqué de ese secreto. Trabajar con un desconocido en el punto de venta que había regentado su hermana le resultaba inconcebible, de modo que lo dejó. Cerraron el local. En verano empezaron las reformas; aparecieron amontonados en la acera una cantidad asombrosa de trastos viejos. En la trastienda y en el almacén no se podía ni entrar, no cabía un alfiler, afirmó Griebenow, haciendo crecer el misterio en torno a las hermanas. Todos sabíamos que pasaban mucho tiempo encerradas en el almacén. Al grito de «¿¡Alguien puede atenderme!?», salía de allí la señora Götz, mientras que la señorita Kaczmarek permanecía dentro ocupada en sus asuntos; cuando la puerta quedaba abierta, solía oírse trasiego.

Me acuerdo muy bien. Podría enumerarlos: la nueva caja registradora, el viejo mostrador, el contrachapado de rayas parecido al papel de carta de Claire Griffith de finales de los setenta... Conservo en el recuerdo unos cuantos detalles con asombrosa nitidez. Cuanto más recordara, más podría enumerar. Podría confeccionar duplicados de los objetos desaparecidos, devolver los lugares a su aspecto original, dejarlos a todos con la boca abierta, tanto a los que están deseando exclamar: ¡Qué nostalgia!, como a los que enmudecen ante un acervo memorístico cuyos contenidos han de repasar pieza por pieza antes de poder decir: Sí, era tal cual; o: Bonitos recuerdos, pero la realidad era bien distinta. Sería despiadadamente minuciosa, no omitiría nada, se verían invadidos por tal aluvión de datos que llegaría un momento en que ya no podrían soportarlo y dirían lo que querían decir desde hacía tiempo: ¡Qué perfección! ¡Qué recreación tan mala! Fuera cual fuera el veredicto, con todos mis recuerdos ralentizaría la velocidad con que emiten sus juicios. Aunque nada de esto es posible con el par de detalles que conservo en la memoria... quién sabe hasta cuándo.

Ya apenas recuerdo cómo era el dinero que utilizábamos antes de manejar dinero de verdad. Tampoco me acuerdo bien de cómo eran las etiquetas de las latas de conserva, los vasos, las botellas, los sellos, los billetes del tranvía, los tubos de pasta de dientes, los tarros de crema, los cepillos para el pelo, las limas para las uñas, las servilletas de papel, las mil pequeñas cosas que había o que no había en las tiendas que se llamaban Mil Pequeñas Cosas. Ya no recuerdo cómo eran las cosas que ahora no echo en falta porque he dejado de verlas, ni tampoco cómo era cuando las veía a menudo e igualmente a menudo las echaba en falta porque en cualquier momento dejaba de haberlas, ni cómo eran los momentos en los que no había lo que necesitaba, deseaba o había planeado comprarme; no recuerdo lo que sentía justo en esos momentos, ni tampoco lo que sentía en esos otros muchos momentos vividos con los que comparaba aquellos. Seguro que hay algo al respecto en mis cartas de esos tiempos, cuando aún escribía a menudo, a distintas personas, tanto de aquí como del extranjero, a mucha gente de la que hace mucho que no sé nada, ni siquiera si sigue con vida. Sería muy laborioso dar con el nombre actual de todas esas personas y localizar su lugar de residencia para pedirles que colaboraran amablemente en mi trabajo de reconstrucción. En cambio, Claire solo necesitó dar con una dirección.

«Qué raro, siempre había pensado que vivíais en el 45 de la Luisenstraße, donde estaba la tienda de Liese, donde siempre comprábamos las cosas para el colegio. De eso aún me acuerdo bien. Era el único camino que tenía para recordar vuestra dirección».

Y si tras recorrer toda clase de caminos lograra alcanzar mi meta, lo más seguro es que las cartas ya no estuvieran allí. Después de tanto tiempo, tanto trajín y tanta tenacidad, tendría que separarlas del gran amasijo, hoja por hoja, sacar cada carta de los contenedores para papel, introducirme en el mundo de esos coleccionistas que van con una bolsa de plástico en busca de su botín, de los que se interesan por los desechos de sus antiguos vecinos, de los que rescatan restos del pasado para ayudar a su precaria memoria, y ahora también a la mía, por qué no. Quizá así lograra recuperar mis recuerdos.

Pero antes de acabar así, aún me quedan otras posibilidades. Voy una tarde al jardín del rincón, me siento con los artesanos y le pregunto al señor Behr qué diferencias hay entre las tuberías, las válvulas, las abrazaderas, los manguitos y los grifos de ahora y los de antes. No me refiero a los precios, le digo, sino a los detalles. ¿Han cambiado los botes sifónicos?, pregunto, por ejemplo, y dejo que el señor Behr se explaye, a no ser que me diga que su jornada ya ha terminado. Y aun con esas, seguro que alguien de los presentes se anima. Puede que hasta les divierta echar la vista atrás y comprobar que lo han olvidado todo o que lo recuerdan como si hubiera sido ayer. No se detendrán en los objetos y sus peculiaridades, sino que contarán historias, se embalarán y discutirán sobre quién se acuerda mejor, hasta que alguien les pida que dejen de hablar del pasado, que lo que importa es el presente y que solo se vive una vez. Quéjate a la joven, dirá entonces el señor Behr, que tiene mi misma edad, acercándome una cerveza. Luego cambiarán de tema, dejaré de prestar atención, intentaré quedarme con lo que han contado, volveré a enroscar la chapa decorada a rayas y, una vez tenga la rubia bien tapada, le diré a Norma: ¿Ves? Yo también me acuerdo de cuando iba de bares.

También puedo colgar una nota en el tablón de anuncios: «¿Me ayudas a recuperar recuerdos? Busco diarios, cartas y documentos de los últimos cuarenta años. Marianne Arends, portal B, escalera 4». Buena idea; conocería gente y obtendría un material más antiguo, más coherente y más amplio del que pudiera encontrar rebuscando en los contenedores. No lidiaría con Kühne; cuando me viera aparecer a lo lejos con una caja llena de papeles le gritaría haciéndole señas: ¡Todo de antes de la unificación! ¡Un material muy interesante! ¡Aún queda gente con buena memoria! ¡No lo olvide!

O puede que mejor escriba una invitación y organice charlas en mi casa sobre el siguiente tema: nuestras biografías.

Confío en que el tema suscite una oleada de reacciones, una ya está harta de oír constantemente a todo el mundo: Deberíamos contar nuestras vidas. Sin embargo, diría en mi discurso de bienvenida, las palabras nunca han venido seguidas de hechos, que en este caso también consisten en palabras. Pongámonos pues a ello, diría lanzando una mirada incitadora a la concurrencia: al señor Bärwald, que acudiría gustoso a mi invitación; a Neumann, para quien cualquier ocasión sería buena para colarse en mi piso, y a unos cuantos más que solo conocería de vista. No estaría la desconocida ni tampoco Norma, a quien no le diría nada de mi proyecto hasta no estar segura de su éxito.

El señor Bärwald empezaría a leer en alto su currículo, una hoja DIN A4 con la letra muy junta y repleta de fechas, lugares, nombres y fechas de nacimiento de sus allegados, cargos desempeñados, colegios, organizaciones, distinciones oficiales, lugares vacacionales, lugares de residencia, fechas y más fechas; un aluvión de datos que nadie podría almacenar. Entre tanta prolijidad habría imprecisiones, de modo que quedaría en manos de la audiencia adivinar qué había hecho el señor Bärwald de joven en los lapsos de tiempo no mencionados o el porqué de algunos destinos vacacionales tan poco habituales; quizá estarían pensadas para incitar a preguntar o sencillamente omitidas por no acabar con las viejas costumbres. Ya se sabría en el subsiguiente debate; en cualquier caso, ya tendríamos materia para discutir. Aunque Neumann no pararía de molestar, nada más empezar ya estaría interrumpiendo, levantándose y dando vueltas, como si no aguantara sentado en una de mis sillas, para así de paso inspeccionar la casa y hacerse una idea de dónde podría haber puesto las copias de mi listado de víctimas. Como no me creería capaz de haberle amenazado con una mera invención, aprovecharía para echar un vistazo, pisaría con especial empeño las zonas del parqué que crujen, y cuando alguien le pidiera que no hiciera tanto ruido, le contestaría que eso no era nada. Él vivía justo debajo, así que tenía que soportar ese ruido durante todo el día; y no solo durante el día... Y no solo ese ruido. Sí, los presentes podían imaginarse a qué se estaba refiriendo; y ya que nos habíamos sentado en círculo a contar historias, mucho más provechoso que escuchar las batallitas del rojeras sería que la señora Arends nos explicara qué demonios hace con su marido en la cama, de quien por cierto no hay ni rastro en toda la casa, y con cuánta gente ha estado practicando ese numerito de contorsión a lo largo del año, y sin consecuencia alguna, qué curioso. Últimamente se la ve muy acaramelada con esa gatita de la casa de enfrente que anda dando la tabarra al personal con hacer fiestas en la calle y que siempre sale en defensa de los extranjeros. Esos son los datos biográficos que le interesan a la gente que ha venido aquí, ¿no es cierto?

Los invitados a quienes solo conozco de vista asentirían mirándome expectantes; nada más verlos, ya me habría olido el motivo de su presencia. Llegados a ese punto, nadie entendería por qué justo cuando la cosa se ponía interesante había dado por finalizada la reunión, les había enseñado la puerta y habían tenido que irse a casa refunfuñando.

Un fracaso predecible. Moderar nunca fue mi fuerte. Organizar tampoco. Haría falta que vinieran otros, y si trajeran una buena idea, un proyecto interesante, me apuntaría. El material está en la calle, les diría. Únicamente hay que prestar atención, aguzar el oído, se han dicho tantas cosas en una casa como esta, vida en estado puro, aunque difícil de recoger. Ir como un loco por las escaleras recopilando los recuerdos de la gente, subir, bajar, arrimar el oído a las puertas, quién iba a hacer eso. En efecto, me responderían, de ahí nuestro proyecto. Buenos micrófonos y tener las ventanas cerradas, no hace falta nada más. Todo lo que se diga en un instante cualquiera quedará registrado. No tiene que ser nada especial, todo lo contrario, ha de ser lo que se dice en la vida cotidiana cuando nadie nos está observando. ¿Que si quiero colaborar? Con gusto, diría. Lo que pasa es que ahora no tengo a nadie con quien hablar. No sé si valdría. Por supuesto, diga lo primero que se le ocurra, alto y claro, piense que se trata de un programa de radio. ¿Está lista? Sí, diría, y empezaría a hablar poniendo cuidado en vocalizar.

«Todas las mañanas me levanto a las seis en punto. Mi *Tanny* tiene que salir. Es muy pronto, y lo peor es que ya no puedo seguir durmiendo. Voy al salón, me siento en mi butaca y me pongo a toser durante una hora hasta que ya no puedo más. A eso de las ocho me preparo mi zumo de naranja y vuelvo a sentarme otra hora. Es entonces cuando rezo y pienso en vosotras. Luego me pongo de una vez en marcha. Tomo mi baño, me lavo los dientes y me peino. A las diez ya estoy lista para hacer la casa y cepillar a *Tanny*. Entretanto almuerzo, algo ligero, nada de carne, un poco de verdura o de fruta, leche de cabra, queso o un yogur. A las cuatro ya no tengo nada que hacer y me encuentro agotada. Luego viene el doctor a casa y tomamos un café, siempre que no tenga que volver rápido al hospital, claro. Después me hago la cena, friego los cacharros y sanseacabó. Así que me siento frente al televisor hasta que me voy a la cama».

Ignoro si el rumor del Pacífico llegaba hasta la casa o qué otros ruidos se oían de noche en esa época del año, puede que lo descubra el día que haya leído todas las cartas. Aquí, desde que el papel ha dejado de crujir y la tenue voz se ha callado, no hay nada que oír, ni un murmullo, golpe, goteo o chasquido, ningún ruido atraviesa las finas paredes o entra por las ventanas abiertas; ni siquiera se me oye a mí si aguanto la respiración. Como si la madrugada del 18 de julio, en completo silencio, todo llegara a su fin.

14 DE JULIO

HEMOS LLEGADO A LA CIUDAD. TODOS LOS EDIFICIOS POR LOS que el tren pasa ahora son parte de Berlín. La ciudad sigue aquí, no se ha movido de su sitio el tiempo que le he dado la espalda. Acoge en su seno al tren que va por las firmes vías. Sus habitantes la saludan en silencio al regresar. Algunos lo hacen con palabras. ¡De modo que aquí estás!, dice la voz conmovida de un hombre por ahí delante.

Los dos niños de enfrente se pegan a la ventanilla. Luchan por más sitio en el cristal, dan brincos de lo nerviosos que están, buscan incansablemente entre los edificios su casa, su coche, su balcón, a su Rudi, a quien puede que hasta oyeran si pudieran bajar la ventanilla, pero ni uniendo sus fuerzas lo logran. ¡Ya está bien!, exclama el padre por detrás. Se incorpora agarrándose al respaldo del asiento de delante, coge al mayor de los dos críos y lo planta en su sitio: ¡Y no te muevas hasta que paremos! Siempre la misma escenita, parece mentira que a tu edad sigas igual. El chaval hace pucheros, retiene las lágrimas. Luego mira su alrededor, también a mí. Asiento con la cabeza para animarlo. Tranquilo, todo sigue ahí, le digo. ¿Quién es Rudi? Tanta ignorancia lo deja mudo. Se echa hacia delante e intenta mirar por la ventanilla, pero su hermano está en medio, si no fuera tan gordo, podría ver algo.

Comienzan los preparativos para apearse. Es como ver al revés la subida, solo que el ambiente es más distendido y todo resulta más fácil y rápido. Acabamos de pasar por la estación de Westkreuz. Las personas mayores son las primeras en levantarse. Todo el mundo empieza a moverse, aunque sin perder los estribos. Nadie se muere de la impaciencia, pero sí que hay ganas de llegar a casa cuanto antes. Quién sabe lo que vamos a encontrarnos. Nada del otro mundo. Lo de siempre, puede que al principio nos resulte un poco extraño por el olor a cerrado y porque ya no nos acordábamos de cómo habíamos dejado las cosas, pero nada más. Aquí no hay terremotos, ciclones, guerras ni bandas de saqueadores merodeando; puede que haya algún que otro pirómano que prende fuego a las casas de sus vecinos, pero no va a tocarnos a nosotros, y, puestos en lo peor, estamos asegurados. Vienen a recogernos a la estación. ¿A ustedes también? No, nos esperan en casa. Cogemos un taxi y listo, llegas enseguida, aquí se forma un poco de jaleo. ¿Han estado mucho tiempo fuera? No, no mucho, aunque se nos ha hecho largo, nada que objetar al alojamiento ni al paisaje, lo hemos pasado realmente bien, el año que viene repetimos, pero ahora echamos de menos nuestra casita. Vayas a donde vayas, ya sea hacia el este o hacia el oeste, no hay nada como el hogar.

Al llegar a la estación del Zoo, el gran recibimiento se disgrega en otros más pequeños. El guirigay de ahí fuera es impresionante: risas, carreras, pañuelos al viento, brazos alzados, abrazos, gritos; junto al tren se forma una animada maraña de voces que entra por las puertas abiertas de los vagones medio vacíos.

Los que siguen su trayecto parecen algo perdidos, como si se hubieran quedado sentados en sus butacas después de un espectáculo muy concurrido. Pero no vuelven a recostarse, no merece la pena; total, son veinte minutos, en dos paradas llegaremos a la estación central y el viaje habrá acabado.

Al arrancar el tren parece que abandonáramos de nuevo la ciudad. Atraviesa un largo trecho en el que apenas hay vegetación y donde de vez en cuando puede verse algún resto de hormigón o acero pintarrajeado. Un enorme solar llano y desguarnecido, fácil de abarcar con la vista desde la vía elevada, que tras trazar una curva vuelve a pegarse a las viviendas, como si volviera a ratos a la parte ilesa y animada de la ciudad que el tren ha dejado atrás para adentrarse en una zona que si la viera alguien de fuera dudaría en bajarse por miedo a los terremotos, las guerras o el saqueo de los merodeadores. En cambio, los nativos cogen aliviados su equipaje. El barrio sigue en pie, cómo no. Mi calle también; la he visto antes al pasar. Hemos llegado, estoy en casa.

—Te apuesto lo que quieras a que, con todo lo grande que es, no hay nadie en este vagón que vaya a regresar a una casa tan horrible ni a un piso tan humilde como el tuyo. Qué me dices, ¿te animas? —dijo Emilia en uno de los túneles que hay entre Fulda y Kassel.

—No pienso apostarme nada contigo. Apareces y desapareces cuando te viene en gana. Yo en cambio tengo que permanecer sentada en mi sitio hasta llegar a Berlín, por más que esté hasta la coronilla. Si ganara la apuesta, te esfumarías sin pagar.

Emilia iba sentada en el reposabrazos de mi asiento con las largas piernas estiradas en el pasillo.

—De acuerdo, no apostemos nada. Con que me des la razón me basta.

—¿Por qué estás tan segura?

Discutimos. Puse en duda lo que ella afirmaba saber, cuestioné esa certeza, le pedí pruebas... hasta que Emilia saltó. Haría una encuesta a todos los pasajeros y volvería con una prueba irrefutable de que su afirmación era cierta.

—Me conformo con que vuelvas —le dije.

Apareció en Louisa, cerca de Fráncfort. Me iba sintiendo un poco mejor, ya no llevaba oculta la cabeza en la chaqueta. Sabía dónde estaba, e incluso podría haberle dado el billete al revisor sin que él se viera impulsado a preguntarme si me encontraba bien. El temblor de manos no llamaba demasiado la atención, los ojos hinchados como de haber echado una cabezada eran algo que se veía con frecuencia y el habla era inteligible. Me sorprendió que Emilia hiciera acto de presencia. Que hubiera sabido ver mi desamparo interior y que acudiese en mi ayuda era aún más asombroso; era la primera vez que sucedía.

No aguantó demasiado sentada en el reposabrazos, tan cerca de mí. Correteaba por el vagón, pasaba rozando a los pasajeros del pasillo sin molestar a nadie en su quehacer o en su no hacer nada, del mismo modo que nadie tropezó con sus piernas cuando las tenía estiradas en el pasillo; nadie más parecía ver sus saltos y sus carreras. Emilia solo existía para mí, así que gozaba de una libertad total de movimiento.

Siempre volvía con alguna noticia. Me hizo un informe del tren y de los pasajeros, como si, postrada como estaba en mi sitio, no fuera capaz de ver las cosas por mí misma y tuviera que depender de su reportaje, que resultó ser objetivo y detallado. Al pronunciarlo, su voz se entrecortaba. Comenzó entre Fulda y Kassel, a la entrada de un túnel, y justo al salir quedó interrumpido, así que pasé de la claridad a la oscuridad y de nuevo a la claridad con los ojos cerrados e inmersa en el ritmo creado por los silencios y las intervenciones de su voz estridente y ronca.

Me informó de cuántas piernas estiradas había tenido que sortear por los pasillos, de que había gente sentada por los suelos en la antecámara de los vagones, de que no había visto a nadie tumbado. En primera clase había más trajes y más ordenadores portátiles que en el resto del tren. El tren se llama *Ricarda Huch* y va de Basilea a Berlín, se puede ver el trayecto que sigue en unos pequeños mapas donde siempre te encuentras a alguien consultándolos. El uniforme de las revisoras es bonito: rojo oscuro, azul marino, blanco y con una pañoleta de adorno. Para más información, consulte nuestro desplegable *El guardatrén.* Me resultaba reconfortante escuchar la voz de Emilia. Me presentaba un tren que funcionaba a la perfección y que recorría puntualmente su ruta.

Un día de cielo azul y sin viento de julio. Solo mirarlo daba calor. Para calor el que debe de hacer ahí fuera, en ese vasto paisaje donde el sol pega en los tejados rojos, en las carreteras y en los puentes, en los techos planos de las naves industriales, de los almacenes, de los edificios de oficinas, en la gravilla de las vías, en los vagones refrigerados de este tren, donde nadie lo padece, ninguno de estos pasajeros, que aguantan sin rechistar el estar sentados y apiñados durante horas, afirmó Emilia.

—¿Por qué iban a quejarse? Si están aquí es porque quieren. La mayor parte de la población prefiere viajar a mitad de precio, y de esa gran mayoría una buena parte habría estado encantada de poder viajar de esta manera antaño, cuando solo podía soñar con un viaje así mientras iba asada de calor en un tren renqueante con unos retrasos que harían parecer una broma a los de ahora y con un personal malencarado, mujeres vestidas de hombres que no te informaban ni te daban la bienvenida; cuando era impepinable esperar una larga cola para entrar en el servicio y había que venir cargado de provisiones para afrontar las inclemencias del viaje; así era entonces, el *Ricarda Huch* y otros trenes similares atravesaban a toda máquina un mundo que para la mayoría de nosotros era inalcanzable —dije—. Date una vuelta y observa las diferencias que hay entre los pasajeros.

—Son evidentes —repuso Emilia—. Mujeres y hombres, niños y adultos, fumadores y no fumadores, primera y segunda clase. ¿O te refieres a las nacionalidades?

—Busca a alguno que aún tenga impregnadas en los huesos las viejas vivencias de los trenes de antes —dije—. Lo sabrás en cuanto notes algo extraño al verlo sentado, un novato en un entorno lleno de comodidades que para los demás resultan de lo más natural, qué menos cabía esperar por el dinero que han pagado; no hay motivo alguno para estar tan agradecido, para mostrar abiertamente el placer y el orgullo de poder disfrutar de esas comodidades, para enseñarle cada dos por tres el billete a esa revisora tan bien vestida, como había que hacer antes para ganarse el favor de los severos inspectores. Fíjate bien y lo verás —le dije a Emilia, pero en cuanto volví de mis pensamientos, vi que había desaparecido.

El viaje era una tortura. No podía seguir sentada, no podía pensar, el dolor de cabeza no se iba, no se esfumaba como había hecho Emilia. Los lugares por los que íbamos pasando, cada uno más relamido que el anterior, la claridad, las conversaciones, el crujir del periódico del señor que había a mi lado, el traqueteo..., todo me resultaba detestable, demasiado para mí, ojalá se acabara de una vez. No podía con esas caras rebosantes de naturalidad ni con el repiqueteo de la puerta del vagón cafetería; como si no pudieran pasar dos horas sin tomar un café, un refresco de cola, un bocadillo o algo para picar. Pervivía el acoso a todo el que subiera. El eficiente equipo de revisores de antes había burlado la extinción pasándole el testigo a otro equipo presto a su vez a llegar hasta donde fuera en el cumplimiento de su deber. Renovación de personal, los sustitutos de la vieja Reichsbahn[5]; a los de antes felizmente ya se les había pasado la edad. Los de ahora, al igual que sus predecesores, iban uniformados, pero daban la bienvenida al Eurocity, informaban de la ruta y de las paradas, enumeraban las prestaciones que el tren ofrecía y finalmente otorgaban un poco de paz a los pasajeros retirándose a los compartimentos del personal, corrían la cortina y no volvían a molestar durante el resto del viaje, que de por sí ya era bastante fastidioso.

Quería abandonar mi asiento y dar una vuelta por ahí, como Emilia. Dar con los de antes y decirles a la cara: Esto ya es otra cosa. Nada que ver con los viajes de Suhl a Saßnitz con la antigua Reichsbahn, ¿verdad? Aunque nadie podrá negarnos lo que tuvimos que soportar durante todos esos años. Si te pones a pensarlo ahora, parece que no hubiera sido real, pero los recuerdos son profundos. El material de los asientos, que parecía que ibas a quedarte pegado a él para siempre, el respaldo, diseñado para impe-

---

[5] Deutsche Reichsbahn: compañía de ferrocarriles de la RDA. *(Nota del traductor)*.

dir que te quedaras dormido durante el viaje, y con bastante éxito, por cierto. Siempre hechos una furia porque algo no funcionaba. ¡Qué desconsideración! No faltaban motivos para estar cabreado todo el tiempo, pero qué le ibas hacer, lo más sano era reírse, ya que en el fondo tenía su gracia. Lo que nos hemos reído cuando aparecía uno de esos cretinos pidiéndonos el billete, cuando el tren pasaba más tiempo parado que en marcha y siempre había retrasos previstos; cuando eran de veinte minutos, ni siquiera le dábamos importancia, lo malo es que fueran de horas, lo cual tampoco resultaba extraño, ¿no es cierto? La risa se te cortaba los días de verano, o cuando el invierno era especialmente frío, por no hablar de cuando el tren iba abarrotado y se subía una manada de soldados borrachos o la hinchada de un equipo de fútbol. ¡Por lo que hemos tenido que pasar! Podríamos incluso cantar una canción de aquellos tiempos, ya lo creo. Aunque quizá el tiempo haya corrido al fin también a nuestro favor. Ánimo, no seamos injustos, hay que admitir que este tren es mucho mejor que los que hemos conocido los veteranos.

Me daba igual quedarme sentada que levantarme. En realidad, no quería encontrarme a nadie con quien pegar la hebra para hacer más llevadero el viaje. El vecino que estaba sentado en la ventanilla estaba leyendo el periódico. No era uno de esos que anduviera buscando conversación: ¿De dónde viene? ¿Adónde va? A Berlín, supongo. ¿A qué parte? No tenía ningún interés en saber nada de su vida ni en enterarme de lo que decía el periódico, y tampoco me apetecía hablar de mí. Solo necesité un no cuando a la altura de Gotinga apartó el periódico y me preguntó si no sería una molestia que almorzara. Acto seguido, abrió su cabás y se puso a comer pan negro con jamón y a beber té de un termo sin siquiera rozarme; el compañero de viaje ideal. Luego volvió a enfrascarse en su periódico.

Emilia, que había vuelto a aparecer, no salía de su asombro: ¿Has visto? ¡Qué te parece! ¡Le importas un bledo y sin embargo te pide permiso para comer! A eso lo llaman educación, respeto, cosas que a ti ni te van ni te vienen, respondí. A lo que repuso echando chispas: ¡Y así quiero que siga siendo! Puro teatro. Si al menos te hubiera preguntado si tienes hambre, si te encuentras bien... ¡Con el aspecto que tienes! ¡Hasta un ciego se habría dado cuenta! Pero ese señor tan educado no, la cosa no va con él, se ha escondido tras su periódico y sanseacabó. A mí con eso me basta, respondí. ¡No mereces que te ayuden!, oí a lo lejos, para luego escuchar el batir de la puerta del vagón cafetería.

A mediodía alcanzamos la parte nueva del país. Vi edificios que parecían nuevos, renovados, distintos; tejados recién puestos, colores claros que destacaban entre lo que no había sufrido ningún cambio, atisbos de una renovación que ganaría terreno, eso era evidente. No así su resultado. Quizá una hilera de pueblos tan blancos como la nieve desde la ribera de Magdeburgo hasta Potsdam, lugares relamidos, concebidos a imagen y semejanza de otros modelos cercanos. O puede que el panorama sea otro, que lo viejo perdure, que sea salvado del deterioro y que vuelva a ser como era. Sería hermoso. Y además no es imposible; más hacia el oeste uno puede hacerse una idea al respecto, me dije a mí misma pensando en Francia sin querer seguir pensando en Francia. Allí dejan a un lado todas las preocupaciones y celebran su día nacional por todo lo alto, no como aquí, que es un día más. La fecha estampada en mi billete poco tenía que ver con la toma de la Bastilla. Si no me hubiera detenido a ver el billete, no sabría a qué día estábamos. Habría sido un día sin fecha, con un espléndido amanecer y una huida a la estación a primera hora de la mañana; nada que ver con el comienzo de una nueva era. Un día espantoso después de una noche aún más espantosa, nada más, el final de una historia. No quería pensar, solo quería que pasara el tiempo.

Ya habíamos dejado atrás los aburridos cultivos. Empezaron a aparecer los bosques, el primer lago. Al otro lado del vagón se produjo movimiento. Habían permanecido sentados en silencio durante mucho tiempo, como agotados por el confinamiento, derrotados en su lucha por realizar constantes incursiones en el servicio, cansados de escuchar las constantes advertencias y prohibiciones provenientes de atrás. Habían estado leyendo y haciendo pasatiempos, pero al ver por fin el agua y las blancas embarcaciones, ambos quisieron sentarse junto a la ventana, saber cuánto quedaba para llegar a Berlín, a Potsdam, cuánto había de Berlín a Potsdam, y discutieron sobre quién de los dos nadaba, buceaba, navegaba e incluso sobre quién volaba mejor.

Llega un momento en que ya no acatan las voces que vienen de detrás. Tras darle la bienvenida a la ciudad, los pequeños se bajan del tren en silencio y ordenadamente entre los pasajeros que abandonan el vagón en la estación del Zoo.

La próxima parada es Friedrichstraße. A mi altura, el andén no queda lejos del tren. Los pasajeros del vagón de cola son advertidos de la distancia que hay entre el coche y el andén. Nadie los advierte de lo que viene después, del deambular por pasillos y salas, del pasar por delante de letreros con nombres, letras mayúsculas, cifras, flechas, pictogramas y señales de prohibido el paso, de las escaleras que hay que subir, de las escaleras que hay que bajar..., un laberinto rotulado en el que se sentirán perdidos a no ser que por fortuna alguien les indique cómo escapar de esa estación, donde aún paran los trenes de largo recorrido en las mismas vías en que paraban cuando ahí mismo estaba la frontera.

A mí no hace falta que nadie me ayude. Conozco el camino. No queda lejos. Cruzo el puente peatonal que lleva a la otra orilla del Spree pasando por debajo del puente del ferrocarril. El agua parece más densa. Sobre el río, en el sombrío puente, se está más fresco que luego en el Schiffbauerdamm, a pleno sol. No hay ningún árbol, al igual que en la Albrechtstraße, la Marienstraße y la Luisenstraße. Reluciente asfalto y ventanas cerradas; la Marienstraße está como muerta. Lo único que se oye es la música alta proveniente de uno de los coches que pasan. Nada más. Ni el aliento de las gargantas, ni el ruido del gas al salir, ni los murmullos de los patios al pasar junto a los portales. Sobre los tejados hay un cielo cegador. No sé qué esperaba encontrarme. Aquí la tierra yace sepultada bajo los adoquines, el alquitrán y las casas. Nada crece al borde del camino. El agua del grifo saldrá caliente y sabrá a cloro, en casa el aire estará estancado y de fuera entrará uno aún más caliente. Tendré que subir cuatro tramos de escalera cargada con la maleta hasta llegar al habitáculo donde vivo, que se erige sobre otras cuevas también habitadas. Abriré la puerta, entraré y me diré a mí misma que estoy en casa. No espero llevarme un alegrón. Me basta con que todo esté como lo dejé y no haya nada desagradable en el buzón. Podría ponerme a dar vueltas y contar los pasos que hay de un lado a otro del piso; no tendría mucho que contar. Pero no, me quedaré de pie junto a mi maleta y pensaré qué hacer. Beber algo frío será lo mejor, así que iré a la cocina y allí me encontraré una notita de Norma, como si hubiera adivinado que vendría hoy o me hubiera estado esperando durante días convencida de que no aguantaría ni tres semanas en casa de Johannes y de que volvería anhelante a casa, donde una de sus notas adhesivas de color amarillo me daría la bienvenida.

incluyen los gastos del requerimiento. Están encantados de poder ofrecerte lo que deseabas y aprovechan para felicitarte por tu buen gusto. Se preocupan por lo que haces con tu dinero, tienen colaboradores que están siempre a tu disposición. Te invitan a participar, a asistir, a que pruebes. No ha podido ser. La próxima vez puede que ganes, te desean suerte. Los amigos, cuando están de vacaciones, son escuetos. Sus postales se leen de un vistazo. En cambio, los desconocidos nunca se olvidan de ti, saben que el que siembra recoge.

Son solemnes y correctos, no pretenden nada ilegal. Te facilitan el estado de sus cuentas, sus nuevas tarifas, te advierten de las condiciones, del plazo establecido para reclamar. Te obligan a leer. Te dan mucho que leer, la mayor parte en letra pequeña. Y el que osa echar a la estufa sus comunicaciones y sus sobres sin siquiera abrirlos termina quemándose los dedos; tarde o temprano acaban cogiéndote, puede salirte caro. La culpa es tuya, ni siquiera en la cárcel estarías a salvo de sus formularios, instrucciones y requerimientos.

Ahora yacen desperdigadas por el suelo del piso. Hojas desdobladas a las que se les ha echado un vistazo rápido y se ha dejado caer al suelo con la esperanza de que se las tragara. Hay mucho cariño ahí desplegado. Salta a la vista. ¿Quién te ha dado la bienvenida? Sus cartas. No te conocen, tú tampoco tienes por qué conocerlos a ellos. Sus números de referencia y de cuenta, tus señas y tu número de registro, así se hace posible el intercambio, reciba un cordial saludo. ¿Por qué te alteras?

Acorralada, sitiada, acosada, asediada. Deseas que el hada buena, que el magnánimo *hacker* te borre de todas las bases de datos. No ser nadie, volverte ilocalizable tras el muro de la pérdida de datos; sería como estar en la gloria. Eso es lo que tú te crees. ¡Cuidado con lo que piensas! ¡Mucho ojo! Tenlo presente. Ahora recorres el piso recogiéndolo todo y les pides disculpas a esos pedazos de papel tan amables y educados. El agotamiento, el largo viaje en tren, el calor y vuestra jerga oficial, que parece chino, vuestro constante pedir y recaudar dinero. Por no hablar de todas esas prometedoras ofertas de lugares de ocio, placeres ultracongelados y divertidos aperitivos para toda la familia; verdaderamente insoportable. No hay pero que valga. No había publicidad de esa en el correo. Quizá hubiera algún folleto entre los periódicos, intacto, tal cual llegó, esperando a ser leído. Admítelo: te sientes ofendida. No los entiendes, no acabas de comprender su sistema, te olvidas de las cosas en cuanto te las explican. Tras sus cordiales saludos echas de menos al cordial Estado. Por su forma de expresarse crees que realmente te están tratando como a una persona, cuando para ellos no eres más que un número. Sus prácticas son demasiado modernas para ti, eso es lo que ocurre. ¡Montas una escenita por haber recibido el correo corriente y moliente que todo el mundo recibe! El caos está en tu cabeza, no ahí fuera, si miraras el mundo de manera más razonable...

Volver a inspeccionar el piso con toda la calma del mundo. Sesenta metros cuadrados. Recorrer nuevamente los lugares donde debería estar la nota, pegada o por ahí encima, en un lugar visible. Nada de nada. Ya no sé dónde buscar. No se puede encontrar algo que no existe. Quizá entre los periódicos. No puede ser. Sabe que lo primero que voy a hacer es tirarlos, desde el del 26 de junio hasta el de ayer. Cómo iba a meter su nota entre lo que ya es historia. Entre el correo puede, pero ahí no hay nada, ya lo he comprobado.

Ha estado aquí, ha vaciado el buzón, ha regado las plantas, seguro que no se ha olvidado ni de darle cuerda al reloj de pared. Ha estado entrando y saliendo en mi ausencia, lleva consigo las llaves de este piso, lo ha estado cuidando escrupulosamente. Ha estado tumbada en la alfombra escuchando música, es como si la estuviera viendo ahora mismo. Boca abajo, apoyando los codos, con las manos formando un semicírculo alrededor de la cara. Es una cara tersa, plana, con los pómulos altos y la frente corta. Los ojos están mirando qué sé yo, las formas de detrás, miran fijamente hacia delante, no es a mí a quien miran; al entrar hago gestos delante de ellos, pero no se reflejan en sus pupilas, la mezcla de colores del iris no se ve alterada, ni rastro de mí en esa limpia mirada.

Su rostro es mi amuleto de aquella noche en que de pronto se puso a caminar a mi lado; es decir, que se puso a andar con nosotros. Una alta figura envuelta en un abrigo negro que me iba golpeando cuando corríamos animados, arrastrados, impacientes por ver con nuestros propios ojos lo inconcebible, por comprobar que no se trataba de un bulo ni de un engaño. Un delirio hecho realidad que sucedió en un día insulso, sin presagios ni presentimientos, en un día gris y tranquilo que terminó con una noticia que corrió como la pólvora antes de que las puertas se abrieran de hecho. Risas, lágrimas, gritos, saltos, todo a la vez, vosotros, nosotros y los que iban de uniforme, un barullo y un balbuceo en mitad de la noche. Riadas de cuerpos que fluían en masa sobre el fin de un mundo, sin un rumbo fijo, como si fueran a derribar el obstáculo que les cortaba el paso y a alcanzar lo que hasta entonces era imposible solo con moverse de aquí para allá en un espacio reducido. Una ebriedad desvelada, una danza que nos desgarraba y volvía a recomponernos en figuras indiscernibles, más propias de un sueño, a Johannes, a mí y a la mujer del abrigo negro. En un momento dado, me quedé justo delante de ella. Estaba quieta y callada. No me miraba a mí, quizá no mirara a nadie, solo miraba. Su semblante reflejaba una confianza piadosa, como si todos los momentos vividos aquella noche se hubieran concentrado en su rostro dotándolo de una tranquilidad inquebrantable en un instante de calma en medio de la fiesta, como si de todas las caras que vi esa noche no tuviera más remedio que quedarme con esa.

Me quedé con ella y no quise decírselo a nadie. No me sorprendió verla a menudo por la calle o cruzarme con ella al ir a la compra. Cuando una tarde oí unos pasos extraños en la escalera, supe que era ella. A su voz, que no acababa de cuadrar con la imagen que conservaba de ella por lo fuerte y vibrante que a veces sonaba, no tardé en acostumbrarme, de modo que enseguida dejó de parecerme afectado el tono con que hablaba ese cuerpo que sin dudar habría asociado con un violonchelo de haber jugado a comparar a Norma con un instrumento musical. Acepté sin más su nombre. Ya estaba acostumbrada a los desaciertos bautismales, a esa obstinada disonancia entre los seres que conocía y el nombre con que habían venido al mundo. Sí, hacía ya tiempo que no esperaba ni deseaba que cada persona que entrara en mi círculo de rostros conocidos tuviera un nombre hecho a medida, algo así como una feliz conjunción o una profecía cumplida; había acabado por comprender que un nombre no era más que algo atribuido que no tenía por qué designar la esencia de las cosas y que no por ello dejaba de tener sus encantos, como una bonita sonoridad o un eco agradable.

Pero cuando se me ocurrió preguntarle cuál era su nombre completo, que además de aquellas dos sílabas que parecían colisionar entre sí y que al pronunciarlas me harían sentir una leve oposición en la boca fruto de ese choque, aquellas dos sílabas que tanto me gustaban y que me bastaban para dirigirme a ella y pensar en ella; cuando le pregunté eso mientras mentalmente iba hasta a su puerta para leer la plaquita metálica, exclamó: Norma Edith Scholz; de soltera Niebergall, por si te interesa. Me quedé mirándola fijamente. Estaba sentada delante de mí con unos pantalones de pana y un jersey que ella misma había tejido; ya no era esa figura grande, negra y extática, sola y tranquila en medio de una multitud enfervorizada, aislada, como cuando alguien llama tu atención y solo te fijas en él hasta que tarde o temprano vuelve a tomar protagonismo el entorno. Le pregunté por el señor Scholz. Era un compañero de colegio, fue el marido de Norma durante diecinueve años, es el padre de Ines y Sandra Scholz y siempre ha vivido en Köpenick, donde tiene una clínica dental y ahora también una nueva ayudante. La separación fue de mutuo acuerdo, dijo Norma. Las niñas ya habían pasado la edad más difícil. Christoph me ayudó mucho a la hora de buscar piso y mudarme; económicamente también. No hay nada que lamentar, es un capítulo cerrado, mi vida se divide en episodios. Ahora preferiría ser Scholz-Niebergall, pero cuando se repasó, un año antes de la reunificación, no te dejaban tener dos apellidos, y volver a ser solo Niebergall no acabó de parecerle bien; tampoco es que aborreciera el Scholz. Al fin y al cabo, los nombres no son más que sonidos que se van como el humo, dije. No era eso lo que pretendía decir, repuso Norma.

¿Y Edith, de dónde viene lo de Edith?, le pregunté.

Norma cruzó los brazos por detrás de la cabeza, se recostó y con los ojos entrecerrados recuperó el oído de cuando era niña. Entonces oyó ruido de cacharros y de agua hirviendo, oyó aproximarse una risa en la mañana que se detuvo delante del sofá que estaba en la cocina, frente a una montaña formada por un edredón de plumas. Algo no iba bien, había un hueco en la almohada, pero ninguna cabeza ocupándolo; la niña había desaparecido. La risa se tornó pánico. Una bruja ha debido de bajar por la chimenea a media noche, tras dar varias vueltas por la cocina ha encontrado a una niña durmiendo y entonces, ¡zas!, la ha cogido, la ha montado en su escoba y se la ha llevado volando por los aires para que nunca más la veamos. Eso debió de ser. Las manos palparon el bulto como si fueran el bastón de un ciego, y como no encontraron nada, un lamento sonó sobre la cama vacía. Quién acompañaría al tío Jochen a elegir el gato que le había prometido a Norma, qué iba a hacer ahora la pobre abuela Edith, tan solita, gritaba con fuerza haciendo unas pequeñas pausas en las que podían oírse unas risitas. La montaña empezó a moverse, primero despacio, luego violentamente. ¡Socorro, socorro! ¡Todo está perdido!, gritaba la voz mientras Norma emergía del terremoto dando chillidos, echándosele al cuello y comiéndose a besos esa boca resoplante que aún sin resuello dijo: Quien esté listo en cinco minutos tendrá una sorpresa para desayunar, y que luego, entre el fenomenal chapoteo que Norma armó al lavarse, le contó como una vez *Adelheid*, la gata del tío Jochen, se había burlado de él. Cuando se reía, hacía un ruido parecido al ronroneo de un gato, dijo Norma. Edith Barsig, la madre de su madre, el gran amor de Norma en su primer episodio vital.

Había estado dando vueltas por aquí haciendo crujir el parqué, había abierto las ventanas; cualquiera podría haber pensado que yo estaba aquí. No pasaría nada si cogiera de nuevo la maleta y volviera a irme. Seguiría recogiendo el correo, vería crecer la pila de cartas, le daría cuerda al reloj y regaría las plantas. Y a mí que me parta un rayo. No sé a qué velocidad quema esas etapas que según ella conforman su vida, lo cierto es que no hay ni rastro de sus notitas, esas que al principio me encontraba por todas partes y que luego empezaron a ser menos frecuentes. Hasta desaparecer. No había encontrado ningún mensaje, ningún indicio de que me hubiera echado de menos estando en mi propia casa. Ha estado escuchando discos, eso lo sé, igual que supe que la música era lo más importante para ella antes de que me lo dijera toda entusiasmada.

No fue en un escenario, sino cuando abandonó la primera fila de sopranos y se acercó hasta la balaustrada del coro para interpretar con voz clara un solo en honor del Altísimo en la cantata o el motete que pacientemente habían estudiado para la misa, todo sin dejar de mirar a la partitura y al director. Desde entonces no había vuelto a cantar ni a tocar ningún instrumento, sin contar las encantadoras veladas musicales, según ella misma dijo, con su círculo de amigos de Köpenick en los mismos años que estuvo en el coro. Le resultaba imposible imaginarse a alguien completamente ajeno a la música; debe de ser como un tipo de ceguera, me dijo, aunque no pretendía juzgarme por ello, sino solo responder a mi pregunta. No recuerdo cuál fue la pregunta que desencadenó su confesión, probablemente fuera la reacción a un comentario que dejé caer en el que dije que tenía toda la pinta de querer cantar en un coro.

Ya lo creo, basta con verla. Igual que tú alardeas de reconocer a un bebedor, a un fumador compulsivo o a un glotón solo con verlo, yo te digo que ella es una melómana empedernida; nada que ver con nuestro lamentable oído ni con las chapuzas que antes perpetrábamos al violín y al piano. Oído que al menos a mí me bastó para reconocer mi incapacidad y dejar las clases de la señorita Wernicke en vez de seguir aporreando el piano bajo su tutela, dijo Johannes. Hasta entonces no había reparado en el aire melómano de nuestra vecina, pero llevaba un tiempo notando cierta vibración en su voz que le hizo fijarse en ella y percibir esa inconfundible tendencia hacia lo artístico.

Así se despidió la pareja que se me había aparecido por la mañana en un sueño; ellos, altos y bellos, sumidos en la supresión de la mínima distancia que separaba ambos cuerpos, ambas bocas, permanecían de pie en mitad de la calle, ajenos a todo lo que había alrededor, rechazándolo con tal determinación que hasta los coches se alejaban como si quisieran irse de puntillas mientras yo contenía la respiración sin poder apartar la vista de esa demostración de superioridad que tenía lugar a unos pocos pasos de nuestro portal. Acababa de suceder, pero de algún modo ya era inevitable. Solo con echarme a un lado me sería imposible ver nada desde el rincón en el que los acechaba tras la puerta de madera. Entonces él pasaría a mi lado sin verme, como atravesándome, derecho hacia la escalera B, hacia el cuarto piso, del que a partir de entonces sería expulsada, donde pasaría a ser un mero recuerdo cuando descansaran exhaustos de tanto placer y se preguntaran qué habría sido de Marianne.

El sueño se mezcló con el despertar. Estaba en mi cama, junto a Johannes. La ventana, las paredes, el armario: todo era firme y real. De pronto me dio la sensación de que se trataba de un último vistazo: las cosas seguían ahí, pero ya las había perdido. Observé a Johannes. No parecía estar soñando, su rostro era plácido, ocupado únicamente en dormir, no tenía ni idea de que acabaría formando pareja con Norma, cosa que yo, la perdedora, había sido la primera en descubrir, quizá para ir adaptándome, lo único que cabía hacer ante un destino inexorable. El dolor empezó a remitir. Serena y a la vez sintiendo bullir la rabia en mi interior, seguí observando a Johannes. Noté que el sueño se iba disipando lentamente, que salía de mí para estrellarse contra la pared y desaparecer. Me sorprendió la poca resistencia con que emprendió la retirada. La autocompasión que rezumaba ese producto de mi propia mente me resultó vergonzosa. ¿Eso era yo? El sueño me indignó tanto como una calumnia. No quería darle ningún crédito, ninguno. Johannes se giró y me preguntó con voz somnolienta qué hora era. Es domingo, le dije, duerme un poco más. Gruñó satisfecho y volvió a darse la vuelta. Me quedé tumbada junto a él, dejé que su espalda, su piel, su respiración y su calor me tranquilizaran y volví a dormirme con el firme propósito de no hacer caso a mi subconsciente.

Norma venía muy de vez en cuando a nuestra casa, y cuando venía, casi siempre estábamos solas. Johannes solía estar en alguna reunión. A veces pensaba que él la evitaba, pero cuando lo hacía, ese pensamiento se me revelaba como la herencia de otra época, una época en la que los hombres asediaban a las mujeres o las evitaban, y las mujeres interpretaban las señales con una aguda y desconfiada mirada y de las pistas que daban sus maridos podrían deducir con toda seguridad deseo, rechazo o infidelidad. Y es que todo era más sencillo; el reglamento que regía en el ámbito de la familia y del trabajo solo era quebrantado por la enfermedad o el sexo, y los compromisos sociales constituían una zona intermedia que, iluminada astutamente, enriquecía el instinto de conservación con frívolos estímulos en aquel viejo mundo de lo privado, entre cuyas reliquias se encontraba ese pensamiento mío, un fragmento arcaico inserto en el conglomerado de la nueva política, que desde el otoño del ochenta y nueve nos absorbía por completo.

Del comienzo de una nueva era, del tumulto de los dos últimos años, solo guardaría en el recuerdo la sensación de haber tenido un sueño y no haber podido contárselo a nadie. Dado que carecía de cualquier tipo de orden o sucesión a los que aferrarme, esos años habrían acabado siendo los más confusos de mi vida, si no fuera porque este último noviembre, en la noche de mi cumpleaños, me empeñé en una especie de crónica en la que dejé constancia de todo lo sucedido en aquel otoño y los dos siguientes, hechos que pude relatar por la sencilla razón de que los había presenciado.

Las hojas descritas están metidas en un cajón con otros documentos, arriba del todo. Cuando tengo que abrirlo para buscar algo, me detengo a leer algún fragmento de ese informe. Su tono me es ajeno, como si lo hubiera tomado prestado. Quizá fuera un recurso para lograr cierto distanciamiento y así adquirir una idea general. Como si hubiera querido practicar contando una serie de cambios que previamente me habían parecido inconcebibles.

«Íbamos voluntariamente a las manifestaciones. Leíamos más periódicos que nunca. En la televisión pasábamos de los canales del oeste a los del este, y viceversa. Nos sabíamos los horarios, la parrilla y los nombres de las moderadoras y de los comentaristas de ambas programaciones, que sin ningún reparo considerábamos por igual nuestras. Cuando echaban por la radio una sesión de la Mesa Redonda[6] o de la Cámara del Pueblo[7], dejaba de trabajar y me ponía a escuchar atentamente. Norma se afilió a Los Verdes y luego a una asociación independiente de mujeres. Alguna vez fui con ella.

»El invierno fue un hervidero. En marzo tuvieron lugar nuestras primeras elecciones. Tuvimos que digerir la decisión de la mayoría.

»La primavera transcurría y nuestras energías empezaban a agotarse antes de lo esperado. Todo lo contrario, dijo Norma. No solo estaba dispuesta a gastarlas en luchas internas por imponer la línea correcta, quería algo más concreto, quería saber cuál era su aportación personal en todas y

---

[6] Mesa Redonda *(Runder Tisch):* organismo de deliberación y propuestas fundado el 7 de diciembre de 1989 sin funciones parlamentarias ni de gobierno que adquirió un fuerte protagonismo en los años de la reunificación. *(Nota del traductor).*

[7] Cámara del Pueblo *(Volkskammer):* parlamento de la RDA. *(Nota del traductor).*

cada una de las acciones y cuál era el resultado real de estas. Empezó a hacer colectas, a reunir víveres y a enviar paquetes a Rumanía. Yo hice aportaciones y la ayudé a empaquetar.

»Johannes dejó el Neues Forum[8] y se pasó a los socialdemócratas. Defendía el paso que había dado con todos los argumentos conocidos en favor de la afiliación a un partido y de la democracia parlamentaria frente a Max, que por el contrario esgrimía todos los argumentos conocidos en favor de la democracia directa, la única verdadera en su opinión. ¿Y tú qué vas a hacer aparte de tus naderías?, me preguntaban. Por algún lado tendrás que tirar, no puedes quedarte en medio por miedo a equivocarte. Dejadme en paz, no tengo ganas de discutir, decía yo sin siquiera intentar fundamentar mi posición con alguno de los argumentos conocidos por todos. Entonces intercambiaban miradas de las que podía inferirse que lo mío era un caso perdido. No obstante, seguíamos discutiendo sobre el pasado, el presente y el futuro. Una vez incluso a cuatro bandas. Norma se enfadó tanto con Johannes que desde ese momento procuró evitarlo. Fue en verano, justo el día después de que recibiéramos dinero de verdad. Eso sí que fue un cambio, tan drástico que a partir de entonces solo en algunos lugares siguió conservándose la cronología anterior al cambio de divisa.

»Entrado ya el verano, Norma viajó al sur de Francia para asistir a la fundación de un foro ciudadano europeo. Volvió muy impresionada. Durante una temporada anduvo considerando la idea de mudarse a la Alta Provenza. La

---

[8] Neues Forum: agrupación ciudadana independiente en favor de la democracia surgida en la RDA en los años previos a la reunificación. *(Nota del traductor)*.

198

gran Alemania que nos esperaba le resultaba inquietante, decía. Allí abajo, en la cooperativa, había conocido a gente maravillosa, solidaridad en acción. Era justo la forma de vida que siempre había imaginado. El trabajo, la vivienda, la educación, la formación musical, todo era comunal; se trataba de una fusión de la agricultura, de la política y de la cultura con contactos por todo el globo terráqueo. Con una emisora de radio y un periódico propios y con infinidad de posibilidades de sentirte útil. Ya lleva casi dos décadas gestándose, no se trata de una utopía, es una realidad tangible, me dijo. Es imprescindible que vayas a conocer todo aquello. Leí los folletos que trajo de allí. Podía imaginarme perfectamente a Norma viviendo en esa cooperativa. ¿Crees que necesitarán a una ayudante de dentista?, le pregunté. Todo el que esté dispuesto a trabajar es bienvenido en la comunidad, es la única premisa. Te voy a echar mucho de menos, le dije. Me estrechó entre sus brazos. No está tan lejos, y puede que yo también acabe yendo, concedí, y me abstuve de decir que ya estaba mayor para esas historias, que era justo lo que quería haber dicho.

»Llegó el otoño y la nación se unificó. Johannes y yo nos fuimos de vacaciones a Liguria. Barbara, una amiga de Norma, y dos dentistas más abrieron una consulta. Aquel invierno Norma ya no sabía dónde tenía la cabeza con tanto cambio administrativo y tanta reconstrucción. Al final acabó aceptando el trabajo. La necesitaban, allí sería como una socia más, y no solo la asistente de Barbara. Prefiero obviar ese "solo", comentó Norma.

»Nada más acabar la traducción de una hermosa novela que transcurría en el suroeste de Francia, me puse a buscar más encargos, pero no me salió ninguno. Las editoriales para las que solía trabajar se fueron a pique con el cambio, no lograron introducirse en el nuevo mercado, fueron borradas del mapa. Tienes que asimilar que ahora vivimos en Alemania y que este país no se acaba en el Elba ni en los bosques de Turingia. Tantea el terreno, haz algo, me dijo Johannes. Él no iba a esperar a que su instituto cerrara, hicieran una criba entre el personal y al resto lo repartieran por destinos eventuales. En Nochevieja, en el momento de formular los deseos y los propósitos para el nuevo año, levantó su copa y propuso un brindis por el éxito de sus solicitudes de empleo, aunque más que a un deseo sonó a una certeza.

»En mayo llegó ese éxito. No era el trabajo de sus sueños, sino más bien un puesto con buenas perspectivas una vez pasado el periodo de prueba. Venía a casa uno de cada dos fines de semana. Fue el verano más estresante de su vida. De vacaciones ni hablar. Cuando pases el periodo de prueba, le dije. En todo caso, contestó Johannes.

»Norma y yo empezamos a vernos más a menudo. Venía a casa, yo iba a la suya y a veces íbamos con Ines y Sandra a nuestro lago favorito, al norte de la ciudad. Volvió a salir el tema de la cooperativa. Ines y su novio querían pasar allí al menos medio año, luego ya se vería. ¿Van de avanzadilla?, le pregunté a Norma. Me contestó que en ese momento no estaría bien dejar la consulta, y que mientras Sandra fuera a la escuela no podía irse. A lo que Sandra repuso poniendo cara como de hablar en código: "L´école, je m´en fous", mensaje que todos supimos descifrar, pero que me sirvió de acicate para practicar francés con ella. Tomamos el sol. Nadamos hasta la otra orilla. A la hora del *picnic*, Norma empezó con uno de sus juegos. Se puso a enumerar lo que habríamos llevado de comer si estuviéramos en junio del año pasado. Su descripción fue tan minuciosa que a mí me hizo olvidar lo rápido que me olvidaba de las cosas y a las niñas consiguió matarlas de aburrimiento. Nos quedamos hasta el anochecer y regresamos cantando canciones. Sandra se apoyó en mí y dijo: Ahora sí que somos una familia moderna, frase que me impresionó mucho más que cualquier otra que hubiera dicho en perfecto francés. De vez en cuando, Norma me preguntaba por Johannes. Ella sostenía que se quedaría en Mannheim. Te lo digo yo, va a hacer carrera, hace ya mucho que pertenece a Occidente, me decía. Cuando él venía a casa, a Norma no se le veía el pelo.

»No había fin de semana que pasáramos juntos en el que no hubiera decepciones y malentendidos. Nuestras peleas cobraban más importancia al no haber casi tiempo para la reconciliación. Nuestros cuerpos se buscaban con una violencia desesperada, como si quisieran salvar lo que la distancia estaba minando. Nos despedíamos extenuados; hasta la próxima. Durante el tiempo de separación recuperábamos la ilusión que cada vez perdíamos con más facilidad en nuestros breves encuentros quincenales; bastaba una palabra no dicha o un gesto que no acababa de llegar. Y cuando la cosa parecía que iba a ir bien de principio a fin, cuando lograba no pensar en la despedida, como si de una agresión premeditada se tratara, era él quien me salía con alguno de sus desaires, Johannes, para quien el trabajo era más importante que yo.

»El día que cumplió cuarenta y cinco años, lo llamé desde casa de Norma. Había preparado un par de frases destinadas a expresar lo que sentía por él y lo que significaba para mí el trozo de vida que habíamos compartido. No llegué muy lejos. El mejor regalo lo había recibido por la mañana, me contó: un contrato indefinido valedero a partir de noviembre. Tenía que ponerse a buscar piso inmediatamente, al fin íbamos a vivir en un sitio como es debido. ¿A qué te estás refiriendo?, repuse, y acto seguido, sin esperar la respuesta, defendí los sesenta metros cuadrados con vistas al patio como si me fuera la vida en ello y le chafé su buena nueva.

»Una semana después, llegó el día de mi cumpleaños. Esa noche estuve escribiendo hasta la madrugada. La crónica acababa en esa fecha. Un mensajero me trajo un ramo de rosas color salmón. Cuarenta y ocho. Tardé más en contarlas que en leer la tarjetita de felicitación que traían. Vámonos al cine, le dije a Norma.

»Tus palabras han acabado sonando contradictorias. Me animaste a incluir el llanto en mi historia, a tomármela en serio. Al decir esas palabras, alargaste hacia mí la cabeza; ya te había visto hacerlo otras veces, como si tu capacidad para conmoverme dependiera de la distancia. Y así fue como te escuché, cautivada por la proximidad de tu rostro, con esa arruga de preocupación entre las cejas.

»Ningún hombre, y con esto me refiero a un hombre adulto, está en disposición de hacer feliz a una mujer durante mucho tiempo, al menos a una mujer exigente, dijiste. De modo que iba a tener que elegir entre mis pretensiones de ser feliz y una vida estable junto a Johannes. No podía seguir ignorando lo que estaba pasando. ¿Qué más me hacía falta para admitir que lo mío con Johannes ya era cosa del pasado? Él ya había tomado una decisión. Había optado por un nuevo trabajo, un nuevo hogar y una nueva vida. Contigo o sin ti. Y además, como suelen hacer los hombres, te ha dejado a ti la responsabilidad de salvar vuestra relación instándote a que te reúnas con él, me dijiste, y luego mirándome a los ojos me preguntaste si de verdad creía que había gran cosa que salvar. Me hablaste de Christoph Scholz, de lo difícil que te resultó reconocer que había un problema, tomar una decisión y hacer de ella un hecho, una serie de hechos que te impedirían echarte atrás, volver a cuando no querías admitir nada. Hay un tiempo para cada cosa, lo dice la Biblia, si te preguntaras a ti misma cómo ha sido el tiempo que has vivido con Johannes, te darías cuenta, dijiste. Aunque evidentemente tú no eras quién para entrometerte, dijiste echando de nuevo la cabeza hacia atrás. La decisión era solo mía, lo único que me pedías era que me la tomara en serio. Y que tuviera claro que siempre podría contar contigo para lo que fuera, siempre.

»¿Por qué ya no lo tengo tan claro? Es como si nunca lo hubiera tenido claro por el mero hecho de no haberme encontrado con una señal tuya, con una nota de bienvenida. De pronto nuestra historia se ha vuelto para mí una nota necrológica en la que en cualquier momento aparecerá la palabra precisa que desmienta la muerte anunciada, que anule todo lo dicho hasta entonces; siempre que persevere en el relato confiando en que esa salida llegue.

»Pero no puedo, sé que es inútil. Has dejado de escribirme notas, probablemente desde el momento en que te dije que me iba con Johannes, aunque quizá lo que te dijera fuera que me iba al otro lado. Por unas tres semanas, te dije, de eso estoy segura. Entonces tú, con el mismo semblante de siempre, me preguntaste qué debías hacer con el piso durante ese tiempo. No noté nada extraño, no había indicios de que tu paciencia estuviera a punto de acabarse tras un año de crisis e indecisión.

»Llevaba tiempo temiéndomelo, pero siempre rechazaba ese presentimiento y volvía a reclamar desesperadamente tu presencia; he llegado incluso a leerte esas cartas que desde marzo llegaban de esa flamante nueva casa. He aceptado tu apoyo y no he dejado de pensar en recompensarte por ello. Si pudieras consolarme, persuadirme con cualquiera de tus disparates, me dejaría convencer y te agasajaría. Te he estado exprimiendo y ya no estás dispuesta a que las cosas sigan así.

»Has sido fiel a tu promesa, has cuidado del piso y has estado entrenándote, acostumbrándote a imaginarme fuera de él. Lo pasado, pasado. Has hecho lo que te parecía lo correcto, sin pero que valga, has renunciado conscientemente a dar señales. Tu mensaje está muy claro: si finalmente vuelves, no tendrás más que ver el piso para saber que ya no puedes contar conmigo.

»Precisamente ahora».

la imagen de una perra spitz. Los setos color verde oscuro, las baldosas rojizas de la acera, en claro contraste con el blanco de su pelaje, que parecía aún más blanco al verla recorrer con su suave trote la distancia que iba desde su parcela hasta el final de la calle; el grácil cuerpo, el rabo, tan liviano, las patitas moviéndose al mismo compás y, tras una breve parada, incrementando levemente el ritmo para imponer otro igualmente gentil, monótono e inaudible de vuelta a la puerta del jardín. Allí un señor con el pelo gris plata la esperaba con las llaves metidas en el bolsillo de su pantalón de franela, y haciéndolas tintinear tomaba el pelo a la coqueta criaturita antes de abrir la cerca.

El discreto público estaba tras los setos o dentro de las casas, aunque no perdía ripio de lo que pasaba fuera, en la calle, que era una de las más tranquilas, pues se echaba a un lado ceremoniosamente para que pasaran de largo los elegantes coches y los grandes perros de raza que de cuando en cuando la recorrían a toda prisa, y volvería a sumirse en su plácido letargo en cuanto finalizara el desfile de esa spitz que con el color de su piel hacía sombra al blanco de las villas. Sola, seguida por la mirada del hombre del pelo cano, subiendo la calle empinada: una nubecilla movida por el viento atravesando el cielo. «Olimpia de camino al Olimpo», rezaba al pie de la estampa.

Huía del fuego, de la abrasadora claridad. El frontal de cristal ardía ante mí erigiéndose hasta el techo. En la entrada hacía algo de fresco. Iba a ser un día tórrido, saltaba a la vista. Dentro tenía que hacer un calor infernal, la cúpula debía de estar cobijando en su interior puro fuego. El suelo de granito brillaba como si lo acabaran de fregar. Tan de mañana todo parecía nuevo: las luces, las sombras, los periódicos apilados en los armazones metálicos a la espera de ser cogidos y los globos oculares de los hombres sentados en los bancos. Los pasos resonaban como en una iglesia. A lo lejos, proveniente de arriba, se oía la voz de una mujer, clara, bien temperada y sin acento. Sus avisos eran atravesados por el roce y el traqueteo de la maleta de ruedas. Hacía un ruido infernal que se elevaba hasta la cúpula y que cesó al llegar a la ventanilla. Solo entendí lo que yo misma dije, no alcancé a oír las indicaciones y preguntas de la mujer que estaba detrás del cristal. En cualquier caso, todo quedó solucionado. Le eché un vistazo al billete. Me fijé en la fecha de salida, la de ese mismo día; hasta ese momento no había caído en qué día era.

El sol está bajo, justo encima de la fachada lateral. Sin embargo, el trozo de cielo que veo desde la cama es todo claridad. Todas las ventanas están abiertas, el aire que entra es caliente. Si no te mueves, el calor es soportable, agradable incluso. En el patio se oye chapoteo de agua. Las voces y los demás ruidos vienen del taller del rotulista. Aparte de eso, nada, solo el murmullo de la ciudad, tan adormecedor como el calor.

Elegantes estaciones que despedían prosperidad por todos sus poros. Las casas y las cosas estaban bien hechas, con gusto, pensadas para durar mucho y para alegrar la vista. Hasta el plástico tenía mejor pinta que el nuestro. Había escaleras mecánicas, cintas transportadoras, ascensores, carritos para llevar el equipaje, todo gratis. Nadie tenía por qué ir cargado, ni por qué pasar hambre o sed. Comer y beber, no había nada más fácil, lo más complicado era decidir dónde. No había que preocuparse por el tren, los revisores o el viaje. No faltaban los indicadores ni los tablones informativos. Estaban puestos en el lugar idóneo, al igual que las señales de tráfico y los discos en la calle y los carteles en los caminos comarcales.

A ella no habría podido decirle: Mira, mamá, salgo huyendo. No sabes de lo que hablas, habría respondido. Dejarlo todo en una noche de invierno y coger el último tren que abandona la ciudad. Meterse allí a duras penas con tres niños pequeños, una madre enferma y el equipaje, solo lo estrictamente necesario. Dejarse llevar a donde fuera con tal de salvar la vida, siempre que no llegara antes el frente de avanzada o que no murieran todos congelados en un tramo al aire libre, en una estación o en un refugio antibombas. Ver a su marido por última vez, dejarlo en la ciudad sitiada, presentir que es la última vez que iba a verlo, vivir atrofiada a partir de entonces, seguir avanzando como mutilada, como ciega, con solo veintinueve años, hasta el próximo instante, hasta llegar a donde fuera, hasta alcanzar un refugio aún en pie. Quién era yo para hablarle a ella de huidas.

Conseguir un asiento sin reserva fue toda una suerte, especialmente en verano. Había grupos de veraneantes apostados en el andén. Todos ellos iban a subirse. No había motivo para ponerse nervioso ni apretujarse. Bastaba con guardar la calma y hacer sitio a los que subieran. El que por descuido obstruyera el paso sería reprendido inmediatamente por su falta de tacto. Con esas ventanillas que no podían abrirse, las despedidas resultaban parcas. Lo que le faltaba a ese tren expreso eran las manos agitándose.

No querer ver nada y esquivar los rostros ajenos al llegar. Pasar al lado de ellos y dejarlos atrás con la certeza de que me esperabas al pie de las escaleras. Solos tú y yo, el resto del mundo, un mero telón de fondo. Me pareció reconocer algo; aunque no tenía ni idea de en qué parte de la ciudad estábamos ni en qué dirección íbamos, tuve la impresión de que habíamos pasado tres veces por el mismo sitio. Aún queda un trecho, dijo Johannes. Estaba recién afeitado, tenía cansancio acumulado alrededor de los ojos, pero cuando le pregunté cómo estaba, me dijo: Fenomenal. Conduces como si fueras de aquí, le dije. Un año da para aprender muchas cosas, repuso él.

Metida en una cápsula e incrustada de golpe en otro lugar, uno desconocido, que recorrían bajo las pobladas nubes de la tarde. Le resultaba extraño encontrarse allí de pronto, juntos en un coche, de camino a una casa, lanzándose miradas, hablando como si nadie pudiera escucharlos. Nadie la miraba con extrañeza y, sin embargo, era una intrusa de otra galaxia, afirmó. Como por arte de magia, dijo. Volvió a decirlo y ella misma se sorprendió de lo atinadas que resultaban esas palabras para describir lo que estaba sintiendo. Había aterrizado allí gracias a un hechizo, ahora atravesaba la zona en el interior de una cápsula para dos tripulantes debidamente camuflada y el lugar la había recibido bien, como prestándose a acogerla en su seno. Si miras hacia delante, verás en esa colina nuestro pueblo, dijo él sin verle la magia al momento. Todo iba según lo previsto. Ahora estaba con él, solo tenía que decidir dónde cenar, podía elegir entre tres sitios.

Las manchas oscuras se movían y volvían a quedarse fijas, su contorno era como el de las hojas, aparecían y desaparecían como si alguien las borrara, a la luz de la pared blanca eran como un bosquejo sometido a constantes correcciones. Claridad y silencio, yo sola sobre el amplio colchón, conmigo en la habitación el gato atigrado, que estaba echado sobre una silla de mimbre llena de ropa. A un lado estaba la puerta que daba al jardín, donde iría para pisar la hierba que llegaba casi hasta las rodillas y sentir la brisa que agitaba los árboles y hacía que se bamboleara la parra que crecía por la pared de la casa. Tenía todo el día para mí. Recorrería las bonitas habitaciones aún medio vacías, me sentaría en la terraza al sol para luego buscar la sombra, pasaría un buen rato en el baño, tan grande como mi cocina, echaría un vistazo a la nevera, haría una lista de la compra, leería un poco, escucharía música y esperaría a Johannes.

El griterío no tiene por qué provenir de una riña. Aquí suelen hablar así de alto. Uno de los obreros, pienso. ¡El agua! ¿¡Va a seguir derramándose o qué!? ¿Es que tengo que estar al tanto de todo? ¡Olvídate del agua! ¡Harías mejor preocupándote de que no falte la cerveza, de aquí a nada se acaba la jornada!, responde otra voz. Los gritos van en aumento, se mezclan con el sonido de un televisor, y suenan aún más fuertes y más secos cuando deja de correr el agua.

Mi imaginación llega hasta las parcelas, hasta dentro de las casas no. Con Norma podría haber jugado a deducir la decoración y el mobiliario a partir de lo que se veía por fuera. Sola no me animé, me conformé con echar alguna mirada furtiva. Qué sabía yo de lo que estaba de moda, de lo que era auténtico o y de lo que no lo era, de lo *in* y de lo *out*. La casa donde vivíamos era la más pequeña y humilde de toda la calle, y aun así era más bonita que cualquiera de las de la Luisenstraße, la Albrechtstraße o la Marienstraße, que no tenían jardín ni el tranquilizador brillo de lo intacto. En esa calle vivía menos gente que en las escaleras de casa, de la A a la E. Pensar en volver allí era una idea recurrente.

Nos sentamos delante de la casa y esperamos a que anocheciera. Vimos las estrellas y las luces que poblaban la llanura del Rin. Bebimos vino de la comarca. No hablamos mucho, en esos instantes no echábamos nada en falta. Me alegro de haber venido, dije. Todo esto es tan bonito... El gato apareció entre la alta hierba. El fin de semana voy a cortarla, dijo Johannes. Con la guadaña, como en las vacaciones de verano de antaño.

La acera de nuestra calle, en plena ladera, era de baldosas rojas. No se usaba demasiado, me pareció. Como mucho la pisaban los perros, solos o con sus amos. Los que vivían aquí pasaban la mayor parte del día en sus jardines o en sus casas, y si salían lo hacían en coche. Cuando paseaba, saludaba a todo el que se cruzaba conmigo. Aunque solo se notara en las callejuelas cercanas a la plaza de la iglesia, se trataba de un pueblo, el resto de las calles se parecían más a un barrio residencial de las afueras de una gran ciudad. Ni pueblo ni ciudad: un conjunto de chalés, islotes habitados con el suficiente espacio alrededor como para no toparse con el vecino. Me resultaba imposible saber qué hacían durante el día. Tampoco era asunto mío.

Pararme delante del paisanaje y hablar con ellos, establecer contacto por entre los setos; en ocasiones tenía deseos de hacerlo y no me atrevía; en otras, topaba con unas caras que hacían que se me quitaran las ganas.

—Aquí la gente es muy reservada —dije—. Cada familia forma una sociedad cerrada inaccesible para los extraños.

—Así es como suele sentirse todo el que viene por primera vez —repuso Johannes.

—La gente de aquí se ha echado un barniz transparente por la cara, puede que para combatir el paso del tiempo o para poder ver en la lucha cuerpo a cuerpo. Sea como fuere, son rostros esquivos.

—¡Cómo no! —saltó Johannes—. ¡Ahora resulta que los del oeste son como salen en los libros!

—¡Qué quieres que le haga si son tal cual!

—No discutamos —dijo Johannes—. Ya verás como en un par de meses lo ves todo de otra forma.

Nos dirigimos hacia la casa absortos en nuestros pensamientos. Estábamos de acuerdo en que solamente compraríamos lo necesario, cada cosa a su tiempo. Cuando pasaba por delante de aquellas casas, cuyo interior mi imaginación no alcanzaba a concebir, ansiaba volver a la provisionalidad de nuestro hogar. Me gustaban el colchón y la mesa de trabajo improvisada junto a la ventana, me gustaba la casa en general, que guardaba alguna similitud con la de la futura abogada Erlenbacher, que ocupaba la planta de arriba. ¿Cómo podía permitirse esa casa una estudiante? Su madre es la propietaria, dijo Johannes. Hola, dijo Silvia Erlenbacher cuando nos la encontramos. Me dio las llaves de su piso para que le abriera la puerta al fontanero. Tiene una casa muy bonita, le dije yo. Gracias, venga cuando quiera, respondió ella. Rara vez estaba en casa.

Deberíamos invitar a gente, y pronto. Con este tiempo podríamos cenar fuera; en la cooperativa vinícola seguro que nos prestarían mesas largas y bancos, dijo Johannes, y luego empezó a enumerar nombres de compañeros de trabajo y de la gente que había vivido con él en la casa que alquiló durante su periodo de prueba. Peter y Corinna Kling no pueden faltar, ya sabes, ni tampoco la señorita Erlenbacher y su novio, si es que les pilla aquí, claro. ¿Quién te falta? ¿Se te ocurre alguien más?, me preguntó.

—Claro, pero viven muy lejos.

—Las reuniones con los amigos de Berlín las dejamos para más adelante, ¿no te parece?

—Tienes razón. No harían migas con esa gente.

—Eso mismo pensaba yo —me dijo con una mirada vacilante.

No se vive mal aquí, escribí en las postales. Estoy traduciendo a buen ritmo y tengo la sensación de estar de vacaciones. Delante de mi ventana hay un montón de hierba, Johannes la cortó ayer. Hace un tiempo ideal. El próximo sábado vamos a celebrar una fiesta en el jardín. Estoy impaciente por conocer a toda esa gente nueva.

A Norma le escribí: Ven y tráete a todo el que quieras, por mí como si llenas el coche con la gente del patio. Solo tendrían que poner el jaleo y la borrachera, así los invitados de Johannes sabrían lo que es sentir miedo; yo sola no creo que pueda lograrlo.

No va a venir. Abajo se oyen pasos aquí y allá, pero no los suyos. Y si viniera, no podría oírlos desde aquí. Suele subir por la escalera B directamente desde el primer patio. Podría oírla al subir la escalera, pero no desde aquí. La cama está al fondo del piso y el ruido de fuera es muy intenso. Probablemente la oiría al intentar abrir la puerta, pero no hace falta que esté alerta. Ha leído mi postal, piensa que voy a quedarme allí, donde no se vive mal. Estuvo ayer aquí, así que no hay motivo para que venga hoy. No puedo esperar que tenga el presentimiento de que he vuelto. Antes quizá, pero ahora no. Ahora que sé que no va a venir, lo único que puedo hacer es escuchar el murmullo de fuera, tan adormecedor como el calor.

El trabajo iba a buen ritmo. Saint-Just ya había sido nombrado diputado en la Asamblea Legislativa. El año 1792 tocaba a su fin y ya había empezado el proceso contra el rey. Dos meses de discusiones en el Parlamento en los que Saint-Just se reveló como un gran orador. Exigió la ejecución de Luis XVI. Sin una sentencia, sin un aplazamiento, sin una consulta popular. Un día, la posteridad se asombrará de que en pleno siglo XVIII no se haya llegado tan lejos como en tiempos de César. Entonces el tirano fue sacrificado en mitad del senado, sin más proceso que treinta y una puñaladas, sin contemplar otra ley que la libertad de Roma, dijo Saint-Just.

Seguía haciendo calor. Los días comenzaban sin nubes y terminaban igual de apacibles. La casa, el gato, el jardín y por las tardes Johannes. De vez en cuando un hola de Silvia Erlenbacher antes de salir pitando o una conversación tras los setos. La voz de nuestra vecina, admirada de cómo estaban los rosales ese verano, y otra señora que venía de la peluquería, donde se había encontrado con la señorita Kunz y estuvo a punto de no reconocerla, una mujer muy chic, ya no tiene que ir a limpiar, su marido gana un buen dinero, y qué bien se ha adaptado, pensar que al principio era más rusa que alemana...

A veces dábamos un paseo por los viñedos. En otras ocasiones salíamos a cenar fuera, a un restaurante. Apenas discutíamos. Desde que estás aquí, te veo mucho más animada, dijo Johannes.

Dio un sorbo y realizó toda la parafernalia requerida para probar el vino. Está de broma, pensé, así que entre aplausos y risas alabé su interpretación; había estado tan ridículo como creíble. Se ofendió. Si no confiaba en su paladar, yo misma podía elegir el vino. No pidió sin más lo que le apetecía. Hizo preguntas y se dejó aconsejar por Giovanni. Ambos se comportaban como dos amigos interpretando una escena en la que habían echado a suertes a quién le tocaba servir y cobrar y a quién ser servido y pagar. Johannes le había hablado de su trabajo. Giovanni le llamó *il signori Fuzzy*[9] y quiso saber si la *signora* también entendía de esas cosas. Poco; por desgracia, muy poco, respondí. Pero seguro que entiende de buena cocina, de *bambini,* de la *bella Italia* y del *amore,* dijo Giovanni sonriendo como si hubiera asentido cuatro veces y desapareció. ¿Te acuerdas de Kurtchen, el de El ABC del Vino? Vagamente, dijo Johannes. No acababa de entender a qué venía ahora rememorar como si se tratara de la octava maravilla del mundo aquel tugurio forrado en contrachapado donde servían *Pinot noir* de Rumanía. Solo era un comentario, objeté.

Podía pasar plácidamente todo el verano oyendo el zumbido del ventilador y el débil silbido del disco duro del ordenador, un verano trufado de deliciosas cenas y copitas de buen vino antes de irnos a dormir, y una vez pasado el verano, seguir viviendo en paz y armonía bajo la cúpula de cristal que se cernía sobre nuestra parcela. Ante los ojos nada más que claridad, cosas bonitas y seres atildados. Pero en

---

[9] *Fuzzy:* de *Fuzzy Logik;* «lógica difusa». *(Nota del traductor).*

mi cabeza se extendía un extraño reino de sombras que por momentos era más pesado que el plomo y que hacía que la parcela temblara conminándome a salir corriendo y alejarme de aquella frialdad, de aquel estar sola en medio de tanta sofisticación, de aquellos peinados, de aquel blanco infartado, de aquel hola a cualquier hora del día. Qué alegría ver así de hermosos los rosales, una alegría que perciben los maridos al llegar a casa, dijeron al alimón los dos rostros de mi sueño antes de dirigirse a mí: Hola, querida, aún le queda mucho que aprender, salta a la vista de dónde viene, vino espumoso y más guarnición de la cuenta, las oí decir entre risas mientras observaba cómo se retocaban el moldeado a través de los dos agujeritos de la manta que cubría mi cara.

El cuarto necesita una capa de pintura. Está tan gris y raído como la manta. No lo recordaba así. La verdad es que todo el piso está bastante ajado. No está mucho peor que los demás, pienso. La gente mayor ya no está para reformas y los jóvenes cuentan con encontrar algo mejor tarde o temprano. Quién va a invertir en estas cuevas. Aun así es mi casa. No tengo previsto mudarme pronto. Decidí no quedarme allí, donde mi vida podía haber transcurrido plácidamente. Aunque no hubiera sucedido nada de lo que pasó, que al fin y al cabo se veía venir, la cosa no habría durado. De tanta buena voluntad nos habíamos quedado mudos. No hablaba ni en mis sueños. Ya no se los contaba a nadie. Dormía mucho y profundamente, y cuando me despertaba, ya estaba sola. La última noche me la pasé en vela. Abandoné la casa en cuanto amaneció. Esa vez fue Johannes el que se despertó solo. Dentro de nada, cuando vuelva del trabajo, no habrá nadie en la casa salvo el gato. Oigo voces y carcajadas. Hay trabajadores sentados en el jardín de la esquina. Los ruidos del patio son agradables y adormecedores como el calor.

COMO ES NATURAL, LOS COLORES ERAN DIFERENTES DE LOS QUE pueden pensarse con solo palabras. Verde, blanco, rojo. Un ramo de lilas; delante, Corinna Kling con un vestido de lino en colores naturales y una pulsera de coral en la muñeca izquierda, los pendientes también de coral. Las joyas pegaban con el nombre, el nombre con su aspecto y su aspecto y su forma de moverse con su anterior profesión. Los andares de una bailarina sobre el césped recién cortado por Johannes. Me quedé mirándola. Esperaba que los demás también lo hicieran, pero estaban demasiado ocupados hablando y mirando alrededor indecisos. Habían formado grupitos sobre el césped y sostenían copas de champán que levantaban en cuanto me acercaba, como si se sintieran culpables por todas las molestias que me había tomado. Tendría que haberles devuelto la sonrisa: No, no me lo agradezcan a mí, mi marido es el que se ha encargado de todo, yo solo he hecho la macedonia que hay de postre. Si no te importa, preferiría encargarle lo demás a Giovanni, me había dicho Johannes.

Silvia Erlenbacher le echó un vistazo a la larga mesa cubierta con un mantel. Qué buena pinta tiene todo, dijo. Si necesitas ayuda, hazme una señal. No se la hice. Me limité a hacerlo lo mejor que pude: estuve atenta a todo lo que pasaba, llenaba a todo correr las copas en cuanto se quedaban vacías, fui a la cocina a por todo lo que iba faltando, acerté con el momento en que había que pasar del aperitivo a la cena y solo le puse freno a mi ajetreo a petición de Johannes, al que mi desmedido esmero le resultaba un tanto violento. En un momento dado, me siguió hasta dentro. Me da la impresión de que no has hecho más que corretear por el jardín delante de los invitados, me dijo. Haz el favor de quedarte sentada un rato, anda.

Al final de la mesa, justo enfrente de Corinna Kling, había un sitio libre.

—La he echado en falta. No acabo de entender por qué somos siempre las mujeres las que tenemos que ocuparnos de todo. Tendríamos que negarnos, ¿no es cierto?

Alzó la copa y me dijo sonriendo: Una velada encantadora, y gracias a usted.

Bebí sin rectificar ni una sola de sus palabras. Aparté la diminuta mosca que se había posado en el borde de la copa. De buena gana la habría seguido al destierro, donde nadie podría verme ni dirigirme la palabra.

—¡*Rucola*! —dijo Corinna. Le traía recuerdos del huerto de sus abuelos.

—¿En Italia?

—Qué va, en la región del Palatinado. Ya casi nadie recuerda que también se usaba aquí. La rúcula solía comerse en ensalada, sin queso ni carpacho, desde luego.

—No lo sabía.

—Y yo que pensaba que en el este se conservaban las viejas tradiciones culinarias. No hay por qué pensar que todo lo de allí era retrógrado, que no había cosas buenas. Nada que objetar por ejemplo a esas maravillosas...

—Avenidas —intervine.

—Exacto. Las vi con mis propios ojos cuando recorrí en coche Mecklemburgo el verano después de la reunificación. Una excursión a los años cincuenta. Alucinante, al menos desde la perspectiva del turista. Seguro que los que viven allí emplearían otro adjetivo. Duro. No pretendo hacerme ilusiones ni opinar sobre ello. No me tome por uno de esos. No hay nada que deteste más que la actitud arrogante de esos...

—*Wessis*[10] pagados de sí mismos —terminé.

—Usted lo ha dicho. No soporto esa manía de dar consejos desde no se sabe qué pedestal. Los malditos prejuicios. Desde ese fin de semana en Mecklemburgo no he vuelto a pisar los nuevos estados. Una ya tiene suficientes preocupaciones con su propia vida. Los gemelos...

—¿Tiene usted gemelos? —pregunté.

—Así es. El final de mi carrera y el comienzo de una nueva vida.

Estaba encantada con lo que Dios le había dado. Siempre había momentos en que se preguntaba por qué tenía que haberle pasado a ella, pero los momentos de satisfacción superaban con creces a los anteriores. No los cambiaría por nada de este mundo, dijo mientras sacaba una foto de la cartera y me la acercaba por encima de la mesa.

—Qué ricos —dije—. ¿Cómo se llaman?

—Edmund y Philipp.

Empezó a hablarme de ellos. Mientras bebía y escuchaba, me di cuenta de que el contenido se me escapaba. No era más que unos ojos y unas orejas. Las subidas, bajadas

---

[10] *Wessi:* alemán del oeste. *(Nota del traductor).*

y pausas de su voz, la tonalidad de sus palabras, todo ello era un número de danza delante de los setos y los arbustos, mero telón de fondo verde dispuesto para la actuación de la bailarina. Embelesada, traté de seguir sus frases. Me aferré a la copa y me recreé en ese rostro capaz de pasar toda la vida en paz y armonía con su propio reflejo y, siendo objetivos, con más motivo que el resto de los presentes, pensé, y, nada más pensarlo, sentí que esa expresión era un elemento extraño, circundado por el olor a basura y las cuatro paredes grises de nuestro patio, del que salía la voz de Margarete Bauer, ahora reencarnada en un cuerpo sutil que empleaba un lenguaje ágil, liberado del enfoque objetivo y de los factores subjetivos, que junto con el ser y el parecer, las relaciones entre los dos sexos y las medidas necesarias para una mayor evolución social eran de las pocas cosas que aún recordaba de las historias de Margarete Bauer.

Si seguía bebiendo sin comer nada y no hacía un esfuerzo por atender, todo lo que Corinna me estaba contando se disiparía igualmente. Solo quedarían Edmund y Philipp, la suerte que había tenido Peter Kling y la *rucola* o rúcula.

—Debería probar las setas —dijo alguien. Probablemente no se dirigía a mí, pero seguí su consejo. Probé un poco de cada fuente; los peculiares aromas cedían enseguida ante el predominante sabor a aceite de oliva, limón, ajo, salvia y albahaca.

A pesar de que estaba bastante lejos, pude ver a Johannes con claridad. Estaba hablando con un hombre con bigote. De entre los nombres que había oído no sabía cuál atribuirle, solo sabía que no se trataba de Peter Kling, ni del doctor Winnesberg, jefe del departamento, ni tampoco del informático Jobst Reutlin. Estaba allí sentada con un montón de nombres almacenados; para ver quién era quién en esa larga mesa, debería haber soltado toda la lista en alto y así saber con cuál de ellos se daba por aludido el hombre del bigote que estaba junto a Johannes. Para orientarme en aquella sociedad tendría que tomar la iniciativa, levantarme, darle un golpecito a la copa y rogarles a todos que volvieran a presentarse; esta vez de forma más pegadiza.

Poca cosa puedo hacer solo con los nombres, debería haberles dicho. Al fin y al cabo, no son más que sonidos que se van como el humo, por mucho que mi amiga Norma sea de otro parecer. Con mi falta de retentiva no hago más que constatar que no tiene razón, que ustedes, señoras y señores Schmiedel, Fehlau, Rübesame, Lechner, Worch y Maier-Oberried, hasta el momento para mí únicamente son sonidos que están aquí sentados comiendo, bebiendo y charlando, formas sonoras que espero y deseo que estén disfrutando de un rato tan agradable como el que yo misma estoy pasando en compañía de mi marido y sus colegas, amigos y ex compañeros de piso, sus conciudadanos desde hace casi dos años, con la salvedad de que no sé a quién van dirigidos mis deseos. Así pues, los animo a que se armen de fantasía y buen humor y a que nos relacionemos más y nos conozcamos mejor; con un montón de alemanes sentados a la mesa, la cosa no puede salir mal. Entonces, en mi confusa cabeza, cada olla encontraría su tapa, como dicen en mi patio.

—Está como ausente —dijo Corinna—. ¿Se encuentra mal? ¿He logrado aburrirla? No haga eso, por Dios, no hay motivo para ponerse roja. Imagino que aún se sentirá un poco perdida. Puede que la ayude hablarme de ello.

—Pensaba en cómo animar a la mesa para que charlaran —dije.

—No se preocupe tanto. Todo está yendo de perlas, eche un vistazo si no me cree —repuso.

Me di cuenta de que alrededor del florido mantel todos estaban charlando, comiendo y bebiendo animadamente. Nadie parecía echar nada en falta.

—Suponía que personas que comparten mesa, que están, como quien dice, bajo el mismo sol, querrían saber algo más de los otros aparte de sus nombres. Por eso pensaba en organizar algo en común, una especie de juego social en el que todos tuvieran la oportunidad de presentarse. Quién es quién en este jardín o, como diríamos en casa, contémonos nuestras vidas —dije, y acto seguido vacié mi copa.

—Pero no por decreto. Algo así surge espontáneamente, y si no hay ganas, no surge. ¿No cree?

—Aun así, me gustaría que ocurriese —dije.

—Se trata más bien de una cuestión individual, entre usted y yo, por ejemplo. Dejemos a los demás en paz. Se lo tomarían como una agresión, perdone que se lo diga, como un ataque a la libertad personal.

—Comprendo —contesté—. ¿Puedo ofrecerle un poco más de vino?

—Solo una gota.

Corinna apuntó con el dedo al vientre de su copa. Me esforcé por atenerme a la imprecisa marca, con la botella bien alta y sin balancearla. Luego llené mi copa hasta el borde.

El vino entraba cada vez mejor. Un intenso barullo de voces, las violentas carcajadas del hombre del bigote y de fondo el saxo tenor de Garbarek; antes era la música favorita de Johannes, y quizá siguiera siéndolo.

Las caras sonrosadas relucían bajo el sol de la tarde. Niños ruidosos de edad avanzada. Qué más quería, más segura no podía estar, no había nada de que protegerse. Calor a mi alrededor y calor en la tierra bajo los dedos de mis pies. Nadie iba a atacarme. No tenía que blindarme, no tenía que encerrarme en mi interior ni desaparecer como la diminuta mosca de antes. Dejarse llevar, integrarse, recostarse plácidamente. Solo que los bancos de la cooperativa vinícola no tenían respaldo.

Noté que Johannes me estaba mirando: ¿Ves? Lo hemos logrado. Hemos entrado en una sociedad que nos aprueba, solo con verte me pongo contento, ¿tú no? Asentí: Ahora ya sé lo que me espera, y esta copa también, todo es maravilloso, si pudiera recostarme, sería perfecto.

Cuando Johannes y el novio de Silvia Erlenbacher sacaron las sillas de casa y las distribuyeron por el césped, nuestro gato desapareció del jardín. Me senté bajo el nogal, arrimé un sillón de mimbre que había cerca y aguardé a que viniera Corinna Kling. Estaba de pie hablando con una pareja joven, los Lechner, los Schmiedel o quizá los Fehlhaus; fueran quienes fueran, se estaban despidiendo. Aún no había reparado en mí, todavía no había visto dónde me había sentado. Aunque estaba sola y apartada, no resultó difícil guardarle el asiento. La mayor parte de ellos ya habían formado grupitos, y los sobrantes estarían pensando a quién esperaba o sencillamente no hallaban motivos para mantener una conversación conmigo. Daba lo mismo, estaba ahí sentada, sola, como antes el gato; probé a mirar fijamente, como si estuviera observando un enjambre de cachipollas, y en cuanto Corinna se acercó al notar que la estaba mirando, supe con qué frase iba a recibirla: «Es hora de que sepa la verdad sobre mí».

Al menos tenía un principio. Cómo seguir era algo que ignoraba. Típico de ti, habría dicho Emilia, que sin embargo no hizo acto de presencia; tanto mejor, no quería que viniera, ahora no, me encontraba francamente bien, lo único que deseaba era contarle una historia a Corinna, a ella sola. Le haría prometer que no se lo diría a nadie. Le haría creer que estaba confiándole un secreto. Lo que pensaba, de nuevo una sarta de mentiras, habría dicho Emilia, que desde la madrugada del 18 de junio no había vuelto a aparecer, a lo que habría añadido: Tal y como lo cuentas, parece que quisieras transformarte en un gato presto a saltar sobre un ratón. ¿Cuándo has visto tú a un gato beodo?, le respondería yo antes de rogarle que desapareciera inmediatamente.

Corinna vino hacia mí. Su sonrisa era insegura; su andar, resuelto. Yo llevaba ventaja. Todo lo que dijera lo vería reflejado en un rostro incapaz de poner el gesto huraño con el que acompañé el movimiento de mano que la invitó a sentarse. Ella, en cambio, debería verlo.

—Es hora de que sepa la verdad sobre mí —dije—. Es decir, quisiera hablarle de mi vida.

—Con mucho gusto la escucharé. Tal y como había empezado, me había sonado a..., no sé, a amenaza. He llegado incluso a asustarme un poco. Perdone el malentendido. Ahora es su turno, faltaría más, antes he sido yo quien la ha aburrido con mis historias.

—No estaba aburrida, sino fascinada. Sentí lo mismo que cuando antaño hojeaba los libros ilustrados sobre otros países. Mientras la escuchaba, pensaba en que no habíamos vivido muy lejos la una de la otra, solo que usted lo había hecho en un florido oasis, y yo, en un desierto de arena.

—Vamos, no me diga eso —dijo Corinna Kling.

—Es la verdad —insistí—. Usted no conoce el este. Allí el desierto está por dentro, en las almas, ya sabe.

Me miró con extrañeza.

Bajé la vista al suelo. Me desconcertó que la tierra que asomaba entre la hierba fuera oscura, al igual que la arena amarillenta que me estaba imaginando, pero pronto se tornó blanca como la nieve, lo que me dio una idea de cómo continuar.

—Sobre un pedestal, el pobre se estaba congelando con su fina ropa, tenía los labios azules, podía haberse movido para combatir el frío, pero permaneció quieto, no dio ninguna señal de haberme visto guiñarle el ojo, siguió allí arriba tieso como un palo, soportando la ventisca junto a la descomunal cabeza, las antorchas y las guirnaldas aquel día de principios de marzo del cincuenta y tres. Ese invierno fue soviético, así que no había razón para sentir envidia, y, sin embargo, yo lo envidié con todas mis fuerzas por haber tenido ese gran honor; mi hermano mayor, enfundado en su uniforme de pionero.

Me detuve para que Corinna pudiera preguntarme por la edad y el nombre de mi hermano, quiénes eran los pioneros y por qué motivo permaneció quieto con el frío que hacía.

Entonces contesté: Trece, Karlheinz, una organización política infantil, la muerte de Stalin.

—Ah. Pero no alcanzo a comprender cuál era ese gran honor.

—Ser uno de los guardianes del altar funerario en honor de Stalin. Allí estábamos la mayoría, aunque no todos, algunos niños no asistieron, mi hermano y yo desde luego que sí. Entonces no sabía que ese día los ausentes respiraron aliviados, no como nuestra familia. Pero ya hace mucho de eso —dije, y luego guardé silencio.

—Es normal que los niños estén bajo la influencia de las primeras personas que toman como referente; por ello la responsabilidad ha de recaer sobre ellos y no sobre las criaturas —repuso ella.

Semejante parecer solo podía provenir de alguien que ha tenido que criar a sus hijos. Antes de que Edmund y Philipp vinieran al mundo, ni siquiera había pensado en esas responsabilidades. Hasta ese momento había ido por la vida haciendo eses como una mariposa, alegre y despreocupada, sin el peso de la maternidad. Pero no estábamos hablando de ella. Habíamos quedado en que era mi turno. Estaba interesada en saber algo más de mi familia, de mi relación con mis padres.

Se incorporó expectante.

Alargué la mano hacia la izquierda para coger la copa. Al ver que estaba vacía, cogí la botella. Se la ofrecí a Corinna, que la rechazó dándome las gracias. Así que me serví a mí sola. Me tomé un pequeño receso para pensar en mi familia. Madre, padre, hijo e hija, nadie más, con esos ya tenía bastante; ni siquiera sabía por dónde empezar. Eché un trago y reflexioné.

—La mayor parte de mi vida he tenido que arreglármelas sin un vino tan bueno. En eso, como en casi todo lo demás, el abastecimiento era escaso. ¿No quiere un poco más?

—Quizá luego. Ahora me gustaría saber algo más sobre su hogar paterno.

—Estaba en mitad de una hilera de casas, en un poblado obrero de los años veinte —dije—. Quizá sepa el aspecto que tenían. Todas las viviendas eran uniformemente angostas, pequeño pero mío, solía decirse, y eso que sus habitantes no eran los propietarios de las casas, lo que pertenecía al pueblo era el trabajo; el trabajo es de todos, por eso quien roba en el trabajo se está robando a sí mismo, decía mi padre. En los jardines la situación no era mucho más fácil. Tu chaval nos roba las peras, solía decirle la vecina a mi madre, que a su vez le decía a mi padre por la noche: Karlheinz ha estado robando en el jardín de los König. Entonces mi padre le imponía un castigo, nada de palizas, aunque se muriera de ganas; si los profesores no pueden pegar a los niños, tampoco los padres debemos hacerlo, la escuela y la tutela paterna deben ir de la mano, decía mi padre. Cuando en plena guerra vine al mundo, la figura del padre no existía en casa, como en casi todas las de alrededor. El día que cumplí cinco años, un extraño entró en nuestra cocina. Mi madre se puso a chillar. Me llevó un tiempo llamar papá a ese esqueleto cetrino y susurrante, mucho más que a Karlheinz, que en cuanto lo vio se hizo una bandera con un trapo de cocina y un palo y echó a correr por el vecindario gritando: ¡Hurra, hurra, padre ha vuelto!

—¿No tuvo más hermanos?

—No, solo ese. Cuantas más personas, menos espacio para vivir, ¿no es cierto? —dije—. Los abuelos vivían lejos: unos en Sajonia, y los otros en Niederlausitz. No tardaron en morir, la última en caer fue la madre de mi madre. Se llamaba Edith Barsig, mi gran amor de la infancia. También teníamos parientes en el oeste.

—¿Ah, sí? ¿Dónde?

—En algún lugar de la Baja Sajonia, no puedo precisar más, hace mucho que perdimos el contacto. No vamos a aceptar nada de los fascistas, ni siquiera regalos navideños, dijo un día mi padre. Entonces cogió a Karlheinz y se fue a correos a devolver los tres paquetes poniendo una cruz en la casilla donde ponía: «El destinatario rechaza la entrega». El incidente provocó una disputa en casa, lo recuerdo bien porque en plena riña mi madre me estrechó entre sus brazos. ¿Es que no piensas nunca en los niños? ¡Te importa un pito que sean felices con una onza de chocolate de verdad y un par de juguetes, aquí lo único que cuenta es tu maldito antifascismo! ¡Eres tú quien tiene hermanos en el oeste, no yo! ¡Si fueran mi familia, nunca los trataría así!, exclamó con lágrimas en los ojos. Yo sollocé todo lo alto que pude. Fue una bronca de las gordas —dije. Luego guardé silencio.

—Mis padres también discutían a menudo. Sobre otras cosas, claro —dijo Corinna—. Normalmente era mi madre quien daba su brazo a torcer, era muy conciliadora, como suelen ser las mujeres. ¿No era así en su casa?

—Todo parece indicar que mi madre trabajaba mucho y hablaba poco. Lo que dijera cuando no estábamos delante es algo que ignoro. Probablemente su discurso dependiera de si estaba en el punto de venta donde trabajaba, en los cursos que recibía o tomando café con las amigas del vecindario; fuera como fuere, en casa su opinión coincidía en lo esencial con la de mi padre. Él compartía las directrices del partido de principio a fin, y si se nos hubiera pasado por la cabeza criticarlas, las habría defendido a capa y espada. Como podrá ver, todo era de lo más sencillo. Reinaba la armonía. Éramos una familia bien avenida con un paladín de la lucha de clases a la cabeza.

Tuve que explicarle en qué consistía eso de ser un paladín de la lucha de clases. Me vi obligada a exponer las viejas frases doctrinarias por las que hasta ese momento no había sentido el más mínimo interés. No había contado con que la narración fuera a complicarse tanto. Volví loca a Corinna y me volví loca a mí misma, me sentí observada por figuras del pasado con el rostro borrado por el paso del tiempo, por mis primeros adoctrinadores, término que a su vez también tuve que explicarle a Corinna. Iba a ser inevitable que me metiera en un jardín si seguía dando esos pasos inciertos con la impresión de estar husmeando en un archivo perfectamente organizado donde era imposible encontrar algo, al menos no a primera vista, y mucho menos en la penosa situación en que me encontraba gracias al vino, por el que mi avidez crecía a cada instante.

—Será mejor que dejemos el materialismo histórico y volvamos a mi historia —dije con rotundidad—. Digamos que mi padre era un hombre sencillo con un pensamiento selectivo. Únicamente aceptaba aquello que confirmara sus propias convicciones. Las pruebas que pudieran esgrimirse en su contra solo servían para demostrar que el adversario era capaz de distorsionar la realidad o incluso de inventársela, o cuando menos malinterpretarla por no haber penetrado lo suficiente en su intrincada complejidad, pues era un hecho constatado por la praxis diaria y la actividad teórica que el capitalismo estaba condenado a extinguirse y que el futuro pertenecía al socialismo. Está más claro que el agua, solía decir mi padre. Ese dicho se me ha quedado grabado, como ese otro que seguro que usted también conoce, ese que se emplea para decir que algo es evidente: «como dos y dos son cuatro». Claro que para tu partido podrían ser seis, nueve o lo que en ese mismo momento decidieran, y cuantas más dudas alberguen, más alto gritarán en la manifestación del Primero de Mayo que dos y dos son cuatro, le dijo una vez Horst König a mi padre en una disputa desde su lado de la valla del jardín, a lo que este, rojo de ira, repuso que a él no le viniera con lecciones, que para él la lucha de clases no tenía secretos, que se la sabía de pe a pa, tan bien como que llueve hacia abajo. Y es que ya llevaba tiempo enfadado con su amigo Horst, concretamente desde la tarde en que le pregunté qué significaba ser un exaltado porque Bärbel König nos lo había llamado.

—¿De modo que podía haber una amistad entre los detractores y los partidarios del régimen y entre los hijos de unos y otros?

—En nuestro caso, lo cierto es que no. No éramos amigos de verdad; de hecho, no teníamos amigos, pero no nos dábamos cuenta. En cambio, nuestro padre siguió conservando los pedazos de esa amistad inviolable, aun a sabiendas de que König no era de fiar en lo que a política se refería y de que era un criticón impenitente. Así era mi padre: entregado sin reservas al progreso y a su vez el último en desprenderse de un trasto viejo o de una idea trasnochada. Siguió empecinado en llamar amigo a Horst König hasta que poco antes de que levantaran el Muro, este huyera al oeste con toda su familia; a partir de entonces pasó a ser un traidor cuyo nombre no debía pronunciarse.

—¿Cómo vivió su padre el hundimiento de la RDA?

—Por suerte para él, no lo vivió. Ya había muerto. En paz descanse —dije.

—¿Es que no lo quería?

—Pregúnteme algo más sencillo —dije con aspereza.

Noté que estaba empezando a sentirse incómoda. Miraba a los lados con la esperanza de encontrar a alguien que le devolviera la mirada, se acercara y la salvara. Pero los demás estaban sentados a cierta distancia, y parecía que incluso pasándoselo bien, así que nadie reparaba en nosotras. Todo estaba a mi favor. Corinna no se alejaría por sí misma. Mientras nadie la liberara, sería mía. La necesitaba. En su cara veía mi historia traducida en gestos. Estaba hablando y pretendía seguir haciéndolo, qué más daba ese hermoso espejo.

—Enseguida le contaré a quién quería —le dije—. Le ruego un poco de paciencia.

—No hay prisa ninguna —respondió.

Me escuchaba con atención, incluso en los momentos en que le costaba seguirme. Muchas cosas le resultaban ajenas, inescrutables, aunque, por otro lado, bastante ajustadas a su visión del este; no acababa de apañárselas con esa contradicción, no sabía si se estaba explicando bien. Por cierto, ahora sí que no diría que no a un poco de vino.

—Echando la vista atrás me doy cuenta de nuestro aislamiento. Mi padre no debía de ser lo que se dice popular en el vecindario, era un tipo con el que había que tener cuidado. Mi madre vivía por y para la familia y se atenía a lo que decía mi padre. Karlheinz era el vivo retrato de su padre, solo que más inteligente, ambicioso y frío. Creo que era el más desagradable de nosotros cuatro. En cuanto a mí, podría decirse que era una niña mona. En la escuela no era ni mucho menos una lumbrera, pero tampoco un zote, una medianía, vamos, ni admirada ni odiada. Solía pasar desapercibida, y cuando no, la cosa no duraba mucho. Mi madre sentía una especial predilección por mí, decía que había salido a la abuela Edith.

—Su primer gran amor —dijo Corinna—. ¿Qué más amores hubo luego?

—Lo que importa ahora es el silencio que reinaba en casa. Apenas hablábamos entre nosotros. Y cuando lo hacíamos, era sobre cuestiones prácticas: la escuela, el punto de venta de frutas y verduras donde trabajaba mi madre... Apenas hablábamos de política.

—Eso era así en la mayor parte de las familias, con independencia de que fueran del este o del oeste.

—Ya, pero se suponía que nosotros éramos unos exaltados; aunque mi padre no fuera un dirigente, sí que ocupaba un cargo en el partido, en el sindicato; al menos una vez a la semana llegaba a casa tarde porque había tenido una reunión. Mi hermano era secretario de la FDJ[11] en su escuela, la FDJ...

—Sé lo que es la FDJ —intervino Corinna—. Todo el mundo tenía que ser miembro, ¿no es cierto?

—Para nosotros la militancia era algo natural. ¿Qué motivo había para cuestionarla? Nuestro padre nunca cejaba en su empeño de concienciarnos. En lucha infatigable por el corazón y la cabeza de los hombres: así le gustaba imaginarse, ese era el mensaje que quería transmitir a las jóvenes generaciones. Le llenaba de orgullo ver a su hijo entrar en casa cargado de felicitaciones. Yo, en cambio, no tenía éxitos que comunicar, de modo que ahogaba en silencio mi fracaso. Pronto se vio que yo no estaba entre los fuertes de mi clase, antes incluso de que llegara la televisión. En aquel tiempo nunca escuchábamos las emisoras de radio del oeste, ni siquiera las de música clásica; no se debe beber champán en copas sucias, solía decir mi padre. Maria Sadony dijo que semejante estupidez solo podía salir de la boca de mi progenitor, a lo que Niels Löffler añadió: el Buey Rojo. Entonces los demás se echaron a reír; «Buey Rojo» era como se conocía popularmente a la prisión estatal. Y yo seguí ahí con ellos sin decir nada, ni una sola palabra en defensa de mi padre.

---

[11] FDJ *(Freie Deutsche Jugend):* la Juventud Libre Alemana era la organización juvenil oficial de la RDA. *(Nota del traductor).*

No sin razón había evitado contestar su pregunta de antes, me dijo Corinna.

—No lo odiaba, de eso estoy segura. Él era, cómo decirlo..., una circunstancia más. Teníamos que convivir, eso era todo. No era otra la relación que había entre mis padres. Walter es un buen camarada y un padre excelente, decía mi madre. Nunca la oí hablar de amor. Quizá ese sentimiento estuviera ahí, pero de ser así se lo guardaban para ellos, no daban muestras de él, no en el quehacer diario de esa vida que afrontaban juntos, habría dicho mi padre. Siempre en las cercanías de las chimeneas de la fábrica, a orillas de un río en el que nadie podía bañarse. Ya sabe: química y turba. En verano pasábamos dos semanas en el albergue de la fábrica, en el Harz, y luego conseguimos plaza en un campin del mar Báltico; eso ya fue la pera.

—¿No gozaba su padre de un trato de favor por ser funcionario?

—El pobre no tenía muchas luces. Mi madre le decía que tanto altruismo no hacía más que perjudicar a la familia. En cambio, a Karlheinz su discreción y humildad le parecían pura estupidez, él sí que sacaría tajada de pertenecer a la clase dominante, y no solo honores y distinciones. Y funcionó. Pronto llegó a oficial. No ganaba un mal sueldo y disfrutaba de todas esas cosas que mi padre nunca poseyó, pero que tanto le enorgullecían, pues eran claros indicios del creciente bienestar del obrero, desde un Lada hasta casa propia. Mi hermano consiguió la clase de poder que le interesaba: poder sobre sus subordinados. En el poblado se decía que de todos esos instigadores del llamado Ejército Popular el peor era el joven Kühne, mi madre lo contaba consternada.

—¿A qué se dedica ahora?

—Creo que es vigilante o portero de una finca. Ni lo sé ni me importa. Me basta con mis propias miserias —dije.

Volví a notar que Corinna se moría de ganas por incorporarse a la fiesta. Ahora estaban bailando. Johannes también; pude verle bailar dejándose inspirar por los movimientos de Silvia Erlenbacher, mientras la ex bailarina estaba sentada esperando pacientemente a que terminara mi historia. Ya estaba bien de hablar de la familia. Ahora era el turno del amor. Y no solo de eso, pensé. Tanta atención prestada merecía una recompensa.

—A pesar de todo lo dicho de mi padre, mi madre y mi hermano, la lacra de la familia soy yo. Mi perdición comenzó una tarde de octubre de hace veintiocho años. Entonces yo estaba en la universidad, en segundo curso, y vivía en Leipzig, en una habitación amueblada que tenía que desalojar en época de feria para que la ocupara un inquilino que venía todos los años; de todos modos, coincidía con las vacaciones de la universidad. Antes de empezar el curso académico, había que participar en la recogida de la patata en los campos de labranza del norte, enormes planicies surcadas por máquinas que avanzaban desenterrando patatas que íbamos recogiendo en unas cestas que luego vaciábamos en otras cestas más grandes que a su vez volcaban los mozos en un contenedor que tardaba una eternidad en llenarse, lo mismo que el tractor que nos traía la comida en los descansos, que tardaba en recorrer un trecho tanto como nosotros en llegar al final del campo, donde dábamos la vuelta y seguíamos recolectando por el siguiente surco, encorvados y cargando con las cestas, ocho horas al día; por la noche estábamos derrengados, y a la mañana siguiente nos levantábamos aún más cansados: escuadrones en la batalla de la recogida o alegres estudiantes que después de tres semanas abandonaban los inmensos campos para volver a la ciudad, la cual después de la feria siempre parecía lánguida y ajada. No obstante, a mí me parecía un lugar encantador. No estaba lejos de mi pueblo, pero era otra cosa. Grande y espléndida, una ciudad que no me cansaba de alabar delante de mis padres, del mismo modo que ellos la habían estado alabando durante años. El monumento a la Batalla de las Naciones, la Bodega Auerbach, la iglesia de Santo Tomás, el zoo, la ópera, el Museo Dimitroff, los comercios..., mucho más de lo que me había imaginado. Tenía que poner todo el empeño del que fuera capaz en las clases, los seminarios y el trabajo en la FDJ, estaba en deuda con los obreros, ellos eran quienes costeaban mis estudios.

—¿No había espacio para las pequeñas libertades? ¿No había distracciones? Me cuesta trabajo imaginar una juventud tan gris —dijo Corinna—. No es que no dé crédito a sus palabras, no es eso. Lo que pasa es no acabo de entender cómo con todas las privaciones, abusos e imposiciones que, según usted me cuenta, soportaban los del este, aún pudieran aceptar esa vida de buen grado, como víctimas responsables, podría decirse.

—Me está entendiendo perfectamente —dije al tiempo que alzaba mi copa dedicándole el trago—, y creo que yo también entiendo sus dificultades. ¿Acaso no deseamos todos un poco de claridad? ¿Amar u odiar? Las víctimas inspiran compasión, y los verdugos, repulsa. ¿Qué hacer con las víctimas responsables? Aquí nos movemos entre dos aguas, lo cual resulta ser bastante incómodo, lo he notado en usted, y lo peor aún está por venir. Me encontraba, como le decía, iniciando mi segundo curso. A pesar de no ser la mejor estudiante, a tanto no llegaba, era animosa y disciplinada. Tenía remordimientos cuando me quedaba dormida y me perdía la primera clase y no iba demasiado al cine ni de bares con los que estaban ávidos de distracciones y de hacer lo que les viniera en gana. Un poco de eso hace falta para vivir, entiéndame, pero a mí me bastaba con un té y un pastelillo en el café adonde solíamos ir en las horas libres, comprarme una ensaladilla o un trozo de queso de camino a casa y pasarme las tardes estudiando en mi cuarto. La casera estaba encantada conmigo. No hacía ruido, no fumaba, pagaba puntualmente el alquiler y no venían hombres a visitarme. Por eso mismo debería haberme extrañado, e incluso alertado, que hubiera dejado pasar así como así a un extraño. Llamó a mi puerta y exclamó: ¡Tiene visita!, para luego desaparecer antes de que abriera. El hombre entró en mi cuarto. Tenía los ojos azules y el pelo oscuro, era delgado, no muy alto y en su barbilla había una pequeña hendidura.

—Un hoyuelo —puntualizó Corinna.

—Lo miré fijamente. No podía creer lo que veían mis ojos; tenía delante de mí a Gérard Philipe, sonriéndome y pidiendo permiso para sentarse. Era como en el cine, pero al ser real resultaba mucho más hermoso. Encima de la mesa estaban mis libros, mis cuadernos y los restos de un bocadillo sobre un periódico plagado de manchas de grasa. No me salían las palabras. Quería quitar de en medio todas esas cosas, pero él ya se había sentado junto a la mesa. Cogió uno de mis libros y dijo que mis lecturas eran muy interesantes, luego me pidió disculpas por las molestias que pudiera haberme ocasionado y se presentó: Georg Ohmann. Dijo que no iba a entretenerme mucho, solo había venido para hacerme un par de preguntas referidas a mis estudios. Como era natural, no estaba obligada a contestar. Solo se trata de una charla informal, todo lo que diga quedará entre nosotros, dijo volviendo a sonreír. Hizo sus preguntas, escuchó con atención y de pronto se levantó; ya me había robado media hora de mi precioso tiempo. Ni siquiera se había dado cuenta, el tiempo pasaba volando en compañía de alguien tan agradable. Me preguntó si podía volver a visitarme de vez en cuando. Claro, cómo no, dije yo.

—¿No le resultó todo un tanto sospechoso?

—No veía el momento de volver a verlo. Aguardaba nerviosa que llegara ese día sin saber cuándo iba a ser. Dejé de ir a las clases vespertinas, limpiaba el cuarto todos los días y pasaba horas delante del espejo. Me armé de valor e intenté guardar la calma, pero a la semana languidecía porque aún no había vuelto a aparecer. No era una chica a la que asediaran los admiradores. Resultaba increíble que precisamente un hombre como él se hubiera fijado en mí.

—¡No me diga que no se olió nada!

—¡Qué más daba! Lo único importante era que había sucedido un milagro, que el hombre más guapo del mundo había elegido para hacer una visita el cuarto de una estudiante que vivía en casa de la viuda Wackenberg y que el tiempo se le había pasado volando en compañía de alguien tan agradable como yo, eso había dicho.

—¿Y qué más le dijo aparte de eso?

—¿Se refiere a qué me preguntó? Acababa de irse y ya se me había olvidado. Fuera lo que fuera me pareció que carecía de importancia. Solo podía pensar en ese rostro, en esas manos apoyadas en mi mesa. Me imaginaba los brazos a los que pertenecían esas manos, los hombros, todo el cuerpo, y a mí misma estrechada entre esos brazos, acariciada por esas manos. Cuando por fin mi sueño se hizo realidad, no se me vino abajo rompiéndose en mil pedazos; fue aún mejor de lo esperado.

Corinna frunció el ceño.

—No me puedo creer que en la Stasi hubiera hombres dignos de ser amados —dijo.

—¿Quién ha dicho que lo fuera? —repuse—. Lo amaba. Lo demás daba igual. Hice todo lo que me pidió. Fui confidente, traicioné. Y todo por amor. Eso fue lo que pasó.

—No tan rápido. Vayamos por partes. De modo que volvió. ¿Qué pasó después?

—Fuimos a un parque que quedaba cerca, nos adentramos en el frondoso follaje, nos sentamos en un banco. Aún hacía calor. Ese año tuvimos un otoño precioso. Le hablé de mi casa, de las tardes llenas de humo en que quemábamos rastrojos en el jardín y de cuando jugábamos al escondite al anochecer. Georg me habló de la paz, de que debíamos guardarla como oro en paño. Me habló de la amenaza de nuestro adversario, que aprovechaba cualquier medio a su disposición para hacernos daño porque sabía que el nuevo orden que estábamos construyendo era tan incompatible con el viejo como el fuego lo era con el agua. Lo que decía no me era ajeno. Usaba las mismas expresiones que mi padre. Lo único que quería era que siguiera hablando junto a mí en ese banco, que notara que era toda oídos y que sus ideas eran las mías. Quiero servir a la paz, le dije. Los siguientes encuentros tuvieron lugar en el bar de la estación y en un café que acababan de abrir. A partir de noviembre empezamos a vernos en un pisito de la zona norte de la ciudad.

—He oído hablar de esas reuniones conspirativas —dijo Corinna—. ¿No acabó resultándole siniestro? ¿No intentó echarse atrás? ¿Tan fuerte era el miedo? ¿La amenazó, la chantajeó? ¡Qué barbaridad! Los hay que no se detienen ante nada.

—Yo tampoco —afirmé.

Corinna retrajo el brazo que había extendido para que le llenara la copa.

—Fue el último día de las vacaciones de Navidad. Estaba de pie delante de Georg Ohmann, en nuestro piso franco. Ya no aguanto más, le dije. Quiero acostarme con usted, aquí y ahora. De lo contrario no volveremos a vernos. No dijo nada, no hizo ningún movimiento. No sé cuánto tiempo pasó. Me latían los oídos. Me apoyé en la puerta y le miré a la cara. Vi cómo al fin empezó a sonreír. ¡A sus órdenes!, dijo, y luego me estrechó entre sus brazos. Para mí fue el comienzo de una nueva vida. Tenía un amante con el que me veía a escondidas siempre que podía. Demasiado poco en comparación con mis ganas. A veces cogía el tranvía hasta la zona norte y me paseaba por delante del portal, subía hasta el tercer piso y me quedaba delante de esa puerta en la que había una plaquita donde ponía: «S. Neumann»; nunca la atravesé sola. Una vez vi desde abajo que había luz. Llamé a la puerta. Abrió un hombre de pelo gris que al instante me resultó antipático; su voz atronaba y era desagradable. Le dije tartamudeando que me había confundido y salí corriendo. Que sea la última vez, me dijo Georg inmediatamente después de saludarnos en el siguiente encuentro. No voy a tolerarte ni una tontería más. A partir de entonces cumplí minuciosamente con mi cometido. Empecé a juntarme con los demás, me fui de bares con ellos. Entré en contacto con una pareja que iba a uno de mis seminarios y gracias a ellos pude participar en una tertulia que se celebraba cada vez en casa de alguien distinto; así fue como pude asistir a recitales, lecturas y discusiones filosóficas. Al llegar a mi cuarto, escribía informes con todo lo que había podido asimilar de esas charlas y con la impresión que me habían causado los asistentes. Me tranquilizaba comprobar que la paz no estaba en peligro. Pese a su confusión ideológica, ninguna de esas personas suponía un riesgo para la seguridad de nuestra nación; nadie estaba planeando un atentado o huir del país. Georg me hacía leérselos. No tardé en darme cuenta de que mis apreciaciones no le interesaban demasiado. En una ocasión me dijo que la valoración del material era cosa suya; yo debía limitarme a recopilarlo escrupulosamente. La tarea exigía dedicación. No quería ni podía dejar los estudios. No dormía lo suficiente, y casi había perdido por completo el apetito. Adelgacé mucho, lo que provocó que mi madre se asustara. Eludía sus preguntas. No podía decirle por las buenas que el motivo era que suspiraba por mi superior. Fuera de nuestros encuentros, él me era completamente inaccesible. No sabía dónde vivía ni si tenía mujer e hijos; ni siquiera sabía su verdadero nombre. Si la próxima vez volvemos a tardar tanto tiempo en vernos, soy capaz de liarme la manta a la cabeza y buscar por toda la ciudad a Georg Ohmann, le dije una noche. Se echó a reír. Podía estar segura de que buscando ese nombre jamás lo encontraría, me dijo. Además, habíamos llegado a un acuerdo que lo dejaba todo bien claro. Esos eran los férreos límites contra los que, llena de rabia y esperanza, chocaba una y otra vez. Luego pasó lo que tenía que pasar.

La narración decaía. Ya no tenía ganas de seguir hablando. Al principio el vino nubló mi mente, luego me inspiró durante un rato, ahora lo único que hacía era darme sueño.

Corinna me miró completamente despierta y me dijo: Se quedó embarazada, ¿no es cierto?

—Sí, así fue. Por primera y última vez en toda mi vida. Enseguida noté que estaba embarazada. El resto puede imaginárselo.

—Él la obligó a abortar, ¿verdad? Usted quería tener el niño, pero no sin su padre. Esperaba que su embarazo cambiara las cosas y que ese tal Georg Ohmann lo dejara todo por usted. Pero él la obligó a elegir (resulta atroz constatar lo que los hombres entienden por una elección), y la amenazó con desaparecer de su vida no sin antes encargarse de que quedara señalada para siempre como una de las putas de la Stasi. Perdone la expresión, pero estoy casi segura de que fue la que él empleó. Entonces usted, sumida en la desesperación y sin saber qué hacer, aterrada por la posibilidad de verse sola y en peor situación que otras mujeres en su estado, terminó accediendo. Quisiera retractarme de lo que dije antes sobre las víctimas responsables —dijo Corinna—. En mi opinión, usted no es responsable de nada, solo es una trágica víctima que fue herida justo donde las mujeres somos más vulnerables. Estaba indefensa, a merced de ese mundo de hombres que era la Stasi. Por eso su triste sino ha de salir a la luz.

—¡No, eso no, por favor! —exclamé con una claridad y una viveza propias del miedo—. Le he contado mi historia a usted y solo a usted. He confiado en usted, ¿comprende? Tiene que prometerme que no va a decirle a nadie ni una palabra de esto. Johannes no sabe nada y quiero que siga siendo así. Además, creo que se ha formado una imagen errónea de mí.

—¿En qué sentido?

—Una demasiado buena. Pues, en primer lugar, accedí fácilmente a abortar. Admito que acabé sumida en la desesperación, pero eso no sucedió hasta que tres meses después acudí a la cita fijada y no apareció Georg, sino el hombre del pelo gris, que se presentó como Kurt Mahlke. Su predecesor había sido destinado fuera del país, me dijo. Ahórrese las preguntas, por favor. La sensación de abandono fue total. No podría decirle qué sucedió ese otoño ni el invierno que vino después. Es como si esa época hubiera sido absorbida por un agujero negro. Mi cuerpo me ayudó, ahora lo sé: apatía y múltiples enfermedades que convencieron a Mahlke de mi incapacidad. A partir de abril desapareció. Desde entonces no volvieron a molestarme, lo cual quiere decir que no volvieron a requerir mis servicios, aunque nunca se me destituyó oficialmente. Yo seguía anhelando el regreso de Georg; me lo encontraba en sueños. El corazón se me paraba cuando me cruzaba por la calle con algún hombre que me lo recordaba. Iba a ver todas las películas francesas que llegaban hasta nuestro pequeño y aislado país. Ninguno de esos actores que idolatraba, ni siquiera Gérard Philipe, resistía la comparación con Georg Ohmann, a quien sin embargo olvidé al conocer a Johannes.

—¿Y en segundo lugar? ¿Qué más hace que mi imagen de usted sea tan positiva?

—Lo principal: el amor. Venga a darle vueltas al amor. El amor por aquí, el amor por allá... Lo que yo hice fue delatar y traicionar, por más que entonces no lo viera así.

En eso tenía razón, me concedió Corinna. Pero no había que olvidar que tenía mis motivos; y tampoco que todo aquello debió de tener sus consecuencias. De ahí su pregunta: ¿A quién perjudicó con sus informes?

—Creo que a nadie. Que yo sepa, ninguna de las personas que cité en mis informes fue encarcelada o interrogada. No era mi intención hacer daño a nadie. Me hubiera gustado decírselo a alguno de ellos. Ni siquiera éramos amigos, pero, aun así, con mucho gusto les entregaría a esos desconocidos todo el material que recopilé minuciosamente por mi amado y por la paz para que sacaran sus conclusiones y tomaran las medidas que creyeran oportunas. Puede que eso ya haya pasado sin que yo lo sepa. Seguro que a estas alturas los espiados ya han leído sus expedientes. Se habrán tropezado más de una vez con una persona que apenas recordaban, igual que yo me acuerdo vagamente de toda esa gente, y entonces, poco a poco, habrán caído en la cuenta de que era esa la que se había colado en sus casas y se había sentado junto a ellos con cara de no haber roto un plato en su vida con el único propósito de controlarlos y delatarlos, de que era ella quien se ocultaba bajo ese nombre falso que junto a las siglas IM[12] aparecía constantemente en su expediente.

—¿Cuál era su seudónimo?

—*Norma* —respondí.

—¿Lo eligió usted misma?

Me quedé quieta, allí sentada, esperando a que cayera un rayo del cielo que atravesara la copa del nogal y me fulminara; lo último que vería sería el jardín de noche, los faroles del porche, los ojos del gato, que acababa de salir del seto y venía hacia mí, y Corinna Kling, que se había echado una chaquetita de seda sobre los hombros, había abierto la boca como para decir algo y luego se había mordido ligeramente el labio inferior con las paletas. No sucedió nada. Al rato escuché:

---

[12] IM *(Inoffizieller Mitarbeiter):* colaborador oficioso de la Stasi. *(Nota del traductor).*

—¿Qué sucede? ¿Se encuentra mal?

Negué con la cabeza. El gato se restregó contra mis piernas, sentí su cálido pelaje. Entre el barullo formado por palabras y sonidos, pude oír claramente la voz de Johannes gritar: ¡Me he perdido! Los demás le rieron la gracia.

—Me gustaría dejarlo aquí —dije.

Me miró con compasión; también dejó traslucir un poco de preocupación y de tristeza. Sentí deseos de volver a serenar su rostro, de poder volver a mirarme en un espejo intacto, pero no se me ocurrió nada; el deseo se disipó.

—Una historia terrible —dijo ella.

—Sí —repuse—. Me habría encantado tener una travesía más agradable por esta tierra. Gracias por haberme escuchado pacientemente. Si no fuera por usted, nunca habría contado mi historia.

—Ha sido un placer. No, no ha sido un placer, más bien ha sido una experiencia que nos ha acercado mucho más, aunque aún tengo que digerir todo lo que he escuchado.

—¿Vamos con los demás?

Le pareció una idea estupenda. Me ayudó a levantarme cogiéndome por debajo de los brazos y luego, sin despegarse de mí, me condujo hasta una butaca donde me desplomé. Ella se sentó junto a su marido y el hombre del bigote. Nos recibieron con los típicos comentarios sobre los secretitos de las mujeres, nos animaron a probar la deliciosa macedonia y nos preguntaron qué música queríamos oír. A mí me da igual, estoy borracha, dije. Georges Brassens, dijo ella. Lo siento, no lo tengo, dijo Johannes. Pues entonces Phil Collins. Finalmente me dejaron en paz. Observé que las polillas y las mariposas nocturnas zumbaban alrededor de los faroles. Eché de menos al gato. Exceptuando al señor Winnesberg y a la parejita que se despidió nada más terminar la cena, todos los invitados seguían allí. Parecían acalorados, rendidos, como unos niños después de una batalla de almohadas. Les brillaban los ojos. Ahora hablaban en voz más baja, ya nadie bailaba.

Johannes me trajo un expreso. Se sentó sobre el brazo de mi butaca. ¿Qué haces?, me preguntó. Estoy borracha, repetí. Pero tu fiesta ha estado fenomenal. Me acarició la nuca. Luego se levantó, sirvió el café a los demás y al rato volvió con un jersey. Me pareció que tenías frío, dijo, y nada más decirlo empecé a sentirlo. Los demás aún tenían calor. Vi brazos desnudos y camisas remangadas, solo Corinna llevaba puesta la chaqueta. A la luz pude ver de qué color era: un verde oscuro, casi negro, que hacía que su vestido pareciera blanco. Los pendientes de coral oscilaban cuando movía la cabeza. No recordaba que antes los llevara. Recordaba un rostro de lo más expresivo en el que las orejas pasaban desapercibidas. Era como si Corinna se hubiera quitado las joyas para escucharme. Ahora quienes escuchaban eran Peter Kling y el hombre del bigote; les estaba contando algo haciendo uso de todo su repertorio de gestos mientras ellos no paraban de reírse. Tan alegre y resuelta, de vuelta en ese mundo que le era tan familiar, sentada al otro lado del porche. Pronto habría olvidado o borrado de su memoria esos momentos tan deprimentes que había vivido a mi lado; con ella mi historia estaba a buen recaudo, pensé, y dejé que ese pensamiento me arrullara como antaño una nana o un beso de buenas noches.

NOTÉ QUE ALGUIEN ME OBSERVABA. OÍ LA VOZ DE UN HOMBRE A lo lejos. Venía de abajo, como de un pozo. Luego oí otra voz, también venía de abajo, pero de más cerca, y no resonaba tanto. Escuché también pasos provenientes de otra dirección, el repiqueteo de unos tacones altos sobre el empedrado, un caminar que reconocería con los ojos cerrados. La mirada que notaba venía de arriba. Abrí los ojos. Junto a mi cama estaba Norma.

—Al fin. Ya era hora. Estaba a punto de despertarte.

Se inclinó sobre mí. La atraje hacia mí, la abracé, intenté decir algo. Me acarició la cabeza, la cara, su melena me tapó la claridad que venía de fuera. Me dijo: Venga, ya pasó, estoy aquí contigo; como si por mis gemidos ya supiera lo que había pasado. Como si ya le hubiera dicho: Pensé que me habías abandonado, precisamente ahora. Dejé que me acariciara, clavé los ojos en esa mata de pelo y lloré hasta que no me quedaron más lágrimas.

Luego Norma se sentó en mi cocina, junto a la ventana abierta. Tras ella el cielo, los tejados, las chimeneas y las copas de los álamos que Johannes había bautizado con el

nombre de Drei Gleichen. Estaba sentada en la vieja banqueta de las hermanas König con las piernas estiradas y
ligeramente abiertas, como queriendo imitar la inclinación
de las patas del taburete, con la cabeza gacha y balancean-
do el torso. Cuando se echaba hacia delante, sus manos
recorrían sus muslos hasta llegar a las rodillas y los tirantes de la blusa se deslizaban por sus hombros. Me apoyé
en la nevera. Les soplé a las tazas de té verde que tanto nos
gustaba tomar. Norma se balanceaba a la espera de que
empezara a hablar.

La espera aún no estaba cargada de impaciencia. El
silencio entre nosotras era fácil de mantener y nos permitía seguir al tanto de los ruidos del patio, de los pasos y de
las voces. Escuché a Neumann y a la señora Klarkowski,
hablaban alto, no mucho más que la música que salía por
las ventanas abiertas, pero lo suficiente para atraer a Traute Müller, que ahora intervenía a gritos en la bronca apoyando enérgicamente a su amiga, hasta que, todos a la vez,
los hombres del jardín del rincón gruñeron: ¡Haya paz! Más
allá de sus gruñidos se oía el murmullo de la calle. Y eso
era todo. En ese concierto improvisado no se oía a nadie
barrer ni arrastrar bolsas, ni ningún tintineo o traqueteo;
no había ni rastro del portero, que ya llevaba un tiempo de
vacaciones.

     —De pronto Johannes apareció detrás de mí —le dije a
Norma.

     Karlheinz Kühne, ¿te suena?, preguntó, aunque en rea-
lidad no era una pregunta. Ya sabía la respuesta; lo único
que quería saber era qué historias le había contado a Corinna. ¡Y no te andes por las ramas! Estaba ahí de pie, como
cerrándome el camino hacia la puerta. Yo estaba trabajando. Le había oído entrar, tarde, como siempre. Me sor-

prendió que no entrara de inmediato a saludarme, pero pronto dejé de pensar en ello y seguí traduciendo. Estaba con Saint-Just y sus amigos. Había llegado a una frase que se cuestionaba si Saint-Just era tan inocente como para creer que un buen hijo tenía que ser por fuerza un buen ciudadano. Aún estaba con esa frase cuando Johannes entró en la habitación obligándome a interrumpir mi trabajo; ayer por la tarde, a eso de las nueve.

Karlheinz Kühne, insistió. Soy todo oídos.

—Los pensamientos fueron viniéndome lentamente, como a cámara lenta. Primero: Corinna me había traicionado. Segundo: ¿por qué Johannes había empezado el interrogatorio preguntándome por un personaje secundario? Sin duda se trataba de un interrogatorio. Yo soy quien hace las preguntas, me contestó cuando le pregunté qué le había contado Corinna. Al final acabé enterándome de que Peter Kling se lo había confiado a escondidas durante la comida. No me dio tiempo a reflexionar sobre la expresión que acababa de emplear Johannes; repentinamente me agarró por los hombros.

¡Quiero la verdad!, gritó. ¡Y si no quieres decírmela, te la sacaré a palos!

—Le creí capaz. Hasta ese momento jamás había imaginado que Johannes fuera a pegarme.

Norma dejó de balancearse. Se quedó echada hacia delante con los tirantes de la blusa caídos y, sin siquiera alzar la cabeza, me dijo que eso no había quien se lo creyera. Luego se incorporó y se echó para atrás el pelo.

—Vayamos por partes —dijo—. ¿Quién es Corinna?

—La mujer de Peter Kling.

—¿Y quién es Peter Kling?

—Un amigo de Johannes.

—¿Y quién es Karlheinz Kühne?

—Mi hermano en la historia que le conté a Corinna, la misma que luego ella le contó a su marido y que a su vez este le confió a escondidas a Johannes.

—¿De qué historia me hablas?

—Le conté a Corinna Kling una sarta de mentiras, una historia infame. No me hagas repetírtela, por favor, no podría soportarlo.

—Haz el favor de calmarte —dijo Norma—. Yo no soy Johannes. Anda, ven aquí y siéntate. Quizá puedas contarme al menos por qué te inventaste ese cuento. El argumento no me importa lo más mínimo.

Le hablé de las semanas que pasé con Johannes, del viaje de vuelta, de la fiesta en el jardín. Lo hice con tal detenimiento que solo alguien tan paciente como Norma podría soportarlo. Haciendo una elipsis le conté con todo lujo de detalles mis recuerdos sin mencionar lo principal, el motivo, que era justamente por lo que me había preguntado. Quizá tú logres descubrir lo que me empujó a inventarme esa historia que no quiero contarte, pensé, y seguí describiéndole cómo me senté bajo el nogal a esperar a Corinna y la recibí con la frase «Es hora de que sepa la verdad sobre mí».

—¿Por qué la recibiste precisamente así?

—Ni idea, te lo juro. En ese momento no sentía deseos de hablar de mí ni ganas de mentir. La frase vino como de fuera. Fue ella la que me impulsó a contar algo que pegara con ese comienzo. Intenté explicárselo a Johannes. La forma me vino dada, el contenido fue saliendo solo, paso a paso.

¿Qué quieres decir con ese «fue saliendo solo»?, dijo Johannes. Eres tan cobarde que ni siquiera te responsabilizas de lo que tú misma urdiste, tú solita.

No fui yo sola.

Me meneó y exclamó: No pretenderás hacerme creer que un ser extraño te fue dictando esa historia, ¿verdad?

Más de uno, repuse. A algunos los conoces. Yo misma intervine, por supuesto, pero también Corinna con sus preguntas y su comprensión.

¡Esto ya es demasiado!, gritó. No te basta con haber liado con tus malas artes a la pobre Corinna, que te acogió amigablemente y sin dobleces. ¡Ahora además pretendes hacerla responsable de tus mentiras!

Me inspiró, sin saberlo, inocentemente si quieres, respondí cada vez más tranquila.

¿A eso lo llamas tú inspiración? ¿Y cómo llamarías a tu abuso de confianza, a tus chantajes para que guardara silencio, a tu infame hipocresía? Con tal de que no llegara a mis oídos, Corinna se lo habría tragado. Pero no pudo aguantarse y lo soltó. ¿Sabes por qué? Porque quería ayudarte. ¡Ayudarte a ti, precisamente a ti! Ese fue el único motivo por el que habló con Peter y por el que Peter ha quedado hoy conmigo a comer.

Ya veo. No cabe duda de que el plan de ayuda está en marcha, dije.

—Podías haberte ahorrado el comentario —dijo Norma.

—Fue la gota que colmó el vaso. Johannes estaba fuera de sí. Sabía que tenía razón, pero como me estaba atacando, opté por defenderme. Lo último que quería era comprenderme.

Aunque quisiera, ¿puede saberse qué explicación podrías darme?, me espetó.

—Le dije lo primero que se me ocurrió: que estaba harta de servir de contenedor para que echaran su compasión y sus consejos, que estaba hasta la coronilla de encarnar un tópico o de ser un bicho raro, que no quería llevar a todas partes esa pesada maleta y que o la cambiaba por otra o seguiría cargando con ella el resto de mi vida.

De modo que deshice el equipaje y me libré de mi identidad. Hablo en sentido figurado, no sé si me has entendido.

Ni una palabra, dijo Johannes. Sin embargo, como sé que no eres una desequilibrada, no tengo más remedio que entender tu palabrería como un intento de ocultar algo que por otra parte resulta evidente: tu alevosía. Con el bombo que le diste a lo de la confidencialidad de tu confesión y ese melodrama en el que te adjudicaste el papel más miserable, ¿cómo iba Corinna a olerse el pastel?

—Me sentí ofendida. Ciega de ira, empecé a darle vueltas al asunto. Me atreví a afirmar lo que no eran más que conjeturas: tras esa fachada amigable no había más que recelo; todos los allí presentes estaban corrompidos por dentro. Mis suposiciones se habían confirmado con una deprimente rotundidad; mi verdadera historia jamás de los jamases habría gozado de tanta aceptación como el esperado montaje a base de escenas de terror que conté.

En vez dar pie a la sospecha de que iba falseando y maquillando los hechos según los contaba, decidí mentir de antemano. ¡Y me creyó! Y apuesto lo que quieras a que todos tus invitados habrían reaccionado igual que Corinna. A estas alturas ya estarán todos al tanto; ¡esos estirados que se creen únicos y que piensan que el este está poblado de estereotipos!

—Johannes no decía nada. Noté que mis explicaciones le rebotaban. Debería haber dicho: La verdad es que no sé por qué le conté esas cosas, ni siquiera sé lo que dije. Pero lo que exclamé fue: ¡De qué sirven mis palabras si te resbalan! Lo que quieres es oírme decir: Lo reconozco, soy ruin y desagradable, de otra forma no se explica mi comportamiento. ¡Eso es lo único que quieres oír!

Si es la verdad, sí, respondió. Aunque tampoco serviría de mucho: el daño es irreparable.

—Hablaba en un tono bajo y sosegado.

Sopeso las palabras, me dijo. Después de haberte escuchado, he alcanzado a comprender por qué no eres capaz de explicarme nada. Al fin lo he entendido. Haces como si tuvieras que justificarte por tus mentiras. Qué más dan, no son importantes, son mero envoltorio. Lo esencial, lo que yo no debía saber, en cambio es cierto. Lo que le contaste a Corinna es tu verdadera historia. Fuiste IM...

—No pudo continuar. Estaba frente a él, muy cerca. Le di dos bofetones, uno en la mejilla izquierda y otro en la derecha. No se defendió. Debió de tensar los músculos de la cara. Fue como pegarle a una pared, la palma de la mano me ardía. Retrocedí esperando el contraataque. Johannes pasó a mi lado en dirección a la puerta. Allí se giró.

Tienes suerte de ser una mujer, dijo. ¿Qué esperabas, que te diera una paliza?

—Se encerró en su cuarto. En cuanto clareó, llamé a un taxi y me fui. El resto ya lo conoces.

Norma asintió. Se quedó mirando fijamente al suelo, a un punto donde el linóleo tenía unas quemaduras. Su silencio me resultaba insoportable.

Me puse a fregar las tazas de té. Dejé correr el agua sobre mis manos hasta que estuvieron tan frías como la mañana en que junté todas mis cosas; me obligué a pensar en todo lo que había llevado para traérmelo de vuelta, el libro y el disquete ante todo, el fruto de tres semanas de trabajo, me dije en voz alta a mí misma, y todas tus pertenencias, llévatelo todo; si no, nunca lo harás. Tenía las manos entumecidas, todo lo que cogía se me caía al suelo. Los pies se me enredaban en las prendas de ropa que sobresalían de la bamboleante maleta. Cuando intenté sacarla afuera, mi rodilla chocó contra ella y se abrió de golpe. Tuve que volver a recomponerla, alternar las cosas duras con las blandas; encima de todo, el libro, en cuya cubierta podía verse el rostro afeminado de un revolucionario de hacía doscientos años. Entonces reparé en que esa era la primera imagen que había visto cuando llegué a ese piso tan luminoso y deshice la maleta. Cerré el grifo y me giré hacia Norma con las manos mojadas.

—Di algo —le supliqué—. ¿Qué piensas?

Levantó la cabeza como si la hubiera sacado de un matorral y dijo claramente, remarcando las erres: Hórror vacui.

Aguardé expectante. No solía emplear extranjerismos, y cuando se decidía a hacerlo, les daba un significado que no había quien pillara. Se levantó y puso la banqueta bajo el alféizar.

—Justamente eso es lo que el hombre no puede soportar —dijo dándome la espalda—. Una acción sin un motivo reconocible. Por eso ha de rellenar ese hueco con algo; es comprensible —comentó mientras se asomaba al patio—. ¡Ha llegado el progreso! —gritó—. ¡Una mujer en el jardín del rincón! ¡Pero qué ven mis ojos, si es Hännin!

Me asomé a la ventana junto a Norma. La señora Klarkowski estaba sentada en la mesa de los bebedores de cerveza. Resplandecía bajo el rojizo sol, que no tardaría en ocultarse tras la fachada lateral de la casa. No había ni rastro de Neumann.

—Lo ha dejado fuera de combate, ¡bravo! —exclamé—. Atenta, Norma. Seguro que ahora viene esa canción, *Los pescadores de Capri*.

Así fue. Ahí abajo todos cantaron el estribillo, Norma y yo también nos sumamos, pero sobre todas las voces se alzaba la de Traute Müller, que desde su salón se movía de un lado a otro como mecida por las olas: ¡*Bella, bella, bella Marie*, no me olvides nunca!

—¡Y tú a mí tampoco! ¿Me oyes? ¡No me olvides nunca, nunca! —le dije a Norma apoyando la mejilla en su hombro desnudo.

Norma no se movió hasta que el concierto del patio hubo terminado.

—¡Y ahora vamos a celebrarlo con una montaña de espaguetis con almejas! Venga, ya estamos tardando.

Se apartó de mí delicadamente.

—Ya se ha acabado la pausa para comer en la consulta. Por otra parte, después del fiasco, debería quedarme contigo y darte apoyo —dijo—. Por cierto, ayer Sandra me preguntó por ti. Me dijo que te retrasabas. Sonó a cuando antes alguien viajaba al oeste y ya nunca más volvía. Solo que entonces Sandra no esperaba que volvieran. Probablemente Marianne esté aquí mañana, le dije. ¿Que por qué era probable? Ni idea. ¡Ah, claro, *le quatorze juillet*!, exclamó Sandra. Esta niña está loca, pensé. Y mira por dónde...

Norma fue hasta el espejo del pasillo y empezó a maquillarse. Me quedé observándola.

—No te quedes ahí parada y toma ejemplo —me dijo—. Y date prisa. Tengo un hambre que me muero.

El baño olía a cerrado. Pasé junto al retrete tapándome las narices, me subí al plato de la ducha y abrí el ventanuco.

Ducharse junto a la ventana, apoyarse en la mampara, rociarse con agua caliente y mirar el cielo. Para mí fue todo un acontecimiento encontrarme con ese baño cuando nos mudamos de nuestro anterior piso, tan lóbrego; un baño al fin, qué alegría. Un retrete con ducha, dijo Johannes. Mejor que nada ya era, no había motivo para quejarse, pero tampoco había por qué volverse loco de júbilo por esa mierda. No obstante, yo me alegré, y conservé esa sensación en el recuerdo incluso cuando a mí misma empezó a parecerme que el agua salía sin presión, que apenas había espacio para secarse sin chocarse con todo y que los tonos marrones y amarillentos de los azulejos le daban un aire fecal.

Observé la neblina que se cernía sobre la ciudad, las ventanas ardiendo bajo el cielo de la tarde, el gris y el rojo de los tejados, el pálido cielo y las puntiagudas copas de los árboles; la ciudad entera parecía estar agotada ese día. Abrí el grifo del agua fría, me desnudé bajo la ducha y dejé caer la ropa empapada. Me senté desnuda sobre el retrete, volví a ducharme con agua caliente y luego otra vez con fría. Me puse a pensar en qué podía ponerme.

—Hay gente que no es capaz de pensar hasta entrada la tarde. ¿Con qué pensabas secarte? —Norma entró con una toalla al brazo. Me preguntó qué más quería.

—Una muda limpia —le dije—. El vestido azul claro con estrellitas blancas no estaría mal.

Lo había llevado puesto junto con la corona que se hizo con cartón y papel de plata. Al mirarse en el espejo, creyó ver a otra persona, a una princesa de verdad, solo las botas marrones pertenecían a la auténtica Norma, una mujer muy distinta a la del rey Drosselbart en la escena final del cuento que se representó en la función para el hospital infantil. Que en *Cenicienta* le hubieran dado su papel a una tal Erika y que ella tuviera que hacer de árbol con la única responsabilidad de menearse sin decir palabra para que de sus ramas cayeran oro y plata eran pequeños contratiempos que aceptaba sin más; sabía que su deseo de ser princesa se cumpliría, pues era lo suficientemente fuerte y tenaz como para hacérselo ver a la tía Regina, quien finalmente se acercó a Norma y le dio el papel y el vestido azul claro con estrellitas.

—Rosa —dijo Norma—. Mi vestido era rosa con un fajín blanco. Tuve que abofetear el rey Drosselbart en plena escena porque se quedó trabado y no le salía el texto.

—¿Y entonces?

—Entonces nada. El público se echó a reír y terminamos la escena. Aplaudieron como locos.

—Hubo suerte —dije. Me envolví en la toalla y le prometí a Norma que en diez minutos estaría lista.

Subidas a nuestros ruidosos tacones bajamos la oscura y silenciosa escalera. Seguro que Neumann iría corriendo a la mirilla en cuanto nos oyera bajar y, al ver pasar a dos mujeres arregladas y pintadas de la mano, le entrarían ganas de escribir una notita que mañana me encontraría en el buzón. Seguro que la señora Schwarz ya había cerrado con llave y corrido la cadena y se disponía a irse a la cama. Tenía que cuidar de ella, quién iba a hacerlo si no, ahora que Margarete Bauer había muerto. Mañana, todo podía esperar a mañana. Ahora iba a enseñarle a Norma un local que no conocía.

—Ya verás como te gusta —dije al salir del portal y pisar la calle—. Estuve allí con Max el 17 de junio. Ya te cuento por el camino. Con un poco de suerte, hasta podemos sentarnos fuera.

—Cuenta con ello —dijo Norma.

NORMA COMÍA MÁS RÁPIDO QUE YO. PINCHABA CON EL TENEDOR y lograba enrollarlos sin ayuda de la cuchara. La bola de espaguetis ensartada en los dientes del tenedor se iba deshaciendo de camino a la boca. Mientras iba allanando la montaña verde que había sobre su plato, sorbía las puntas sueltas que se le quedaban colgando y espantaba con la mano izquierda a la avispa que había decidido honrarnos con su compañía; puede que hubiera desdeñado las almejas, pero el pesto genovés pareció ser de su agrado, y ahora andaba merodeando entre las virutas de queso rallado y las gotas de vino tinto que en su honor habíamos rociado sobre la mesa para que se mantuviera alejada de las copas, pues no estábamos dispuestas a salvarla otra vez del ahogamiento.

Al amainar el calor, la ciudad bramaba como renacida. Sin embargo, aquí se había quedado emparedado entre los edificios. El vaho abrasador que despedían el asfalto y los adoquines se mezclaba con las emanaciones provenientes de los portales, de las ventanas abiertas, de los túneles subterráneos y de las tuberías. Polvo y gases residuales, mierda de perro a dos metros de distancia, mirones sobrevolando nuestras cabezas y viandantes que pasaban pegados a nuestra mesa. Lo único puro y limpio eran los espaguetis cocidos en agua hirviendo antes de ser teñidos con salsa de albahaca. Norma estaba sentada envuelta en el vapor que salía de su plato.

—Qué quieres —dijo—, esto no es un pícnic sobre la hierba. Y no se te olvide que hemos tenido suerte. Imagínate, por ejemplo, que esta máquina de coser decapitada y convertida en una mesa para dos aún conservara su motor; en cuanto pisabas el pedal de acero que tienen debajo, estos trastos se ponían inevitablemente a vibrar y a recular.

Norma no acababa de comprender por qué hacían eso; en el taller de costura toda la fila de máquinas de coser estaba confabulada contra ella. Al igual que esta de aquí si hubiera tenido que utilizarla, con la misma maldad que las otras, solo que esta era inofensiva y había quedado libre justo cuando llegamos. Comparada con la humareda que había dentro del local, nuestra mesa plantada en plena calle era un balneario alpino, y la parroquia de la mesa de reuniones es todo un cuadro, señaló Norma, por no hablar del matón con cara de pocos amigos que estaba detrás de la barra.

—Alégrate de que estemos sentadas aquí fuera y rodeadas de gente de bien —dijo.

La gente charlaba, comía y bebía. Los platos no quedaban vacíos del todo. No vino nadie a pedirnos las sobras. Los transeúntes no arramblaban con los alimentos que había sobre las mesas. Las miradas provenientes de arriba no denotaban hambre. Le pusieron un cuenco de agua a un perro, los gorriones y las palomas se pusieron a beber con él, la avispa vadeó el charco de vino que había en nuestra mesa. Norma se recostó. He llenado el buche para dos días, dijo, y también mencionó que desde allí no podía verse el pirulí de la Alexanderplatz. De pronto todos giraron sus cabezas hacia la calzada para ver pasar un Jaguar color arena, luego siguieron charlando.

Ahora estaban asando algo. No podíamos ver qué, la parrilla estaba en la esquina, pero el humo llegaba hasta donde estábamos, y con él la imagen de la carne cruda sobre la parrilla, de cómo iba encogiendo y cambiando de color sobre las brasas hasta adquirir un marrón que en algunas zonas llegaría a negro. El humor del dueño habría mejorado al encontrar a alguien que le asara la carne, pensamos. ¡Qué incordio de humo!, dijo Norma. Si ese alguien fuera Max, una vez hubiese saciado el apetito de esos comedores de carne, les haría formar un corro en torno a la parrilla y asarían patatas en las brasas aún calientes, comentarían los sucesos del día, harían planes de futuro y traerían noticias de fuera, como hacen otros muchos pueblos en este vasto mundo. Entonces Ande no podría negarse a invitar a una cerveza a su ayudante, Max, ese vagabundo que si por él fuera podía irse al diablo. Y Max se acostaría con la conciencia tranquila por haberse ocupado de la parrilla aquella noche sin tener ni idea ni haberlo hecho antes; qué más daba, siempre era así. Las cosas verdaderamente importantes son otras, habría explicado Max, y no suceden aquí.

Norma tarareaba para sí una melodía que me sonó a canción de excursionistas mientras miraba alrededor como escrutándolo todo. Como Diana en el bosque, le dije. Ella me entendió mal, pensó en la princesa, me preguntó: ¿Qué pinta Diana en el bosque?, y mi respuesta no la satisfizo. ¡Mira que compararla con una cazadora! No, ella no iba de caza, no andaba al acecho, se limitaba a mantener los ojos abiertos en esa jungla de asfalto. El lugar le había gustado, tan solo sentía que no hubieran venido los dos luchadores, el bailarín de polca y su corpulento camarada, que habían despertado su curiosidad cuando mientras veníamos, le hablé de la primera vez que había estado aquí. Yo también estaba expectante y liberada gracias a la negativa de Norma a seguir analizando hoy mis desdichas y mi sentimiento de culpa.

Me quedé mirándola. Había decidido sacudirse la melancolía y dejar de formar parte del lúgubre cuadro que formaba con la mesa, emprender una aventura en compañía de alguien, que podría ser yo si estuviera dispuesta a seguirla. Me observaba con el rabillo del ojo. Dejó de tararear y exclamó: ¡Ya has bebido demasiado!, y acto seguido espantó a la avispa chasqueando los dedos.

—¿Por qué has hecho eso? ¿A quién molestaba la pobre?

—Es un peligro para las manos del personal, y sin las de Erdmute Reinhard, que es quien va a recoger nuestra mesa, el local se iría a pique.

Supuse que era el momento de preguntarle.

—¿De qué la conoces?

—Ya era hora de que me lo preguntaras —dijo Norma—. Llevamos aquí sentadas una hora, ella ha debido de pasar por delante de nosotras por lo menos once veces, ha estado de pie junto a ti, hemos hablado con ella, y ahora me preguntas que de qué la conozco. Tiene problemas con el sexto o séptimo diente de la parte inferior derecha de la boca, no ha parado de tocárselo con la lengua, detalle que seguro que a ti se te ha escapado. Puede que haya tenido dolores todo el día, pero aun así no ha faltado al trabajo. Ha llegado puntual, como está mandado, y no por miedo a perder el empleo, sino por echar un cable; este antro no tendría el aspecto que tiene ni funcionaría como funciona si el cascarrabias del dueño únicamente pudiera echar mano de tipos como tu Max...

—No es mi Max —repuse.

—Qué sería de este local sin mujeres como esa estudiante de Biología que va de un lado para otro cargada con esas pesadas bandejas como si nada a pesar del dolor de muelas, que tiene todas las mesas controladas y que encima, no irás a negármelo, es un deleite para los ojos —dijo Norma—. Su novio, el que está sentado junto al del pelo largo, deja impávido que le sirva. No hace ni un gesto. Al pasar por delante, ella le susurra algo al oído y se lo besa. Él sigue con cara de póquer; le importan un bledo su oreja y la chica que le trae las cervezas. Entonces es cuando discuten.

—Antes te has referido a ellos como gente de bien, ¿recuerdas?

—Y eso es lo que son. No tienes más que echarles un vistazo: todos ellos son una panda de reformadores del género humano. En cambio, en la mesa de reuniones no veo más que jardineros de poca monta con cara de cansancio; riegan sin fe porque ni ellos mismos creen en la justicia que se supone que brotará desde abajo. De esa gente no se puede esperar ni temer nada. Pero como son los camaradas de tu Max... ¡Al Tíbet los mandaba yo a que aprendieran lo que es la humildad!

—Y entonces tu Erdmute se sentaría allí sin su novio —dije.

—¡Y yo me uniría a ella! —dijo Norma echando fuego por los ojos.

Mientras miraba a aquellos chicos jóvenes, noté que a su vez ella me observaba ansiosa por saber qué leía en sus rostros.

—Nada —dije—. Están muy lejos, y, además, su juventud es como una máscara.

A Norma no le bastó con eso. Había que esforzarse, no valía salirse por la tangente con una frase hecha.

—El del pelo largo me recuerda a alguien —dije.

—Vamos, dime a quién.

Norma me miró de la misma forma que a veces lo hacía Sandra, como queriendo decir: Vamos, espabila, mi paciencia tiene un límite. Sandra, que ayer por la tarde había justificado que mi regreso sería hoy con solo una frase: «¡Claro, el 14 de julio!». Así, con la misma avidez, debía de escuchar de vez en cuando en clase de Historia. Y puede que lo que oía no la mandara a la tierra de nadie del aburrimiento, cuyo esquema, escrito en la pizarra, había señalado el puntero del profesor Meinert hacía treinta y tres años en el silencio de una clase amodorrada.

—¡Por la clase de Historia de Sandra!

Tras el brindis hice chocar mi vaso de agua contra la copa de vino de Norma y volví a clavar mis ojos en el del pelo largo.

—Se parece a alguien —dije—. Un rostro regular, claros rasgos de una expresión dura y melancólica, una mirada penetrante y una larga y lacia melena oscura.

—Ya lo veo, no estoy ciega.

—Sin esa terca severidad que transmiten sus ojos azules y con unas cejas menos grandes y menos pobladas, podría ser una mujer. La piel es tan delicada que suscita dudas en torno a su salud. Pero lo que más extrañeza provoca son sus movimientos, están como automatizados. ¿Son fruto de su peculiar constitución física, de su orgullo desmedido o de unos estudiados aires de dignidad? Da lo mismo; lo cierto es que, más que provocar risa, amedrentan.

—Hay algo en él que me da mala espina —dijo Norma—. ¿De dónde viene? ¿Qué está tramando?

—Cree a pie juntillas que está llamado a ser un gran hombre. Está dispuesto a todo con tal de llevar a cabo su misión, incluso a inmolarse; la piedad y los escrúpulos jamás le impedirían apartar de su camino cualquier obstáculo. Entretanto, lleva una vida normal, pero no deja de soñar con una sociedad futura; de ahí esa dualidad jánica que tanto impresiona a los que lo conocen bien. En cualquier momento ese joven sensible y de gran corazón puede volverse sombrío y cruel, y su enorme víscera, cerrarse abruptamente al conmovedor llanto de la naturaleza.

—Dios nos libre de que alguien así llegue al poder —dijo Norma.

—Si en el ochenta y nueve no hubiera estallado la revolución, quizá habría llegado a ser un abogado de provincias o un escritor de éxito en la capital. Entonces acaba de cumplir veintidós años. Tras alguna que otra escapadita, entre las que hay que incluir su estancia de seis meses en prisión, vuelve a su pueblo natal, que ostenta el récord de pobreza de la región; de nuevo del lado del pueblo.

—¿Te refieres a nosotros?

—Me refiero a los campesinos, a los pequeños terratenientes, a los trabajadores del cáñamo, a los tejedores de lino, a las hilanderas, a las costureras, a los posaderos. En esa zona casi todo el mundo se dedica al cultivo del cáñamo, cuyo enriado provoca en verano epidemias mortales. Entre esa población hay algunas familias que gozan de un relativo bienestar; por lo general, gracias a una pensión o a una renta, o bien por dedicarse al comercio u ocupar un cargo público.

—Aparte de entre los grandes hombres, ¿dónde lo situaríamos a él?

—Desde luego, no en el mundo rural, aunque en cierto modo puede considerársele su hijo adoptivo. A pesar de ser el retoño de una familia burguesa que aspira a ser noble, lucha por acometer reformas que favorezcan a los campesinos. La revolución vencerá sin que se derrame una sola gota de sangre, o al menos eso piensa él, y beneficiará a todos, sobre todo a los pobres. Con lo cruel y retorcido que era el régimen que hemos padecido todos estos años, el tránsito hacia uno nuevo, más noble y más justo, ahora se nos hace liviano, escribe él en nombre de la junta municipal.

—Lo sabía: otro soñador —dijo Norma.

—Un activista de campo, demasiado joven para ser elegido, pero muy prometedor. Uno de sus compañeros de lucha, un carnicero con tierras, le felicita por su primera intervención pública bajo su mandato. Joven, he conocido a su padre, a su abuelo y a su bisabuelo. Usted es un digno descendiente de todos ellos. Siga así, como ha empezado, y no tardaremos en verle en la Asamblea Nacional. Hasta que llega ese momento, transcurren tres esforzados años de trabajo en la sombra. Me encargaré de que todo el mundo sepa el empeño con que has defendido a los oprimidos y a los menos favorecidos, cómo en los peores momentos has seguido avanzando a marchas forzadas sin rehuir ninguna responsabilidad; es lo menos que puedo hacer para recompensar tu inestimable ayuda, tu talento como orador, tu capacidad y tu vitalidad, le dirá más adelante un amigo en tono de loa. En agosto del noventa y dos, el pueblo asalta en París el Palacio de las Tullerías y el rey y su familia son encarcelados; la crisis de poder que da comienzo con el intento de fuga al extranjero de la realeza llega a su fin. El joven es consciente de que un solo día de violencia revolucionaria no deparará a su pueblo lo que años de esfuerzos no pudieron conseguir. En el recién instaurado Parlamento no solo se distingue de sus colegas por ser el más joven, sino también por su bagaje; ¿quién de todos esos caballeros que hacían o pretendían hacer la revolución «desde arriba» había arrancado «desde abajo» como él?

—Por lo que dices, no debió de ser un diputado destacado, sino más bien uno de segunda fila en el lado de la oposición, ¿no es cierto?

—Su sitio estuvo en los bancos más altos, en la llamada Montaña, donde se sentaban los sesenta *montagnards,* entre ellos Danton y Robespierre, el ala izquierda del Parlamento. En el centro estaba la Llanura, que era el sector mayoritario y estaba formado por quinientos hombres, y más a la derecha había unos ciento ochenta moderados, la mayoría de ellos provenientes del oeste de Francia, de la región de Burdeos, a los que se llamó girondinos por el nombre de ese departamento. Toda la Convención Nacional está a favor del final de la monarquía. En el orden moral de las cosas, los reyes son lo que en el orden natural los monstruos, señala Grégorie, leal al nuevo orden a pesar de ser obispo de Blois. El 21 de septiembre de hace doscientos años proclaman unánimemente la república. La monarquía es abolida. ¿Qué hacer ahora con el rey?

—Eso sí lo sé: cortaron por lo sano. Y bien rapidito —dijo Norma.

—¿Eso crees? El proceso al rey es el gran acontecimiento de finales de ese año. Inmediatamente después de la carnicería del 10 de agosto, muy pocas voces se habrían atrevido a salir en defensa de Luis XVI. Pero el tiempo había hecho olvidar la sangre derramada, cosa que supieron ver los girondinos. Ninguno de ellos era un monárquico convencido, pero al prever que su muerte desataría un conflicto armado con el resto de Europa, intentaron de manera más o menos subrepticia salvar al rey.

—Típico de los del oeste —dijo Norma.

—Piensan como Danton: Si lo juzgan, morirá. Y temen las consecuencias de semejante decisión. Su jugada es ganar tiempo. Bajo su influencia, la Convención encarga a su comité legislativo dar con el modo más apropiado de proceder. Eso dura más de tres semanas. Luego la cuestión es llevada al Parlamento. En ese debate el diputado más joven, para la mayoría un completo desconocido, se sube a la tribuna: Ciudadanos, me propongo demostrar que el rey puede ser juzgado, dice. Si el rey Luis fuera intocable, no habría sido derrocado y ahora mismo vosotros no estaríais aquí sentados. En realidad, el rey es un rebelde. No ha dejado de vulnerar la Constitución de la que debería ser garante. ¿Cómo va a ser juzgado conforme a unas leyes que él mismo ha socavado?

—Suena lógico —dijo Norma.

—Los demás diputados lo escuchan atónitos. Es aplaudido por la izquierda y por la derecha. La prensa jacobina se deshace en elogios: Una frase. Una sola frase sobre los reyes que servirá de acicate para los pueblos que aún los tienen: «No se puede gobernar sin ser culpable». Has tenido que ser tú, Saint-Just, quien de manera tan sencilla expresara una verdad eterna. Poco después será Robespierre el que abogue por ejecutar al rey sin juzgarlo. La posición es tan extrema que no consigue adeptos. El Parlamento resuelve juzgar él mismo al rey. El proceso comienza el 11 de diciembre. Dos semanas después, Luis XVI comparece por primera vez ante la Convención Nacional. Su defensor pronuncia un emotivo alegato y el rey Luis impresiona desde el principio por su aplomo y su dignidad. Su profunda religiosidad le dio fuerzas, y su hasta entonces anodina personalidad se tornó en grandeza. Reaccionó con serenidad ante los insultos y con paciencia ante las provocaciones.

—Eso le honra —dijo Norma.

—Un tercio de los diputados son juristas. El abogado del rey los hizo dudar al exclamar: Busco jueces entre vosotros y solo encuentro fiscales. Saint-Just vuelve a la carga. Ahora se dirige a aquellos que no ven bien ser juez y parte; no deben tratar con rigor al pueblo y reservar la piedad para el rey.

—Bien dicho —señaló Norma—. Nada de atacar a las víctimas y disculpar a los criminales.

—Perdonar al tirano no dista mucho de perdonar la tiranía, expone Saint-Just y, acto seguido, insta a que cada cual diga de una vez si el ciudadano Luis es culpable o no de lo que se le imputa. La controversia dura dos meses. El 21 de enero de 1793, Luis XVI es ejecutado.

—Decapitado —dijo Norma dándole un puntapié al reposapiés de la máquina de coser, que hizo tambalear—. ¿Y qué fue del orador de la Montaña?

—Siguió pronunciando discursos, ofició de fiscal en el proceso abierto contra treinta y dos girondinos, fue miembro del Comité de Salvación Pública, que le nombró comisionado ante los ejércitos de Alsacia y del frente del norte, donde impuso la disciplina a base de juicios rápidos, gratificaciones y decretos, como el que promulgó en el ayuntamiento de Estrasburgo: ¡En el ejército hay diez mil soldados descalzos; hoy mismo todos los aristócratas de

Estrasburgo les cederán sus zapatos!; persiguió a los enemigos de la revolución, pasó a cuchillo a los disidentes de izquierdas y de derechas e instó a sus colegas a castigar no solo a los traidores, sino también a los indiferentes. Fue elegido presidente de la Convención Nacional, desempeñó funciones policiales y firmó órdenes de arresto que equivalían a sentencias de muerte. Quiso culminar la revolución política con una revolución social, darles tierras a quienes no tenían posesiones, construir una sociedad en la que no hubiera oprimidos ni opresores. La felicidad es el nuevo pensamiento de Europa, dijo. Quiso formar ciudadanos que fueran entre sí amigos, anfitriones y hermanos, y creyó como su amigo Maximilien Robespierre en la necesidad provisional del terror al servicio de la virtud. El revolucionario es inflexible frente a la maldad, pero también es sensible, dijo, y sabe que, para que la revolución se consolide, hay que ser tan bueno como malo se fue antes. Fue corresponsable de dos mil seiscientas sesenta y tres ejecuciones desde el día en que se ajustició al rey, y un año y medio después de esa muerte, él mismo fue declarado fuera de la ley, encarcelado y llevado a la guillotina junto a Robespierre y otros veinte inculpados; tenía veintisiete años recién cumplidos.

—¿Y puede saberse quién de estos te recuerda a él? —preguntó Norma.

Echó un vistazo alrededor fijándose en los hombres jóvenes y meneó la cabeza. Tenía razón, yo misma pude verlo. No era quién para endosarle a nadie, ni siquiera al del pelo largo, una historia real que no era suya. Nunca más volvería a inventarme una. Mañana abriría el libro justo por donde iba cuando ayer por la noche Johannes me interrumpió, en el capítulo sobre Saint-Just y sus amigos.

—La amistad arrojó mucha más luz sobre su corta vida que el amor, con todos sus vericuetos —dije—. Incluso llegó a proclamarla uno de los pilares fundamentales de la nueva sociedad. Las relaciones amistosas debían formalizarse en un acto oficiado por un cargo público, del mismo modo que su ruptura. En caso de nuevos contratos, separaciones y disputas con terceros, los amigos del implicado estaban obligados a responder por él. Por otra parte, dicha relación tenía sus ventajas: estaban unidos por su palabra, no podían mantener litigios entre ellos, en caso de guerra siempre combatirían en el mismo bando, y ni siquiera la muerte podía separarlos, pues eran enterrados en la misma tumba. No eran más que ideas de la Antigüedad totalmente desechadas en el siglo XVIII que él rescató para su proyecto social. La amistad, uniendo a hombres de distinta condición económica e intelectual, disolvería las diferencias sociales, sería el medio perfecto para lograr la integración y la armonía.

—Tú lo has dicho, a hombres —dijo Norma—. ¿Por qué me cuentas todo esto?

—Para que lo sepas. Y porque no quiero pensar en otras cosas.

Asintió como si me hubiera entendido. Había estado pensando en otras cosas, conocía esa mirada ausente. Me había empeñado en matarla de aburrimiento. Había sido idea mía venir aquí. Un lugar espantoso para cenar en plena calle y donde todo era improvisado y cutre. Estábamos sentadas en sillas cojas sobre tierra sepultada bajo el asfalto, a una distancia sideral de ese punto luminoso que atravesaba el pálido azul del cielo y que se llamaba satélite, que no *Sputnik,* cosa que a estas alturas ya debía saber Norma. La camarera parecía estar sudada y su olor lo corroboraba.

Nada en ella pegaba con el nombre que le había puesto Norma. Erdmute Reinhard: *Erde* («tierra)», *Mut* «(coraje)», *Reinheit* «(pureza)». No había nada más ajeno a este lugar, pero Norma no quería darse por enterada, se sentía bien, como todos los demás: ojos brillantes, bocas ligeras y risas a coro. Arriba, en las ventanas, cabezas mirándonos con caras de espanto, como la mía.

Si no hubiera tenido que soportarme peleándome con la pasta, bebiendo obstinadamente agua y contándole una vida que ni le iba ni le venía, si por un rato se olvidara de con quién compartía mesa, Norma estaría en la gloria, pensé. Miraba los coches pasar, lo único reluciente de aquella cañada, y echaba la cabeza hacia atrás para ver ese punto luminoso que surcaba el cielo.

—¡No entiendo cómo puedes aguantar con toda el agua que has bebido! Ahora vengo —dijo. Se levantó y se adentró en el local. Podía haber ido con ella, pero preferí aguantar la presión en la vejiga a moverme de mi sitio. Mientras permaneciera allí, no me seguirían las miradas.

Pasar siempre desapercibida. Quedarme quieta, formar parte del inventario de este bar callejero, ser una de tantas. Mezclarme con las sombras de esos edificios desmoronadizos que parecían sustentarse los unos en los otros, como si se hubieran unido contra la decadencia imperante, de tal modo que de un solo golpe se derrumbarían todos, formando un conglomerado de escombros que se extendería por todas las calles del barrio de una ciudad sin centro, aunque con partes todavía en pie cercadas por esa abrupta precariedad, obstinadas celdas ruinosas. Quedarme quieta, olvidar dónde estaba aún ayer, adonde ya no volveré a ir. La hierba crecerá, pronto estará lo suficientemente alta como para que el gato se oculte tras ella, ese gato que va y viene cuando le viene en gana y que se deja acariciar por el hombre que se sienta en el jardín todas las noches y se pierde en sus recuerdos o intenta huir de ellos; eso lo sabrá él.

Quedarme quieta hasta que venga Norma, que probablemente esté en la barra hablando con alguien y no tenga ninguna prisa en volver. No le quitaba ojo a la silla de Norma para que nadie se la llevara. Había mucha gente en la calle, como si la puesta de sol fuera la señal para salir. El que no encontraba un sitio libre se apoyaba en la pared o se sentaba entre dos sillas, como en la mesa de los chicos jóvenes, donde la disposición cambiaba constantemente. El del pelo largo ya no estaba sentado allí, puede que se hubiera ido para dentro o que se hubiera acercado a la esquina donde estaba la parrilla, que ahora debía de estar sitiada. Casi nadie pasaba de los treinta; la misma ropa, los mismos gestos y la misma forma de hablar. Que yo no fuera como ellos no tenía la menor importancia, lo único que ansiaban era la silla vacía que tenía enfrente. En la mayoría de las mesas lucía una vela. Yo no podría soportarlo, prefería desaparecer en la oscuridad. Por la noche este lugar era bastante agradable, a esas horas ya no se ahuyentaba a los extraños.

—¿Desea algo más? —preguntó al pasar nuestra Erdmute.

Pedí vino para Norma y para mí.

—No he tenido más remedio que explicárselo —dijo apenas se hubo sentado. Trajo consigo una nube de humo y nuestros vinos.

—Ese del pelo largo, ya sabes, ese al que estuviste mirando. Estaba en la barra, y al volver yo del baño, me abordó. Tenía que haber pasado de él, pero me dijo que no le ponían las maduritas. Este no está bien de la cabeza, pensé.

Me di cuenta de cómo me miraba, se me comía con los ojos; antes puede que funcionara eso de lanzar miraditas, pero ahora ese ligoteo barato carece de sentido, dijo.

No podía creérselo. ¿Por quién le habías tomado? La cosa no ha podido ir mejor, dijo Norma. Se lo conté todo. Usted, joven, es responsable de la muerte del rey y de dos mil seiscientas sesenta y tres decapitaciones más. Está convencido de ser un gran hombre que ha nacido con una misión. Habría sido un vulgar picapleitos si no hubiera hecho la revolución y tomado el poder. Usted solo no, entiéndame, del mismo modo que los muertos no se le pueden apuntar exclusivamente a usted ni pueden negársele sus buenas acciones ni, sobre todo, sus buenas intenciones. Pero posee los mismos defectos que todos los revolucionarios radicales. Quiere instaurar el reino de la virtud por medio del terror. Del amor no sabe gran cosa, para usted lo que importa son los amigos. Desgraciadamente, solo es capaz de concebir la amistad entre hombres, aunque quizá eso se deba a la época que le ha tocado vivir. ¿Qué edad tiene? Estaba tan perplejo que no pudo meter baza, dijo Norma. Se limitó a responder obedientemente: Veinticinco. No está mal, aún le quedan dos años escasos de vida. ¡Por la amistad!, exclamé mientras me iba. En la puerta me encontré con Erdmute. Tiene dolor de muelas, lleva todo el día tomando calmantes. Le he hecho prometer que mañana irá a la consulta de Barbara. Me pidió por favor que trajera el vino que has pedido.

Norma escanció y alzó su copa.

—¡Por Saint-Just! —dijo—. ¿Estamos?

Luego brindamos todos. Alabé a Norma, alabé el vino, la suave noche y el retorno de un viejo saludo. Nunca, dijo Norma, ni siquiera cuando era miembro de una asociación juvenil, le había hecho gracia que la increparan con un «¡por la amistad!» para tener luego que repetirlo con los demás, pero hacía un momento le había parecido ideal como grito de guerra.

—Como en los viejos tiempos —dije.

Se hizo un silencio armonioso entre nosotras. Había oscurecido visiblemente. Se levantó un poco de viento, la llamita de las velas titilaba dentro de los cilindros de cristal que las cubrían. La fachada de la casa de enfrente se hizo plana y retornó en un oscuro telón de fondo con partes transparentes que eran atravesadas por luces amarillas y por el resplandor de los televisores, señales luminosas tras paredes proyectadas hacia delante que separaban la calle donde estábamos del resto de la ciudad, un paisaje pétreo, cada vez más frío, por el que pasaban coches de policía haciendo sonar sus sirenas, el único ruido que provenía de ese más allá; un ataque sonoro contra el entramado de voces de las mesas de alrededor, que parecían rechazarlo con una entrenada dureza de oído, pensé asustada tras varias semanas de noches silenciosas. Lentamente y en silencio iban pasando los transeúntes, que incluso a escasa distancia no eran más que sombras, vagas siluetas que rápidamente la noche borraba. Más allá del círculo de luz donde nos encontrábamos apenas se veía nada. Norma había clavado la mirada en un horizonte lejano, había fijado un punto en ese vacío insondable. Apenas movía los ojos, carecían de expresión, estaban abiertos a todo, como si acabara de venir a la vida, como si su reciente cuarenta cumpleaños fuera el primero, como si el mundo fuera un todo por descubrir antes de descomponerse en partes, el bien y el mal, la vida y la muerte, un principio sin conciencia de principio ni de final. El lugar donde estábamos no era más que un reflejo en sus pupilas. Estaba sentada frente a mí, pero me había dejado atrás, en la fina franja donde la iluminación permitía distinguir entre lo impreciso y la oscuridad. Quizá ella ya hubiera traspasado los límites en los que yo me movía, rodeada por el enjambre de mis abatidos pensamientos. Quizá ella fuera menos vulnerable y quizá no tuviera la práctica que, por miedo al dolor, yo tenía en los movimientos de defensa. Carecía de mi agilidad para apartar la cabeza y planear la evasión en cualquier momento. Tus sutilezas dialécticas, así las había llamado cuando nos peleamos un mes antes; me odió por hacer siempre lo mismo en esos momentos, pero aun así siguió siendo mi amiga.

No insistió en que le contara otra vez la historia que me inventé, se limitó a escuchar lo que yo quise contarle y se abstuvo de tomar partido contra Johannes. Al saber que me había separado, respiró aliviada; en cambio, mi desdicha la afligió. No quiso que notara ninguno de esos sentimientos, como si yo sola debiera lograr volver a hacer pie, atreverme a volver a empezar, tal como la propia Norma llamaría a la actitud que me intentaba sugerir sin decirlo.

Volvió a girar la vista hacia la calle de enfrente, donde de pronto dos perros empezaron a ladrarse y a tirar de las correas que sujetaban con fuerza sus amos, que observaban absortos mientras se balanceaban a causa de los tirones que daban aquellos cuerpos estirados y apoyados únicamente en sus patas traseras, cuerpos que no superaban un pequeño espacio en el que con toda seguridad olía a brea y a azufre, dijo Norma. Le dieron lástima aquellos perros, le dio pena ver cómo se esforzaban por agradar a sus amos, los estrategas, para acabar perdiendo ambos la batalla, para acabar siendo arrastrados en direcciones opuestas.

Calle arriba, ya en la zona oscura de las sombras y las siluetas, volvió a oírse un ladrido, esta vez seguido de una apaciguadora voz de hombre. De la oscuridad surgió a todo correr un ciclista de melena al viento y camisa blanca; la luz del bar iluminó de tal modo su pálido rostro que parecía portar una aureola. No creo que ese detalle le gustara al dueño, pensé. Cuando logró frenar justo en la esquina, Max recibió un fuerte aplauso. Se bajó elegantemente y se detuvo un momento, como pensándose si realmente deseaba haber venido.

—Menudo día llevo —dijo. Cogió una silla de dentro, la puso junto a nuestra mesa y se sentó.

Parecía rendido. Primero, los burócratas de la junta municipal; por la tarde, los gemelos, luego la reunión de padres... Enervante. Y para rematar los gritos de Ande, que nunca parecía estar de buen humor. De camino al baño pasé por delante de Max y de los que le estaban chillando, entre ellos el del pelo largo, y pude oír algo. Esa panda de anarquistas había intentado darle lecciones sobre el sagrado vínculo de la amistad, dijo Max. Por lo menos había sacado una cerveza.

—¿Alguien puede contarme algo agradable? ¿Qué tal con Johannes?

—Nos hemos separado.

Max apoyó el vaso en la mesa.

—Parece que el día va a seguir siendo movidito —murmuró mirándose los dedos de los pies.

—¡Eso no vale! —dijo Norma—. Max, te necesitamos.

—¿Para qué? —preguntó con voz ronca.

Norma se acercó las copas y repartió el vino que quedaba. Entretanto preguntó:

—¿Has estudiado Derecho?

—Faltaría más. Y, a continuación, Comunismo Científico.

—Perdone usted —dijo Norma—. ¿Y Teología?

—No que yo sepa. He sido monaguillo, si te sirve.

—¿Te dice algo la Revolución francesa?

—Es posible.

—¿No serás por casualidad un amante de la Antigüedad?

Tuve que echarme a reír. Así que por ahí iban los tiros.

—No pienso abrir más la boca hasta que no me digáis de qué va todo esto.

Norma y yo nos cogimos de la mano.

—La amistad es un acto libre —dije—. Una vez establecido el vínculo, ha de formalizarse en un acto oficiado por un cargo público. Aquí tú eres la autoridad, Max.

—El trabajo de mi vida. ¿Qué tengo que hacer?

—Formalizar el vínculo con un discurso —repitió Norma.

—Eso no tiene mucha lógica. Deberíais ser vosotras quienes pronunciarais vuestros votos. Yo me encargo de levantar acta o de bendeciros, como queráis.

—Tú no sabes cómo van estas cosas —dijo Norma—. Las expertas somos nosotras. ¿No es así?

Tuve que admitir que en mis fuentes no había datos sobre la ceremonia.

—Se trata de una cuestión discrecional —dije—. Celebraremos el acto como mejor nos parezca.

—Lo principal es que sea breve. Y sin himnos, por favor —señaló Max.

Norma protestó. Qué menos que *Amistad verdadera* con todas y cada una de sus estrofas.

—Una celebración es una celebración. Si no os sabéis la canción entera, yo os voy apuntando.

—Somos una panda de divorciados que peina canas —dije—. ¿De veras piensas que nunca he estado en un campamento de verano? Aún resuenan en mis oídos esos alaridos y esa letra nefanda.

—¡Apuesto a que no eres capaz de recitar ni cinco versos seguidos!

—¿¡Para qué!? Con el recuerdo ya tengo suficiente.

—¿Recuerdo? ¡Yo más bien diría prejuicio!

—¡Me basto y me sobro yo sola para saber de qué abomino!

—Una típica pareja de amigas —dijo Max—. ¿Puedo dimitir de mi cargo? De común acuerdo declaramos superfluo el apartado musical.

—Lo principal es que nos informes de nuestros derechos y obligaciones —dijo Norma—. Resumiendo: en caso de nuevos contratos, separaciones y disputas con terceros, estamos obligadas a responder la una por la otra.

—Y a organizar el entierro de la que primero se vaya, y a encargarnos de la manutención de los huérfanos. Asimismo, somos indistintamente responsables de nuestros delitos.

—¡Eso es nuevo! ¡Por ahí sí que no paso! —exclamó Norma.

—Es un punto delicado visto desde la moral —dijo Max—, y legalmente es insostenible. A no ser que cometierais el delito juntas, no se os podría considerar cómplices; a lo sumo podríais ser declaradas inductoras o consentidoras.

—Entiendo. Ni siquiera la amistad llega tan lejos. ¡Vamos con los privilegios!

—¿De qué estamos hablando, de derechos o de privilegios? —puntualizó Max.

—Ahora que la revolución ha terminado, podrías dedicarte a la abogacía —propuso Norma.

—¡Al grano! Estamos unidas por nuestra palabra, no podemos mantener litigios entre nosotras, en caso de guerra siempre combatiremos en el mismo bando y ni siquiera la muerte podrá separarnos, pues van a enterrarnos en la misma tumba.

—Si no se os ocurre nada mejor...

—Max, no tienes ni idea de historia. Guardamos las viejas formas para insuflarles nueva vida —dijo Norma—. Cómo sonaría así: la edad no podrá separarnos, pues vamos a compartir habitación en un asilo reformado de la nueva república.

—Combatimos en el mismo bando rellenando cuestionarios, formularios y declaraciones de la renta. Y gozamos del privilegio de compartir un empleo —rematé.

—Entiendo. La unión que voy a sellar pretende ocultar su prosaica finalidad bajo honorables ideas del pasado.

—¿Cómo ocultarla? Expresarla a la vieja usanza. Al fin y al cabo, es una ceremonia —dijo Norma.

—¿Y me habéis estado esperando para esto?

—Hemos aprovechado la ocasión —dije—. Podría ser la última si te fueras a la comuna de Sajonia...

—Las cosas verdaderamente importantes son otras...

—Y suceden aquí y ahora —dijo Norma antes de que pudiera acabar la frase—. Haz el favor de oficiar, Max. Pronuncia tu discurso.

Quiso saber cuál era el tema. Rechazó las propuestas de Norma, tales como «La felicidad es el nuevo pensamiento de Europa» y otras por el estilo. Llevaba todo el día hablando, se merecía un descanso. No dejamos que se fuera de rositas; no era abusar pedirle a un amigo, a nuestro Max, unas palabras, lo primero que se le ocurriera, no tenían por qué versar sobre un tema, nos conformábamos con que nos amenizara la velada con unas cuantas frases y un buen broche final; saltaba a la vista que estaba listo para tomar la palabra. Max cogió su cerveza y le dio un buen trago, luego se ajustó una corbata imaginaria, carraspeó un poco y empezó a hablar:

—Queridas amigas, vivimos tiempos convulsos. Jamás hubo tanto comienzo, y ya todo parece estar perdido. El pasado al este del Elba ha quedado reducido a ruinas y fango, y el futuro en común puede que no dure mucho. Cada día tiene veinticuatro horas, la mayor parte de ellas nos las pasamos durmiendo y comiendo. El resto las dedicamos a hacer cosas de dudosa utilidad, en el mejor de los casos por placer, y somos informados detalladamente de todas las que no hemos hecho. Escuchamos más opiniones de las que podemos asimilar. Somos libres de elegir. Más de uno clama por librarse de esa libertad y busca la salvación en la manada. Otros muchos afilan el codo. La solidaridad se ha vuelto una palabra extraña, un buen consejo sale caro. Todo el mundo sabe que esto no puede seguir así, todo el mundo espera que el cambio no le pille a él, pues el hoy siempre es mejor que el mañana, salvo para el que no posee nada. Crece el número de los que tienen el futuro asegurado, fallecen de muerte natural, como el resto de sus congéneres, solo que quizá un poco antes. No hay motivo para quejarse. ¿Ante quién, además? Las autoridades y todo el que en este país tiene algo que hacer o decir da lo mejor de sí. Los corrompidos de antaño están entre rejas, conspirando en algún sótano, muertos o entre nosotros con una nueva ocupación. De sus delitos se encarga la justicia; de sus pecados, una opinión pública plural. Ni siquiera nosotros, queridas amigas, estamos libres de pecado como para tirar la primera piedra. Puede, eso sí, que nos dé alguna de las que tiran los que pasan alrededor murmurando. ¡Cojamos la escoba y empecemos a barrer delante de nuestra puerta! ¡No dejemos que nos desconcierten con sus preguntas sobre cuál era nuestro puesto en el gran Estado opresor, sobre nuestra complicidad con el sistema! ¡Neguémonos a elegir entre el olvido o cien años de odio! Resulta agotador ser uno de los de antes, todos los que estamos aquí sentados lo sabemos. Ganar, perder, recuperar, ponerse al día... La izquierda no sabe lo que la derecha se trae entre manos, y ya nadie sabe qué ha sido de ambas. ¿Vamos por eso a desanimarnos? ¿Vamos por buen camino buscando nuestra identidad en totalidades cerradas, en la plenitud? Quiero preveniros contra el hórror vacui. Pensemos en el juego del go, en el que tener una casilla libre significa seguir vivo. Hay que procurar tener siempre al menos dos casillas libres, dos alternativas; los especialistas llaman a esto la estrategia de los ojos abiertos. Igual que vosotras, o al menos así lo veo yo. Las rupturas y las separaciones han abierto en vuestras vidas profundas grietas, espacios libres, y no estáis dispuestas a ocuparlos con fichas blancas o negras; es decir, con historias coherentes. Vuestra unión reúne a dos realidades diferentes, a dos realidades incompletas, diría yo, y esa es precisamente su baza a favor. La amistad no es la peor manera de participar en la unión de sociedades distintas, ese ovillo de esperanzas, defectos y malentendidos; de los condicionantes mejor no hablar. No temamos a ese ovillo, más nos valdría temer a quien se compromete a desliarlo a base de tajos. Miremos hacia el futuro esperanzados, ya sea al más próximo o a uno más lejano, alcemos la mirada al cielo estrellado y brindemos por esta nueva unión. Así queda establecida y sellada...

—Bajo el nombre de Norma —dije.

—En ese caso, brindo por Marianne Norma y por Norma Norma. Dad ejemplo cumpliendo con vuestras respectivas obligaciones y haciendo un uso moderado de vuestros derechos. Con esto doy por terminada la parte oficial del acto. ¿Objeciones?

—Ninguna —dije emocionada, como la tía Ruth después de un buen sermón.

Norma también alabó el discurso.

—Un poco soso por falta de música. Pero así son los tiempos de austeros. ¿Pido una copa de vino para mí sola u os apuntáis a la última ronda?

Desde luego. Y para Max otra cerveza.

De camino a casa, poco después de llegar al cruce donde Max se despidió y desde el que luego se fue pedaleando a una cita nocturna, descubrimos en la ventana de un sótano un pequeño letrero. «Cormorán - El último testigo», ponía en letras azules sesgadas sobre el esmalte blanco. El cartel parecía nuevo, pero la escritura era antigua, puede incluso que de antes de la RDA. Norma se quedó parada frente a él.

—Menudo mensaje. No sé si está entre interrogantes o entre exclamaciones.

Tiré de ella.

—Vamos. Lo decidiremos por el camino. Probablemente sea el título de una novela que termina aquí.

—Que terminará aquí.

—La novela que todos están esperando. Trata de las aventuras de un campesino que no sabe si ha vivido los últimos cuarenta años.

—Mejor: de la transformación del dios Sol en un ave marina que anuncia la llegada del diluvio universal.

—¿Y por qué no de un IM que tiene que informar sobre la última reunión del Politburó?

—No, de la conversión de Occidente al islam.

—¡De eso nada! De nuestro paso a la clandestinidad. Tú serás la líder de una secta utópica que conspira en un sótano y que se oculta tras una asociación musical, El Coro de Norma, o Normacor, que es un anagrama de *cormorán;* de ahí el título.

—Creo que nos estamos liando con lo de la novela. Se trata de una nueva campaña publicitaria —dijo Norma—. Quien averigüe qué es lo que anuncia recibirá un ejemplar.

—Es el embrión de una campaña de desmoralización. Pronto la ciudad estará infestada de cartelitos como ese anunciando cosas que no existen.

—¿Qué clase de cosas? ¿Políticos y deportistas inventados?

—No, libertad, igualdad y fraternidad. Se trata de un eco del pasado.

—De un recuerdo proveniente del futuro.

—Una advertencia que no causará efecto alguno.

—Una fórmula, una esquela, un mensaje de amor.

—O ninguna de esas cosas. El mensaje no está en el rótulo, sino en el letrero mismo. Tiene algún tipo de cualidad oculta.

—Puede cambiar de color, como la flor del cuento de los hermanos Grimm *Los niños de oro.*

—Si alguna de nosotras pasa por delante del cartel y ve que sus letras son rojas, sabrá inmediatamente que la otra está en apuros e irá rauda en su ayuda.

—Eso es. Así debe seeeer, así seráaa —cantó Norma a la manera de un tenor bigotudo.

Y volvió a cantar en la puerta de su casa mientras buscaba las llaves. Esperé a que Norma y su canto entraran en casa, la casa de al lado.

En el portal me encontré con uno de esos gatos blancos y negros que nunca se dejan coger. En cuanto me acerqué, se ocultó tras el contenedor, que estaba rodeado de bolsas de basura y botellas. Me llamó la atención permanecer ante una imagen del pasado. Puede que Kühne estuviera enfermo. O que por motivos de salud hubiera tenido que dejar el empleo en mi ausencia. Sea como fuere, mañana no oiría arrastrar nada, solo los ruidos habituales, nada más.

Me detuve en el patio a observar cómo corrían y saltaban los gatos y deseé que como colofón apareciera Emilia y me hiciera una demostración de los últimos pasos de baile que había aprendido, anunciando con su voz imposible que había acudido en mi ayuda.

ÍNDICE